DAY OF THE DRAGON

巨龙时代

[美] 理查德·A. 纳克著
赵永健 余美译

文匯出版社

图书在版编目(CIP)数据

巨龙时代/(美)纳克著;赵永健,余美译.一上海:文汇出版社,2007.5

ISBN 978-7-80741-137-6

Ⅰ.巨... Ⅱ.①纳...②赵...③余... Ⅲ.长篇小说-美国-现代 Ⅳ.I712.45

中国版本图书馆 CIP 数据核字(2007)第 016753 号

图字:09-2007-219 号

"魔兽争霸"系列

巨龙时代

作者/(美)理查德·A.纳克　译者/赵永健　余　美

责任编辑/周小诠　封面装帧/周夏萍

出版发行/文匯出版社(上海市威海路 755 号　邮编 200041)

经销/全国新华书店

印刷/装订/江苏启东市人民印刷有限公司

版次/2007 年 5 月第 1 版　印次/2007 年 5 月第 1 次印刷

开本/890×1240 毫米　1/32　字数/185 千

印张/10.625　印数/1—80000

ISBN 978-7-80741-137-6　定价:20.00 元

I

战争。

在统治着达拉然这个小国的法师议会——“肯瑞托”中的一些人看来,艾泽拉斯世界曾一度充斥着杀戮和流血。在洛丹伦联盟成立之前,人类就饱受巨魔的侵扰,在人类打败这个邪恶的种族之后,第一批兽人又从天而降,从宇宙的一个巨大裂口进入这片土地。战争之初,这些面相丑陋的入侵者似乎势不可挡,逐渐地兽人的进攻受到了遏制,双方相持不下,最终陷入了痛苦的僵持状态。一场旷日持久的拉锯战就此开始,交战双方死伤惨重,战局却没有发生任何根本性的改变。多年之后,肯瑞托以为战争就这样没完没了地继续下去,和平似乎遥遥无期。

终于,战局出现了转机。在联盟的强攻之下,部落节节败退,最终溃不成军。连兽人的伟大领袖、传奇人物奥格瑞姆·毁灭之锤也无力回天,招架不住联盟大军的猛攻,无奈只好投降。除了几个叛变的氏族之外,幸存下来的兽人统统被关进收容所里,受到银手骑士团领导的部队的严密监守。多年以来,持久的和平似乎已近在眼前,而不再是遥不可及的梦。

可是……一种不安的情绪仍然笼罩着肯瑞托的高级议会。议会里的核心人物也因此齐聚“天空之厅”，商讨此事。会议室之所以起这个名字，是因为房间四周没有墙壁围绕，只是一块变幻莫测的广袤天空，云彩、光明和黑暗时隐时现，在大法师身旁飞驰而过，整个世界的时光似乎都在急速流转。只有灰色石头砌成的地板，以及地板上镶着的象征四大基本要素的璀璨钻石，才多少使整个会议室具备了一点真实性。

当然，法师们并没有现出真身，他们身上的黑色披风不仅遮住了脸部，整个身体也包裹其中，如同幻象一般摇曳于风云变幻的空中。虽然议会里男女法师都有，但他们的性别只有在说话时露出部分模糊的面孔的时候才能辨清。

共有六人出席了会议，他们资格最老，但法力不一定最强。肯瑞托的领导者的选拔要考虑多个因素，魔法只是其中之一而已。

“卡兹莫丹出事了，”第一个人大声宣布道，一张蓄着胡须的脸的模糊影像闪了一下就消失了。无数星星组成的图案飞快地掠过他的身体。“就在龙喉氏族盘踞的山洞里或附近什么地方。”

“这我们都知道，”一个女人粗声粗气地说，听声音年纪不小，却有着坚强的意志。空中一轮明月突然灼灼发亮，月光穿过了她的头巾。“毁灭之锤手下的战士早已投降，毁灭之锤也不知去向，那里的兽人只是为数不多的反叛氏族中的一个。”

第一个法师显然有些不悦，却还是心平气和地说：“那好！我就说些你们感兴趣的事情……我敢说死亡之翼又开始行动了。”

话音一落，在场的人都是一脸的错愕，上了年纪的女法师也是大惊失色。黑夜转瞬之间转成白昼，而众法师却根本没有在意，这在“天空之厅”里是稀松平常的事情。几片云迅速飘过第三个要说话的人的头部，他显然不相信第一个人的话。

“死亡之翼已经死了!”那人大声道,他的身体显得有些臃肿。“几个月前,肯瑞托议会联手我们最强的法师对黑龙发出致命的一击,他已经葬身汪洋大海之中! 没有龙能承受如此大的力量,他必死无疑。”

一些法师点了点头,而第一个法师又说:“那么尸体在哪儿?死亡之翼绝非等闲之辈。在地精将合金铠甲装到黑龙身上之前,他的力量就已经远在整个部落的力量之上……”

“但你怎么能证明他还活着?”一位年轻女法师突然说道。她虽不如其他人阅历丰富,但她功力深厚,这足以使她跻身议会。“证据呢?”

“证据是两条死去的红龙,他们都是阿莱克斯塔萨的子嗣。这两条龙被撕成了碎片,只有他们的同类才能有此神力,一定是一条巨龙干的。”

“这个世界还有其他巨龙。”

这时,天空忽地生起一阵风暴。霎时间,电闪雷鸣,风雨大作,倾盆的大雨撒向法师,却没有碰到他们的身体,也没有落到地板上。没多久,风暴烟消云散,一轮火红的太阳高挂天空。第一个法师对刚才发生的一切毫不理会,接着说道:“看得出你还没见识过死亡之翼的厉害,不然你就不会这么说了。”

“你说的也许没错,”第五个人突然打断道,一张精灵的面孔若隐若现,变化之快比风暴有过之而无不及。“如果事情真像你说的那样,那真是非同小可。但我们现在没功夫管这件事。如果死亡之翼还活着,并且攻击他不共戴天的敌人的孩子,那么这只会对我们有利。毕竟阿莱克斯塔萨仍然受控于龙喉氏族,正是她的子嗣在兽人的操纵下使洛丹伦联盟蒙受了灾难。你难道忘了库尔提拉斯第三舰队遭遇的惨剧吗？我相信海军上将戴林·普罗德摩尔一定永生难忘。在狰狞的红色巨龙袭击他们的时候，他的长子以及六条战舰上所有船员无一幸免，统统罹难。如果那两条红龙真的是被死亡之翼所杀的话，普罗德摩尔很可能要给黑龙颁发勋章。”

没有人对此提出异议，第一个法师也没有吱声。那几艘强大的战舰完全被毁，只留下木头碎片和几具残缺不全的尸体，所有这些告诉世人当时发生了何等的惨剧。令人称道的是，普罗德摩尔海军上将意志坚强，很快就振作起来，又命人建造了几艘新的战舰作为替代，继续进行战斗。

“正如我说的那样，我们此时很难分心顾及此事，我们手上还有很多问题要处理。”

“你指的不会是‘奥特兰克危机’吧？”大胡子法师声音低沉地说，“为什么洛丹伦和斯托姆加德之间的争执比死亡之翼的归来还要令我们不安呢？”

“因为现在吉尔尼斯也插手了此事。”

法师们又是一阵骚动，连一直沉默不语的第六个法师都坐不住了。身体微胖的他向精灵法师走近一步，说：“可是吉恩·灰鬃怎么会对别的国家争夺一小块土地这件事感兴趣呢？况且吉尔尼斯位于南部半岛的顶端，同联盟里其他国家一样，距离奥特兰克非常遥远！”

“这还用问吗？虽然灰鬃一直按兵不动，直到兽人大军打到家门口才进行反击，但他一直都对联盟首领的宝座虎视眈眈。他之所以怂恿洛丹伦的泰若纳斯国王出兵，目的只有一个，那就是削弱洛丹伦的军事力量。现在泰若纳斯尚能保持联盟的领导权，这都要归功于我们的努力和普罗德摩尔上将的鼎力支持。”

奥特兰克和斯托姆加德两国相互毗邻，部落与联盟的战争开始以来两国间就龃龉不断。索拉斯·托尔贝恩投入斯托姆加德的全部兵力支持洛丹伦联盟。因为与卡兹莫丹毗邻，这个山地王国只有支持联盟才有出路。不过，托尔贝恩手下的将士都有着钢铁般的意志。要是没有他们，战争之初兽人可能就已经攻占联盟的大片土地，那么最终的战局就会发生巨大的改变，后果不堪设想。

与此相反，奥特兰克虽然鼓吹英勇和正义，却不愿出动自己的军队。跟吉尔尼斯一样，奥特兰克只是象征性地提供了一些支援。吉恩·灰鬃按兵不动是因为他有勃勃野心，而有传言说佩瑞诺德国王不愿出兵却是因为他胆小怯懦。肯瑞托就有人怀疑过，如果联盟在部落猛攻之下一败涂地的话，佩瑞诺德没准还想投靠毁灭之锤。

这种恐惧并非无中生有。佩瑞诺德确实背叛过联盟，值得庆幸的是他这种卑鄙的行径没能得逞。闻知此事之后，泰若纳斯立即命令洛丹伦军队进驻奥特兰克，宣布对其进行军事管制。因为当时战事正酣，所以人们并没有在这件事情上纠缠不休，尤其是斯托姆加德。如今和平已经降临，索拉斯·托尔贝恩也公开提出了要求：斯托姆加德作出了巨大的牺牲，作为补偿，它理应获得背信弃义的邻国的东部领土。

泰若纳斯可不这么想。他一直在两个方案上犹豫不决：是将奥特兰克划入他的领土，还是将奥特兰克的王位交给一位通情达理的新君主……前提是新国王要听洛丹伦王国的话。不过，斯托姆加德一直都是忠诚而又坚定的盟国，世人都知道托尔贝恩与泰若纳斯两人惺惺相惜，相互敬重。两人之间的政治关系也因此带有几分悲壮的味道。

而吉尔尼斯与联盟各国间并没有任何联系；它一向同西部诸国少有往来。肯瑞托和泰若纳斯国王都知道，吉恩·灰鬃想插手此事除了要提高他的声望之外，还是为了实现扩张领土的梦想。佩瑞诺德的一个侄子背叛了他，逃到吉尔尼斯，有传言说灰鬃想扶持他做奥特兰克的王位继承者。奥特兰克的军事基地可以使吉尔尼斯获得南部王国稀缺的资源，同时也给了吉尔尼斯的军舰穿越“无尽之海”的借口。这样一来库尔提拉斯也会被牵扯进去，这个海事强国绝不会使其海上自主权受到任何威胁。

“这会使整个联盟四分五裂……”口音很重的年轻法师咕哝道。

“现在还没走到这一步，”精灵法师说，“但已经不远了。这也就是我们为什么没时间与龙族纠缠。如果死亡之翼还活着，一心报复阿莱克斯塔萨的话，我个人是不会反对他的。在这个世界上，龙越少越好。毕竟他们的时代已经过去。”

“我听说，”一个性别难辨的平淡的声音说道，“精灵与龙族曾结为盟友，还是关系不错的朋友。”

精灵法师转向最后说话的法师，看到一个瘦长的身躯，如同黑影一般。“我可以保证这都是无稽之谈。我们绝不会作践到与狰狞的怪龙打交道。”

云彩和太阳瞬间变成了星星和月亮。第六个说话的法师微微欠了下身子，像是表示歉意。“可能是我听错了。是我不对。”

“关于平息现在的政治危机，你说的没错，”大胡子法师声音低沉地对第五个法师说，“这是我们现在的头等大事。不过，我们也不能对发生在卡兹莫丹的事情坐视不管！不管死亡之翼现在是死是活，只要龙族女皇还在兽人的手上，他们还是会对这片土地的稳定构成极大的威胁!”

“如此说来,我们十分需要一个侦察员,”年迈的女法师突然打断道,“为我们监视敌军,了解敌情,在紧急关头向我们发出警告。”

“可谁又能担此重任呢？我们现在谁也走不开!”

“有一个人可以,”第六个法师向前迈了一步说道。说话的时候,他的脸部还是藏匿在阴影中。“罗宁……”

“罗宁?!”大胡子法师失声叫道,“罗宁！他上一次大败而归,这次还找他？他甚至都不配穿法师的长袍！他带给我们的只有灾难,没有希望!”

“他太不稳重,”年长的女法师表示赞同。

“自以为是,”身体臃肿的法师咕哝着。

“靠不住……”

“他是个罪犯!”

等所有人都把话说完,第六个法师缓缓地点了点头,说:“在这个节骨眼上,他是我们唯一可以派出的优秀法师。而且这次任务只不过是侦察敌情而已。他不会再遇上什么大麻烦。他只要监视敌军,然后向我们报告,就行了。”见其他人不再反对,笼罩在黑影中的法师又说:“我相信他已经吸取了上次任务的教训。”

“希望如此,”年长的女法师咕哝道,“上一次任务他本可以完成,结果他的大部分战友却为此丢掉性命。”

“这一次,他一人独自前往,只给他配一个向导,护送他到联盟势力范围的边界。他这次都不用进入卡兹莫丹的境内。单凭‘观察魔球’,他就能看到远方发生的事情。”

“如此看来,此事不难,”年轻女子应道,“对罗宁来说也是小事一桩。”

精灵法师连忙点了一下头,说:“那我们就这么说定了,该换个话题了。幸运的话,死亡之翼会一口吞下罗宁,然后罗宁卡在喉咙里,黑龙最终窒息而亡,这样他们两个家伙都解决了,可谓一箭双雕。”他看了看其他人,说,“现在我提议大家再回到吉尔尼斯插手奥特兰克局势这个问题上,谈谈我们可以发挥什么作用……”

他已经站了两个小时,低垂着头,眼睛闭着,陷入了沉思。四周只有一丝不知来自何方的微弱光线,屋里的景物显得朦胧不清。他身旁放着一把一直没用过的椅子,身后是一堵厚实的石墙,上面悬着一面挂毯,毯子的紫色背景上缝着一个神秘的金色大眼,似乎能洞察世间一切秘密。眼睛下面有三把匕首,也是金光灿灿,似要飞向地面。这面带有达拉然符号的旗帜曾在战争期间高高挂起,守护着联盟,不过并不是所有肯瑞托成员都能光荣地执行自己的职责。

“罗宁……”一个极为平淡的声音突然在屋里响起,却听不出是来自何处。

一头红发的罗宁抬起了头,眼睛闪着绿色光泽。他的同门师兄一次失手将他鼻梁打断,使他破了相。他虽然能让受伤的鼻子恢复原样,却一直懒得没管。即使如此,他看起来还是帅气十足,下巴坚挺干净,脸庞也是棱角分明。他的眉毛有些上翘,令他具有一副讥诮而又愤世嫉俗的样子,这副模样也使他多次与师父们闹矛盾,而他还有与之相配的倔脾气,这使他与师父间的矛盾不断恶化。

他身材修长,一身优雅的深蓝色长袍,显得气宇不凡,站在其他法师中间一下子就凸现出来。尽管上次任务牺牲了五个好战友，但他并非桀骜不驯。他笔直伫立在屋里，盯视着黑暗，等待着对方说话。

“是你把我叫来的，我已经等了很久，”罗宁低声道，声音有些不耐烦。

“你急也没用。我也得等他们提起此事，”一个身披斗篷、头戴兜帽的高大身影在黑暗中隐约显现出来——他正是肯瑞托内部议会那第六个法师。“终于让我等到机会了。”

罗宁的眼睛里第一次燃起了渴望的光芒。“那我的忏悔呢？我的悔过期结束了？”

“是的。我们已经允许你重新加入我们的行列……条件是你愿意立即执行一项意义重大的任务。”

“难道他们还信任我？”年轻的法师半信半疑地问，“战友牺牲之后还相信我？”

“你是他们唯一可用的人。”

“这听起来还比较可信。我早就应该料到。”

“收下这些东西，”站在阴影中的法师伸出一只戴着手套的修长的手，手掌摊开向上。上面随即出现了两个闪闪发光的物体——一个翡翠制成的小球和一枚金戒，戒指上还镶着一颗黑色宝石。

罗宁以同样的方式伸出手……那两样东西接着出现在他的手上。罗宁握着这两件物品，仔细地端详。“我知道这是观察魔球，但另外一件我没见过。我能感到戒指中蕴含着巨大的力量，但我觉得它不具有侵略性。”

“罗宁，你很聪明，这也是我为什么首先想到让你做这件事情。魔球的作用你已知道，这个戒指则是用来保护你的。你要去的地方依然潜伏着很多术士。戒指能帮你躲过兽人的探测器，不被他们发现。不过遗憾的是，你要是使用戒指，我们也很难再找到你。”

“也就是说，这次我要一个人上路了。”罗宁说着脸上掠过讥讽的微笑，“这样就不会有人被我连累而死了……”

“你不会独自上路的，至少在去港口的路上不是这样。你身边会有一个游侠护送。”

罗宁点点头，其实他并不希望身边有人，尤其是对方还是个游侠。罗宁和精灵相处一向并不融洽。“你还没告诉我执行什么任务呢。”

阴影中的法师向后一靠，仿佛坐在一张隐形的椅子上。他双手搭在一起，似乎是在考虑措辞。“罗宁，他们对你还怀恨在心。议会中甚至还有人想将你扫地出门，永远不让你回来。你必须要重新赢得他们的信任，所以这次只许成功，不许失败。”

“看样子这次任务并不简单。”

“这个任务和龙有关……他们认为只有你*能*担此重任。”

“龙……”罗宁一听到龙的名字猛地张大双眼，不管平时再怎么自负，但他知道此时自己说话的感觉听起来更像是个刚入门的学徒。

巨龙……光是提一下他们的名字，多数年轻法师都会不寒而栗。

“没错，是龙。”对方身体前倾说道，“罗宁，你给我听好了。此事决不能让议会之外任何人知道。包括给你带路的游侠和将你送到卡兹莫丹的战舰的船长。秘密一旦泄露出去，整个计划就很危险。”

“说到底，你们究竟要我做什么？”罗宁碧绿的眼睛闪烁着光芒。这无疑是项极其危险的任务,但回报也十分丰厚——他将重返议会,赢得众人的尊重。要想在肯瑞托步步高升,没有什么比名气更重要的,虽然没有哪个议会长老愿意承认这个事实。

“你要去卡兹莫丹,”对方犹豫了一下,又说,“到了那里,立即采取行动,从兽人那里救出被囚禁的龙族女皇——*阿莱克斯塔萨*……”

2

温蕾萨讨厌等待。常人大都以为精灵族有着极强的耐性,但像她这样刚刚完成游侠学业一年的年轻精灵,在耐性方面更像是人类。她已经等了这个法师整整三天,按计划她要护送他到东部一个通往“无尽之海”的港口。她对法师基本上都比较尊重,就像精灵尊敬人类一样,但这个法师却令她恼火不已。温蕾萨渴望和兄弟姐妹们在一起,寻找负隅抵抗的兽人,杀死这些嗜血成性的怪物。温蕾萨没想到的是,自己毕业后的第一次正式任务竟然是给某个腿脚不灵便而又健忘的老法师充当保姆。

“再等一个小时,”她嘴里咕哝着,“一小时之后他要是还不来,我就走人。”

她的坐骑是一匹皮毛光亮的红棕色母马,它这时轻声地喷了一下鼻息。在精灵的精心饲养下,几代之后终于出现了远在普通马匹之上的良驹,至少温蕾萨的族人是这样想的。温蕾萨与她的马有着相当的默契,这马只不过是轻轻呼噜了一声,温蕾萨便立刻翻身下马,一只长箭已搭在弦上,蓄势待发。

然而,四周的树林一片静谧,没有任何异常情况。在洛丹伦联盟的腹地,不大可能会有兽人或巨怪攻击她。她迅速瞥了一眼约定为碰面地点的那家客栈，但除了一个运送干草的马童之外，别无他人。温蕾萨并没有放下弓箭。要不是附近潜伏着危险，她的坐骑是绝不会无缘无故地发出声响。会不会是强盗土匪呢？

游侠在原地慢慢地转了一圈。一阵清风将她几绺银色长发吹起，轻轻拂过脸庞，但这并不能挡住她锐利的目光。她有一双杏状的眸子，带有最纯净的天蓝色，树林里叶子最细微的变化也逃不过她的双眼；她的耳朵又尖又长，耸立在浓密的秀发上，甚至可以听到身旁蝴蝶落到花瓣上的声音。

但她仍然不知道坐骑为何会发出警告。

也许她已经将埋伏在四周的坏人吓跑。和所有精灵一样，温蕾萨知道自己的外表不同凡响。温蕾萨身材高挑，个子比大多数人类都高上几分。她脚踏齐膝高的皮靴，身着绿色的外衣和短裤，肩上披着栎棕色的披风。长至肘部的手套既能保护双手，也使她能麻利地使用挂在体侧的弓箭。她身上还套着一件胸铠，与她苗条而又婀娜的体形相得益彰。客栈里有个当地人被她柔美的女性外表所吸引，却不知她的厉害，遂作出了一些下流的举动。他当时已是酩酊大醉，也许醒酒之后不会说出那些污言秽语，温蕾萨因此只是打断了他几根手指留作纪念。

母马又喷起了鼻息。女游侠瞪了它一眼，刚要怪罪于它，却听到有人说：

“如果猜的没错的话，阁下就是温蕾萨·风行者吧，”一个低沉而又富有磁性的声音突然在她身后响起。

没等他继续说话，她迅速将手中的羽箭对向他的喉咙。只要温蕾萨绷紧弓箭的手一松开，飞箭定会直穿他的脖颈。

奇怪的是，他似乎对这一危险举动无动于衷。女精灵上下仔细打量了他一番——必须承认对方是一表人才——顿时明白这位不速之客一定就是她等待已久的那位法师。坐骑的怪异举动和之前她感觉不到他的存在都有了合理的解释。

“你是罗宁?”游侠终于开口问道。

“跟你想像的不一样是吧?”他回答,脸上掠过一丝讥讽的微笑。

她放下弓箭,微微松了口气。“他们只跟我说你是个法师,一句也没多说。”

“他们只告诉我你是个精灵游侠,也就这么多。”他瞥了她一眼说道,那神情让温蕾萨恨不得再次将弓箭对准他。“这件事情上我们扯平了。”

“才没有呢。我已经在这儿等了你三天!浪费了整整三天!”

“但我也没办法。总要做好准备工作。”法师淡淡地说道。

温蕾萨不再跟他争吵。跟大多数人类一样,这人只会替自己着想。她庆幸自己终于等到他来,用不着再等更久。但令她颇为不解的是,拥有很多罗宁这种人的联盟居然还能打败部落。

“谈正事吧,如果你想去卡兹莫丹,我们最好现在就走。”说着精灵向他身后望去。“你的坐骑呢?”

她还以为他会说他没带坐骑,而是凭借法力将自己转移到这里……这样的话,罗宁不需要她就能赶到船上了。身为法师,他一定身怀绝技,但肯定也有很多弱点。此外,尽管她对这次任务了解不多,但她明白罗宁只有使出浑身解数才有可能活着回来。卡兹莫丹可不欢迎外来者。她听说,许多战士的头颅成为那里的兽人营帐的装饰品,空中还不时会有巨龙巡逻。温蕾萨决不想踏上那片土地,除非身边有强大的军队保护她。她不是胆小鬼,但她也不是傻瓜。

“为了方便饮水，我把马拴在客栈旁的水槽边。我已经骑马走了一天的路，美女。”

这个称呼本可博得温蕾萨的欢心，但她却从他的话里听出一些讽刺的味道。她强压住心中的不快，转向自己的坐骑，将弓箭放回原处，接着整理行囊准备上路。

“我的马还要多休息一段时间，”法师提议，“我也要稍事休息。”

“你要赶快学会在马鞍上睡觉……我会尽量放慢最初前进的速度，你的马会在行进中休息过来。我们已经耽搁了太久。很少有船愿意为一个只是执行侦察任务的法师而开往卡兹莫丹，库尔提拉斯的战舰也不例外。如果你不尽快赶到港口，他们就有充足的理由不让你上船。”

令她欣慰的是，罗宁并没有反驳。他只是眉头一皱，转身向客栈走去。温蕾萨望着他离去的背影，希望两人分开之前她不会萌生一剑杀死他的冲动。

她对罗宁的任务有些好奇。诚然，卡兹莫丹因为盘踞着巨龙和兽人而一直都对联盟构成威胁，但联盟已经在那里及周边地区安插了一些专业观察员。温蕾萨怀疑，罗宁这次任务一定事关重大，否则肯瑞托也不会因为这个目中无人的法师而甘冒如此大的风险。不过，在选中他的时候，他们是否已经考虑周全？肯定有比罗宁更能干、更为可靠的人选，但为何偏偏是他呢？这个法师给人一种不可预知的感觉，不让人放心，也许他终会酿成灾难。

女精灵竭力摆脱心中这些疑虑。关于此事，肯瑞托已经下定决心，而且联盟的司令部也表示赞同，不然也不会派她来为他引路。她最好将所有疑惑都抛之脑后。温蕾萨要做的就是把罗宁送到战舰然后走人。之后罗宁干什么就跟她没有任何关系了。

两人一连在路上走了四天,除了蚊虫叮咬之外,还算顺利平安。倘若不是任务在身的话,长途旅行也许就像是田园诗一般浪漫,不过罗宁和他的向导一路上没说几句话。罗宁根本不在乎两人说不说话,他的心思全都放在前头充满危险的任务上了。在联盟的战舰将他送达卡兹莫丹的海岸之后,他就要独自一人踏上那片土地,面对兽人和空中的巨龙。虽不是贪生怕死的懦夫,可罗宁也不想遭受非人的折磨,痛苦地慢慢死去。为了提高成功的几率,他在议会中的担保人给他提供了龙喉氏族最近活动情况的信息。龙喉氏族现在一定是严加防范,还有就是,也许黑色巨龙——死亡之翼还活着。

虽然前路布满了艰险,但罗宁绝不会中途放弃。这次他不仅有机会补救自己的罪过,而且还能重回肯瑞托。如能进入议会,他会一辈子都感激担保他的法师,他只知道对方名叫*克拉苏斯*。这肯定是个假名,隐姓埋名的做法在元老级议会中非常普遍。达拉然的大师是秘密选出来的,他们的晋升只有议会中的人知道,外人无从知晓,连他们的亲人也毫不知情。罗宁这位恩人的声音绝不会是他本人真正的声音……说不定他还是个女人。

猜出一些议会法师的身份多少还有可能,但对罗宁来说,“克拉苏斯”一直都是一个谜。事实上,罗宁并不在意克拉苏斯的身份,对于年轻的他而言,他给了自己实现梦想的机会,这就够了。

可要是连船都没赶上,那些梦想无疑还是遥不可及。想到这里,马鞍上的罗宁身体前倾,开口问道:“到哈斯克还要多久?”

温蕾萨没有回头,漫不经心地说:“至少还要走三天。别担心,照现在的速度,我们肯定能准时赶到港口。”

罗宁又恢复了原来的姿势。两人就说了这几句话,这也是他们今天第二次说话。唯一一件比与精灵同行还要无趣的事情可能就是同银手骑士团里的古板的骑士走在一起了。圣骑士虽然总是一副谦恭有礼的样子,但他们通常明确表示法术只能偶尔施展,法术本身不是好东西,他们宁可它不存在。罗宁最近碰到一个骑士,那人就直言不讳地表示:他相信法师死后,灵魂会被打入黑色深渊之中,与古老魔鬼葬在一起。这无异于说,不管罗宁的灵魂多么纯洁,他都没有好下场。

邻近傍晚,太阳也慢慢落下了枝头,树林里一片光影斑驳。罗宁本希望能在天黑之前走出树林,但这已然不可能了。他脑子里不时会浮现出路线图,除了想找出两人确切的位置之外,他还想验证他是否能像精灵说的那样,及时赶到船上。延误与温蕾萨的碰面是无法避免的,因为他必须要准备好必需物品。现在他只能祈望这不会影响他的整个任务。

解救龙族女皇……

对某些人而言,这是项不可能完成也不该发生的任务,对大多数人而言,这无疑就是送死。早在部落与联盟战争时期,罗宁就提出过这个方案。如果龙族女皇获得自由身,兽人残部就失去了他们最厉害的武器。然而当时的情况决定了,这一意义非凡的任务永远也不可能实现。

罗宁心里清楚,议会中多数人都希望他失败。在他们眼里,除掉他就等于抹去他们历史上的一个污点。此行只有两种结果:他成功的话,议员们会大吃一惊;失败的话他们就放心了。

不过,他还是可以信任克拉苏斯。克拉苏斯找他的时候就问罗宁是否有信心完成这项不可能完成的任务。只要阿莱克斯塔萨不被解放,龙喉氏族就会永远控制着卡兹莫丹,只要那里的兽人还想重振部落雄风,他们还是可能将收容所里的兽人们重新联合起来,东山再起。谁也不愿意看到战争再次爆发。现在联盟内部纷争不断,根本没精力顾及外界的事情。

就在罗宁思忖之际,突然头上一声惊雷。他抬头望向天空,却只看到几片棉絮般的云团。法师眉头紧蹙,把目光转向女精灵,想问她是否也听到刚才的雷声。

这时天上又是一阵轰隆作响,罗宁的身体顿时绷紧。

与此同时,温蕾萨掉转马头,奋力向他扑去。

一个巨大的阴影笼罩了整片土地。

游侠撞到法师的身上,两人一齐从罗宁的马上摔下。

空中传来一阵震耳欲聋的咆哮,响彻四方,一股近似龙卷风的力量撕扯着大地。法师狠狠地摔在地上,身上一阵剧痛,这时又突然听到他的马的嘶鸣声,声音随即就消失了。

"卧倒!"温蕾萨顶着飓风大声喊道,"快卧倒!"

罗宁还是快速扭过身体,想知道天上究竟为何物——眼前出现了一幕恐怖的景象。

一头火红的巨龙占据头顶的整片天空。龙的前爪紧紧抓着他的坐骑以及精挑细选的昂贵物资。红色巨龙一口就吞下了马的残骸,眼睛盯着地上两个矮小可怜的家伙。

巨龙肩上坐着一个手持战斧、一口獠牙的绿色怪物,他面目狰狞,个头与法师差不多大。他大声向巨龙发出命令,将战斧直接挥向罗宁。

巨龙张开血盆大口，伸出巨爪，向他冲去。

“再一次感谢您百忙之中抽出宝贵时间，尊敬的陛下，”一头黑发的高个儿贵族说，声音中充满了力量和理解。“也许我们还能解决这场危机，使您的努力不致付诸东流。”

“如能成功，”身着典雅的金白两色长袍的长髯老者答道，“洛丹伦和联盟会十分感激你的，普瑞斯托领主。我想正是因为你的努力，吉尔尼斯和斯托姆加德才会变得理智一些。”虽然身材并不矮小，但泰若纳斯国王还是被高大的普瑞斯托的气质所折服。

普瑞斯托微微一笑，露出了一排洁白整齐的牙齿。如果泰若纳斯能找到一个比普瑞斯托领主更具王者气质的人的话，他会倍感吃惊的。普瑞斯托有一头整洁光亮的黑色短发，胡子刮得干干净净，面容如鹰隼一般，许多宫廷女子都被他深深吸引。他头脑敏捷，气宇不凡，在联盟中他的气质无人能比。卷入奥特兰克危机的人都对他喜爱有加，吉恩·灰鬃也不例外，这也不足为奇。普瑞斯托风度翩翩，连吉尔尼斯不苟言笑的国王都对他的到访报以微笑，泰若纳斯的外交官就是这样跟国王讲的。

对于一个五年前还寂寂无名的年轻贵族来说，他为自己赢得了巨大的声誉。普瑞斯托来自洛丹伦一个极其偏远的山区，但他声称自己具有奥特兰克的皇室血统。他管辖的那块弹丸之地在战争期间被巨龙摧毁，他随后徒步走到了首都，身边没有任何仆从。他的苦难，以及他来到首都之后的传奇经历广为流传，成为人们茶余饭后的谈资。更重要的是，他的建议多次帮助了国王，例如在头发苍白的泰若纳斯发愁该如何处置佩瑞诺德国王的时候。实际上，普瑞斯托一直都发挥着决定性的作用。在他的提议下，泰若纳斯夺取了奥特兰克的政权，随后实施军事管制。斯托姆加德和其他王国都理解应该打击叛变的佩瑞诺德，但对洛丹伦战后为了本国的利益对奥特兰克长期占领却是颇有微词。现在终于出了个普瑞斯托，他似乎就是能将个中道理向所有人解释清楚，并说服他们接受最终决定的最佳人选。

普瑞斯托的出现使这位年迈的国王最近一直在考虑一个方案，这个方案甚至会让他面前这个聪明人都大吃一惊。泰若纳斯拒绝将奥特兰克交给吉尔尼斯支持的佩瑞诺德的侄子；他也明白将奥特兰克在洛丹伦与斯托姆加德之间平分也不是明智之举。这样做不仅会激怒吉尔尼斯，库尔提拉斯也肯定不会答应。完全将奥特兰克吞并也不可能。

可是如果将这个国家托付给一个希望天下太平、一个众人仰慕的能人手里，会出现什么结果呢？如果泰若纳斯国王没看错人的话，普瑞斯托肯定也是个能干的管理者，不用说他还将成为洛丹伦的真正朋友和盟友……

“说真的，这都是我的心里话，普瑞斯托！”国王伸手拍了拍比他高了许多的领主的肩膀。普瑞斯托身高近七英尺，苗条挺拔，却并不消瘦。他身着蓝黑相间的服装，一派英豪之气。“你应该为自己骄傲……也理应受到奖励！相信我，你的功劳我会永记心间！”

普瑞斯托粲然一笑，像是相信他很快就会重获他那不大的领地。泰若纳斯决定让这年轻人保留这个小小的梦想；当泰若纳斯宣布他为奥特兰克的新国王的时候，普瑞斯托脸上的表情一定更有意思。并不是每个人都有机会成为国王……当然世袭不属此列。

普瑞斯托向泰若纳斯敬了一个礼，然后优雅地鞠了一躬，从皇宫里退了出去。普瑞斯托走后,老人不禁皱了一下眉,觉得普瑞斯托离开之后,房间一下子黯然失色,丝制的窗帘、金色的枝形吊灯,以及纯白色的大理石地板也失去了光彩。在宫廷里众多可憎的朝臣中,普瑞斯托领主显得鹤立鸡群。普瑞斯托能够赢得任何人的信任,也值得别人尊敬和信赖。泰若纳斯真希望自己的儿子能像普瑞斯托这样就好了。

国王捋了几下颌下的胡须。普瑞斯托是重塑奥特兰克的荣耀的最佳人选,同时还可以恢复联盟成员国之间和谐的关系。他是个强大的新生力量。

想着想着,泰若纳斯就想到了自己的女儿——佳莉亚。虽然还是个孩子,但很快就会出落成一个美人。也许将来有一天,事情进展顺利的话,他和普瑞斯托还可以通过联姻来加强彼此的友谊和联盟。

这个主意不错,他现在就要去找参谋谈一谈,将这个想法说给他们听。泰若纳斯相信他们肯定会表示赞同。他还没有碰到哪个人不喜欢这位年轻贵族。

奥特兰克的普瑞斯托国王。泰若纳斯几乎可以想像当普瑞斯托知道自己获此头衔的时候,他脸上出现的表情……

“您的嘴角带着微笑——是不是有人死得惨不忍睹啊,心狠手辣的主人?”

“你给我省省吧,克瑞尔,”普瑞斯托领主说着回手关掉身后的铁门。他们上面是一间小屋,是泰若纳斯国王给他住的,普瑞斯托选了一些仆从给他守住房门,不许身份不明的人造访。他们的主人有很多事情要忙,甚至连这些仆从也不知道地下的密室里都发生了什么，但有一点他们十分清楚：如果主人被打搅的话，他们可就小命不保。

普瑞斯托不希望别人打扰，他也相信仆人们会认真执行他的命令，因为他对他们施加了咒语，这些仆从只能按照他的指示做事。除此之外，他还对泰若纳斯国王及其廷臣施加了咒语，迫使他们对他充满敬仰之情。

"请接受我最谦卑的歉意，奸诈的王子！"瘦小的家伙粗声粗气道。他的声音带着几分调皮和怨恨，不像是人类的声音。这不足为奇，因为普瑞斯托的这个同伴是个地精。

他的脑袋差不多只到贵族的腰带扣，也许有人以为这个鲜绿色的小家伙大脑简单，身弱体虚。但在放声大笑的时候，他的嘴里却露出一排锋利无比的长牙，还能看到一条分叉的血红舌头。一双没有瞳孔的细窄的黄眼睛闪烁着快乐的光芒，但这快乐像是来自将飞虫的翅膀扯掉，或把试验对象的胳膊拽下的疯狂举动。地精的脖子后面长着一簇暗褐色的毛发，一直延伸到他低矮的前额，整个样子乱蓬蓬的。

"不过，我们还是要庆祝一下。"地下的密室曾被用来储存物资。以前，这里存放过葡萄酒，因为地下凉爽的温度使房间适于存放食物。不过，由于克瑞尔的一些改动，如今呆在这个巨大房间里的感觉就像是坐在爆发的火山口上。

对普瑞斯托领主而言，这里却有家的感觉。

"庆祝一下，骗子大师？"克瑞尔咯咯地笑道。克瑞尔总是咯咯笑个不停，特别是在酝酿阴谋的时候。这个地精热衷于两大乐事：一个是实验，另一个就是肆意地破坏。只要可能，他总是会把两件事放在一起进行。房间的后半部分摆满了长椅、烧瓶、粉末、奇异的机械装置,以及克瑞尔收集的各种令人毛骨悚然的东西。

“是的,庆祝一下,克瑞尔。”普瑞斯托的黝黑眼睛紧紧地盯着地精,看得他一下子收起了笑容和嘲弄的神情,严肃起来。“你想加入这次庆祝是吧?”

“是的……主人。”

一身贵族打扮的普瑞斯托在闷热的空气中深吸一口气,消瘦的脸上露出些许的轻松。“噢,真是令人怀念……”说完他又板起了脸,“但现在我们必须耐心等待,等待最佳时机,懂吗,克瑞尔?”

“一切听您的吩咐,主人。”

普瑞斯托脸上又露出阴险的笑容。“知道吗,你面前这个人将来很可能就是奥特兰克的国王。”

地精瘦长而又结实的身体随即弯了下去,脑袋几乎碰到地上。“向您致意,我至高无上的国——”

这时忽然传来一阵响声,两人一齐向右看去。只见一个身材矮小的地精从一道与通风井相通的金属壁炉里钻了出来。这个家伙动作麻利地钻出壁炉口,快步奔向克瑞尔。他面相丑陋,带着一副凶残而又开心的表情,在普瑞斯托的直视下,地精脸上这个表情迅速消失不见了。

地精对着克瑞尔尖尖的大耳朵一阵嘀咕。克瑞尔听着嘴里不禁嘶嘶作响,接着一挥手让他退下。小地精又原路折回,消失在壁炉里。

“发生了什么?”普瑞斯托问,虽然声音流利而平静,但语气分明是要克瑞尔立即回答。

“噢,尊敬的主人,”克瑞尔说,凶残的脸上又一次掠过得意的笑容。“似乎幸运女神对您青睐有加啊!也许你应该去赌场里赌一把,你的幸运星一定会向你——”

“到底发生了什么?”

“有人……有人要解救阿莱克斯塔萨……”

普瑞斯托盯着地精。他盯了克瑞尔良久,吓得他不敢直视他的眼睛,身体缩成一团。地精猜想,自己这次必死无疑。真是太可惜了。他还有很多实验没做,还有很多种炸弹要测试……

就在这当口,高大的贵族突然放声大笑,笑声深沉而又充满了邪恶,听起来有些做作。

“非常好……”普瑞斯托领主笑着叫道。他展开双臂,好似要抓住身前的空气。他的手指不可思议地长,几乎是长着爪子。“好极了!”

说完他又大笑起来,克瑞尔不由向后退了几步,对这怪异的景象诧异万分,轻轻地摇了摇头。

“他们还说*我*是疯子,”他低声咕哝。

3

整个世界陷入一片火海之中。

红色巨龙下落时突然口吐烈火,整个树林顿时被火焰吞噬,温蕾萨和罗宁不得以只好分头逃命,她不由随口骂了几句。要不是罗宁迟到,耽搁了他们的行程,这一幕就不会发生。倘若一切按计划进行的话,他们现在肯定已经赶到哈斯克,她也肯定完成任务与罗宁道别了。而现在,两人很可能会把命丢在这里……

她早就知道卡兹莫丹的兽人仍不时会派飞龙在联盟安宁的土地上制造恐怖事端,但碰上飞龙的几率并不高,因为洛丹伦幅员辽阔,而龙的数量并不多,但这种事情为何偏让她跟罗宁两个倒霉鬼碰上了呢?

她瞥了一眼罗宁,看到他正不顾一切地向森林深处奔去。现在这个情况,不跑就等于送死。此事与同伴的法师身份一定有很大的干系。巨龙感观灵敏异常,要比一般精灵强很多倍;据说就算受到种种限制,飞龙还是能嗅到魔法的痕迹。不管怎样,这件令人毛骨悚然的事情一定与罗宁有关。兽人和巨龙一定是奔他来的。

显而易见,罗宁也是这样想的。他一路狂奔,旋即钻进对面的树林里,从她视野中消失了。游侠哼了一声。法师在前线从来都不是好汉。从远处和背后攻击敌人并非难事，但真的要面对敌人的时候……

不过话又说回来，这次来者不善，敌人是条龙。

巨龙跟着改变方向，向迅速消失的罗宁追去。不管她个人对他有何意见，温蕾萨并不想看到法师死在这里。环顾了一下四周，游侠却没有想出可以救他的方法。她和罗宁的马都被叼走，随之而去的还有她心爱的弓箭。她身上只剩下一柄佩剑，要对付如此狂暴的庞然大物这柄剑根本起不了作用。温蕾萨又环顾四周，希望能找到有用的武器，却还是一无所获。

现在她别无选择。作为一名游侠，只要还能战斗她就不能让法师受到伤害。温蕾萨现在只有孤注一掷，希望能救他一命。

精灵从藏身之处猛地跳将出来，在空中挥舞着双手，大叫道："嘿！你个大蜥蜴，我在这儿！在这儿！"

巨龙却没有听到她的叫声，他的注意力都放在身下一片火光的树林上（温蕾萨这才发现空中飞的是条雄龙）。在那片大火中，罗宁正在竭力逃命。巨龙一心想让他葬身其中。

精灵战士骂骂咧咧地看了看四周，发现了一块大石头。对常人而言，她要做的事几乎不可能实现，但对她来说，还是有成功的可能。温蕾萨只希望她的双臂能有几年前那样强壮。

她抓起石头，身体向后一挺，直接将巨石向红色巨龙的头部抛去。

她距离飞龙并不远，但巨龙突然动了一下身体，温蕾萨还以为石块不会砸中巨龙。石块虽没有击中龙的脑袋，却砸中离头部最近的龙翼的一端。温蕾萨没想过要砸伤巨龙，仅仅用一块石头对付坚硬的龙鳞这也太可笑了，她只希望吸引巨龙的注意。

她成功了。

巨龙发出一声狂吼，硕大的脑袋猛地转向她站的位置，想知道是谁在干扰他。龙背上的兽人也叽里哇啦地向巨龙大喊了几句。

这时，巨龙突然身体一斜，掉头向她冲去。她终于将巨龙的注意力从那个倒霉的法师身上移开了。

*现在怎么办呢？*游侠不禁责问自己。

她转身就跑，知道自己早晚会被身后狰狞的巨龙追上。

红龙冲向地面，她头上的树梢顿时燃起了熊熊烈火，一大片燃烧的枝叶掉到她的面前，挡住了温蕾萨的去路。她当机立断，飞步奔向左边的小路，在尚未着火的树木间穿梭不停。

*这下可玩完了！*她心下自思道，*都是因为那个没用的法师！*

这时，背后又传来一声震天巨吼，她扭头看去，发现红龙已经快要追上她了，他伸出一只巨爪想要抓住仓皇逃命的游侠。温蕾萨脑海里顿时浮现出一幅幅恐怖的画面：飞龙用爪子将她碾碎，或许更惨的是，她被塞进巨龙的血盆大口里，被嚼个粉碎或整个人被囫囵吞进肚中。

就在生死一瞬间，红龙突然缩回了巨爪，在半空中扭动起身体，爪子不停地抓挠着自己的身躯。看样子，红龙似乎哪里都想挠一挠，像是奇痒难当，痛苦异常。龙背上的兽人竭力想把红龙控制住，虽然红龙一直都听从他的命令，但此时兽人似乎变成了让红龙异常难受的跳蚤。

温蕾萨停住脚步，凝望着空中，这样的场面她还从未见过。为了减轻身上的痛苦，巨龙在空中不停地扭动着身体，动作也变得愈加狂乱。兽人几乎快从龙的身上坠下。温蕾萨颇为不解，究竟是哪位高人能给巨龙造成如此大的——

她不禁嘀咕道:“不会是罗宁干的吧?”

如同招魂一样,罗宁法师突然出现在她的面前。火红的头发凌乱地披散在肩上,黑色的长袍沾满了泥巴,已有多处破损,但他神情泰然自若,似乎并没有被这件事情吓着。

“精灵,依我看,我们现在最好马上离开这里。”

她哪还用得着他提醒。这次罗宁在前面领路,利用魔法帮助他们穿过一片火海的森林。作为一名游侠,温蕾萨在这方面不如罗宁。罗宁领着她一路飞奔,穿过多条小路,要是换作精灵领路,两人可能早已迷路。

巨龙则一直在他们头顶上高飞,不断撕扯着自己的身体。温蕾萨有一次抬头望去,发现巨龙身上竟然流出了鲜血,只有他的巨爪才能划破他穿着铠甲的身躯。那个兽人早已不知去向。一口獠牙的兽人战士一定是某一刻没有抓牢,从巨龙身上摔了下去。温蕾萨对他没有一丝怜悯之情。

“你对巨龙做了什么?”她好不容易喘口气问道。

罗宁一心想找出森林的出路,没有回头看她。“此事并没有获得我想要的效果。他本应遭受更强烈的痛苦。”

能听出来他对自己并不满意,但游侠第一次对他刮目相看。他们本来是死路一条,现在竟然转危为安,不过前提是要找到逃出森林的路。

这时,他们身后传来巨龙沮丧的吼声。

“魔法还能持续多久?”

他终于停下来回望了她一眼,他的目光令她感到极度的不安。“快要失效了……”

两人随即加快了行进的速度。不论他们转到哪里,四周都被火焰所包围,但他们最终还是赶到火焰的边沿,一个加速度冲了出去,来到一片弥漫着呛人的烟雾的地方。两人几乎喘不过气来,在路上挣扎着前行,希冀找到有风迎面吹来的小路,以减轻身后火焰和浓烟对他们的伤害。

就在这时,又传来一声巨吼,吓得两人是心惊胆战,因为吼声中已经没有痛苦,只剩下愤怒和复仇的情绪。法师和游侠转身向远处的红色巨龙望去。

“咒语失灵了,”罗宁喃喃道。

咒语确实已经失效,看得出来巨龙已经知道是谁使自己遭受痛苦。红龙看到罗宁,便拍打着巨大的皮质双翼径直向他们飞来,显然是要报复他们。

“你还有对付这条龙的咒语吗?”两人逃命的时候温蕾萨喊道。

“也许有!但我不想在这里使用!我们也会因为咒语送命的!”

这话说的就好像巨龙不会杀死他们一样。精灵希望罗宁能施展一个致命的咒语,不然两人终会葬身巨龙的腹中。

“还有多远——”法师一时喘不过气来,“离哈斯克还有多远?”

“很远。”

“这之间有没有什么定居点?”

她努力地想了一下。脑海里浮现出一个地方,但那个地方的名字以及那里的用途却一时想不起来,只知道赶到那里要花整整一天的时间。“有个地方,可——”

巨龙又是一阵令人发毛的狂吼。一大片阴影从两人头顶掠过。

“如果你还有能派上用场的咒语的话,我建议你现在就用。”温蕾萨十分渴望得到她的弓箭。有弓箭在身的话,她至少有可能射中巨龙的眼睛,随之的冲击和痛苦也许足以把巨龙吓走。

罗宁突然停住了脚步,转身直面恐怖的巨龙,两人也差点撞在了一起。他一把抓住她的双臂,把游侠推到一边。他的眼睛射出了一道亮光,温蕾萨听说过强大的法师会有此表现,但从未亲眼见过,这次算是开了眼。

"希望这次不会产生适得其反的效果,"他咕哝着。

他的双臂直直地举了起来,对准红龙。

他嘴里开始咕哝着什么,温蕾萨虽听不大懂,却感到全身上不禁打了个寒噤。

罗宁双手合十,继续施念咒语——

就在这时,空中突然出现三个带翼的家伙。

温蕾萨吓得喘不过气来,身材高大的罗宁也不再施念咒语。他准备好对这些天外来客施展魔法,而精灵已经认出出现在红龙头顶的不速之客的庐山真面目。

是狮鹫……它们体形巨大,有鹰的脑袋,狮子的身体,长着翅膀……上面还托着人。

她用力拉了一下罗宁的胳膊。"先静观其变!"

他不耐烦地瞪了她一眼,但还是点了点头。两人再抬头望去的时候,发现巨龙已经离他们很近了。

三只狮鹫猛地冲到巨龙身边,吓了他一跳。这时温蕾萨认出了狮鹫身上的人的身份。只有居住在远方的艾瑞峰(一个多山地区,与精灵的领土奎尔撒拉斯相距甚远)的矮人才会驾驭野性的狮鹫……也只有这些身经百战的战士及其坐骑才敢在空中与巨龙叫板。

尽管比红色巨龙小很多，但狮鹫拥有划破龙鳞的锋利巨爪和刺进龙的身体的利喙，从而弥补了身体的不足。而且，他们在空中移动起来要比巨龙更加敏捷灵活，能做出飞龙做不出的转弯动作。

矮人们也不仅仅是在控制他们的坐骑。住在高山上的矮人要比山地矮人高一些，瘦一些，却个个身强力壮。尽管在天空巡逻时他们最喜欢用的武器是鼎鼎有名的风暴之锤，但这三个矮人却手持巨大的双刃战斧，战斧在他们手里使得是轻松自如。这种战斧是用类似于金刚合金的材料制成，斧刃锋利，无坚不摧，甚至能砍下巨龙长着鳞片的脑袋。有传言说，伟大的狮鹫骑士库德兰曾手持这种战斧，一斧头就将一条比这条龙大许多的飞龙杀死。

三只狮鹫绕着他们的敌人飞舞，迫使巨龙不停地转身，以免受到袭击。兽人很早就学会如何提防狮鹫，但没有了兽人的指挥，巨龙似乎对狮鹫有些手足无措。三个矮人正是利用了这一点，命令坐骑戏弄对方，使得红龙愈加不知所措。这些狂野的矮人对着巨龙放声大笑起来，他们的长须和马尾辫也随风飘动。笑声进一步激怒了巨龙，他在空中疯狂地挥舞着巨爪，嘴里不时有火焰喷出，却怎么也打不到矮人。

“他们完全使他不知所措了，”温蕾萨说，语气中对矮人的战术策略十分欣赏。“他们知道这条红龙年纪不大，他火爆的脾气使他无法有效地攻击他们！”

“既然这样，我们现在走吧，”罗宁答道。

“他们也许需要我们帮忙！”

“我有任务在身，”他脸色凝重道，“况且他们控制了整个局势。”

此言不虚。狮鹫骑士尚未出击，但胜利的天平似乎已经向他们倾斜。三只狮鹫一刻不停地绕着红龙飞转,看得红龙有些晕头转向。他努力想盯住一个不放,但其他两只总是会分散他的注意力。他呼出的火焰只有一次差点烧到一只狮鹫。

突然,一个矮人舞起手中的战斧,斧头在夕阳的余辉中闪闪发光。他驾着坐骑又绕着红龙飞了一圈,在接近巨龙脑后的时候,这头狮鹫突然冲了上去。

它的利爪陷入了巨龙的脖颈,一下子就将龙鳞撕开。还没等巨龙感觉到痛苦,矮人便抡起威力无比的战斧,狠狠地砸了下去。

斧刃陷得很深,虽不足以致命,但已经让巨龙疼得尖声惨叫。

出于本能,巨龙转过身去。他的翅膀冷不丁地击向矮人和狮鹫,打得他们在空中不停地打转。矮人还是竭力留在了狮鹫的身上,但他的战斧却从手中滑落,坠向地面。

见此情景,温蕾萨本能地向战斧的方向走去,但罗宁一把将她拦住。"我已经说过我们应该马上离开这里!"

她本想争辩几句,但只要看一眼空中的战斗,游侠就明白自己根本帮不上什么忙。受伤的红龙飞向高空,狮鹫骑士则死缠不放。就算拿到那把战斧,温蕾萨也只能徒劳地挥舞几下。

"好吧,"精灵终于低声说道。

两人随即迅速离开了那里,凭温蕾萨对目的地的位置的记忆前进。在他们身后,巨龙和狮鹫渐渐变成了小点,因为红龙和狮鹫在向精灵和法师相反的方向移动。

"真奇怪……"她听到法师嘴里咕哝道。

"怎么了?"

他说:"你那两只耳朵并不只是为了吸引别人的注意吧?"

尽管温蕾萨还听到过更为不堪入耳的话,但听到如此侮辱她还是怒火中烧。人类与矮人十分妒忌精灵种族的身体优越性，因此常拿精灵尖尖的大耳朵作为取笑的目标。她的耳朵有时被人比作驴子和野猪的耳朵，最可恶的是还有人将其比作地精的耳朵。听到这种话，温蕾萨虽不致与刀刃相向，但她一般会让说话人后悔不迭。

法师眯起了绿色的眼睛。“对不起，你以为我是要侮辱你，但我不是那个意思。”

她不相信他的话，但也只能接受这站不住脚的抱歉。强压住心中的怒火，她又问：“你发现什么很奇怪？”

“这条龙竟然会如此及时地赶到。”

“这样想的话，你最好也问问狮鹫是来自何处。毕竟是他们将飞龙赶走。”

他摇了摇头。“有人看到飞龙，报告了这个情况。那三个狮鹫骑士只是执行任务而已。”他考虑了一下，接着说道，“我想龙喉氏族这次一定是孤注一掷，想集合其他反叛氏族和收容所里的兽人，但这样做是不会有任何结果。”

“谁知道兽人脑子里都在想什么？我们一定是碰巧遇上这条龙。联盟受到飞龙袭击可不是第一次了，凡人。”

“没错，但我怀疑会不会是——”罗宁没有再说下去，因为两人都蓦地感到森林里有东西在动……似乎四面八方都有东西在动。

游侠嚯的一声拔出了佩剑。罗宁也已把双手藏进长袍的深深的褶皱里，准备施展魔法。温蕾萨什么也没说，但她不知道近身肉搏的时候他是否能帮上什么忙。他最好还是退到后面，让她来对付头几个攻击者。

一切都为时已晚。六个骑着马的高大身影猛地冲出森林，将他们团团包围。甚至在暗淡的阳光底下，他们的银色铠甲仍然闪烁着亮光。温蕾萨发现一柄长矛正对着她的胸口。罗宁胸前也顶着一把长矛，而且他的肩胛骨之间还架着一把长矛。

这些人头戴盔甲，盔甲顶部镶着一个狮子头装饰品。温蕾萨心里纳闷，这身打扮的人怎么可能移动自如，更别说参加战斗了，但这六人骑马行动挥洒自如，好像不受任何限制。他们体形巨大的灰色战马也披着铠甲，加在它们身上的额外重量似乎对它们没有任何影响。

这些不速之客没有携带任何旗帜，能表示身份的唯一标志似乎就是胸铠上的浮雕：一只伸向天空的手。仅凭这个标志，温蕾萨就知道了来者的身份，但心里却不敢有丝毫的松懈。她曾经碰到过这种人，那时他们穿着另外一套铠甲，头盔上饰有号角，胸铠和护盾上则刻着“洛丹伦”几个字。

就在这时，又有一人骑马缓缓地从森林里出现，他穿的铠甲比温蕾萨想像的还要传统。她从阴暗而又不带面盔的头盔里看到一张坚强的脸，这张脸略显沧桑，充满智慧，蓄着整齐的灰白胡子。“洛丹伦”的标志和他带有宗教意味的勋章不仅出现在他的护盾和胸铠上，同样也出现在他的头盔上。腰带的扣环上饰有一颗银狮子头，皮带上悬着只有他才可以使用的威力无比的战锤。

“原来是个精灵，”他一面打量她一面低声说道，“欢迎你加入我们。”此人显然是他们的首领。他又看了一眼罗宁，毫不掩饰他的轻蔑：“还有一个*该死的家伙*。把你的手放在我们能看到的地方，不然就不要怪我不客气。”

罗宁竭力压住心中涌起的怒火，而温蕾萨却发现自己心情很复杂，有些释然，又有些不安。捕获他们的人是洛丹伦的圣骑士——即传说中的银手骑士团。

两人在一片笼罩着阴影的地方碰头,这个地方只有几个人知道,圈里也只有少数几个人知道。在这个地方,过去的梦想不断地上演,昏暗的形体在模糊的记忆里不停移动。甚至在这里碰面的两人也不清楚这个地方有多少存在于现实,又有多少只存在于他们的大脑里,但有一点他们确信无疑:这里不会有人偷听。

不过也只能说,理论上是这样。

他俩身高体长,脸上也都用头巾罩着。其中一人是罗宁所称的克拉苏斯;另一个人若不是穿着浅绿色而非灰色的长袍的话,别人会误以为是克拉苏斯的孪生兄弟。只是在这人开口说话的时候,其身份有一点得到肯定,与肯瑞托的议员不同,这人肯定是个男性。

"我不知道你为何把我叫来,"他对克拉苏斯说道。

"因为你别无选择。你必须来。"

另一人嘴里咝咝作响:"没错,我既然能来,就可以想走就走。"

克拉苏斯举起一只修长的手,说道:"先听我把话说完。"

"为什么?难道就为了听你重复以前的的话?"

"只为了能让你记住我的话!"克拉苏斯突然激动地说,这句话把自己和对方都吓了一跳。

他的同伴摇摇头。"你跟他们呆得太久了。你的魔法护盾和你的体力都在渐渐变弱。是时候放弃这项毫无希望的任务了……就像我们曾经做的那样。"

"我相信此事还不至于没有希望。"克拉苏斯第一次用比肯瑞托的内部议会其他成员更深沉的声音说道,暗示出自己的男性性别。“只要她还在别人的手上，我就不会放弃。”

“克莱奥斯特拉兹，我理解她对你有多重要；但对我们来说她只是过去的记忆而已。”

“如果那段时间已经过去，那么你和你的手下为何还坚守岗位？”克拉苏斯冷静地回答。

“因为我们希望自己能够安详的晚年……”

“那你更要插手此事了。”

那人嘴里又发出嗞嗞声。“克莱奥斯特拉兹，难道你永远也不会向现实低头吗？我们对你的计划并没有感到意外，因为我们太了解你了！我们看着你那个手下走上了一条注定毫无结果的路——你真以为他能完成任务吗？”

克拉苏斯沉思了片刻，答道：“他有这个潜力……但他不是我唯一的一张牌。说真的，我想他会失败的。但我希望他的牺牲会给我带来最后的成功……如果你能帮我的话，成功就离我们不远了。”

“我没看错你，”对方的声音中充满了失望。“一样的花言巧语。一样的百般央求。我来这儿全是看在我们两个族类之间的联盟的份上，但显然我不应该为此事那么操心。你孤立无援，没人支持。你现在是个孤家寡人，只能躲在阴影里——”他用手指了一下他们四周的薄雾。“——出现在这种地方，而不是展现你的真面目。”

“我只能这样做……可你又做了什么？”克拉苏斯的声音又一次变得尖利起来。“老朋友，你生活的意义又是什么？”

听到如此尖锐的问题这人有些吃惊，然后突然转身走开。他在薄雾中走了几步，停了下来，回头望着法师。他的声音听起来平和了许多。“我祝你成功，克莱奥斯特拉兹，我真心祝福你。我——*我们*——只是不相信我们能够回到过去。那些时光已经过去，随之而去的还有我们的青春。”

“那是你的选择，”在那人快要离开的时候，克拉苏斯突然叫道，“在你回去之前，我还有一事相求。”

“什么事？”

法师的整个身体似乎都变黑了，嘴里发出了咝咝声。“不要再叫我的那个名字。*永远不要。*即便是在这里。”

“没人会——”

“*这里也不行。*”

克拉苏斯口气强硬，同伴只好点头同意。他随后疾步而去，一下子消失不见。

法师望着那个人站过的地方，体味着这次毫无结果的对话。真希望他们能变得理智一些！联起手来，他们还有希望；孤军奋战，他们将一事无成……他们的敌人因此会有机可趁。

“*傻瓜……*”克拉苏斯低声说，“*十足的傻瓜……*”

4

圣骑士们将两人带回要塞,这个要塞便是温蕾萨提到的那个无名的定居点。罗宁对这个要塞并没有什么新鲜感。要塞的四周围着高大的石墙,围墙中间是一幢简朴而实用的军事机构,里面住着圣骑士、扈从以及少量的平民,他们过着相对节俭的生活。骑士团的旗帜与洛丹伦联盟的旗帜并排随风飘扬,因为银手骑士团是联盟最坚定的支持者。若不是因为看到市镇居民,罗宁还以为这里就是个军事中心,因为这里的大小事情显然都受到骑士团的控制。

圣骑士们对温蕾萨彬彬有礼,一些年轻骑士在与她讲话的时候更是竭力表现自己独特的魅力,但对待罗宁他们却是爱搭不理,有一次罗宁询问他们还要多久才能赶到哈斯克,对方没有回答,温蕾萨只好又重复一遍这个问题。尽管对骑士团的第一印象并不好,但两人并没有沦为囚犯。不过,在他们身边,罗宁感到自己像是个被遗弃的人。他们对他只是表现了最基本的礼数,只是因为他们向泰若纳斯国王发誓要这样做,不然他们才不会理他。

“我们看到了巨龙和狮鹫,”骑士首领,一个名叫邓肯·桑特瑞斯的人声音低沉道,“我们的职责和荣耀驱使我们前去查看是否能帮上忙。”

飞龙与狮鹫的战斗完全是在空中进行的，他们鞭长莫及，但这却丝毫没有消减他们的战斗热情，他们也不会用常识好好想想，罗宁有些想不通。他们和游侠志趣相投，十分合拍。奇怪的是，既然法师用不着应付温蕾萨，他却产生一种莫名的失落感。*毕竟她是我的向导。她应该恪尽职守，直到抵达哈斯克为止。*

不幸的是，邓肯·桑特瑞斯也萌生去哈斯克的想法。他们下马之后，这位老骑士在向精灵伸出手臂的时候说道：“当然，我们若不带你从最安全、最快捷的道路去港口的话，那就是我们的失职了。我知道你是按照命令完成任务，女士，但你的上级显然是想让你先找到我们。去哈斯克的路我们很熟，所以明天我带上一只小分队送你上路。”

这番话似乎让游侠芳心大悦，但罗宁听到后却怎么也高兴不起来。要塞里每个人看他的眼神就好像他是地精或兽人的化身。他在同龄的法师中已经饱受蔑视，所以他觉得不能让这些骑士再瞧不起他。

“你人真好，”罗宁在他们身后打断道，“但温蕾萨是位十分优秀的游侠。我们一定能及时赶到哈斯克。”

桑特瑞斯突然鼻孔外张，就好像闻到了有毒气体一样。但他还是笑着对精灵继续说道：“请允许我把你送回你的住处。”他瞥了一眼下属，说道：“梅力克！找个地方让法师住下……”

“这边请，”一个满嘴小胡子的高大年轻骑士大声说道。他看起来像是要抓住罗宁的胳膊，那架势似乎能把他的胳膊捏断。他如果敢做出这种愚蠢举动，罗宁肯定会好好教训他一番，但为了完成任务，保持联盟的团结，他迅速向前迈了一步，跟上那个骑士，一路上什么也没说。

他本以为自己会被带到一个最潮湿、最肮脏的地方过夜，却发现自己的住所并不比冷酷的骑士的住所简陋多少。房间干净整齐，四周围着石头墙，墙上除了木头门之外别无他物，对罗宁来说这个房间显然要比他呆过的一些房间好多了。屋里放着一张干净的木床和一张不大的桌子。一盏旧油灯似乎是唯一的照明工具，因为墙上没有任何窗户的痕迹。罗宁本打算让他们给他找间有窗户的房间，但猜想骑士可能找不到更好的房间了。不过，住在这里也有好处：不会有好奇的眼睛窥探他。

"这儿不错，"他开口说，而把罗宁领来的骑士已经转身走出了房间，随手关上了门。法师努力回想门外的把手是否装有门闩之类的锁，但转念一想，圣骑士还不至于做出如此离谱的事情。对他们来说，罗宁可能很烦人，但他毕竟还是他们的盟友。一想到骑士们为了接受他而感到不快，他就感到些许开心。他一直都认为银手骑士团是一些伪装虔诚的信徒。

骑士们将罗宁一人撇在一边，直到晚饭的时候才把他叫去。他发现自己的座位与温蕾萨相距甚远。温蕾萨似乎颇受指挥官的青睐，不管她喜不喜欢，她被安排坐在指挥官旁边。整个晚宴过程中，只有精灵跟法师说了几句话。若不是桑特瑞斯提起有关龙族的话题，也许罗宁在晚宴开始不久之后就离开了。

"最近几个星期飞龙频繁出现，"桑特瑞斯对在座的人说道，"出现的频率越来越高，它们也变得更凶残。兽人知道自己大势已去，所以想在受到惩罚之前大肆破坏一番。"他呷了一口酒，接着说，"就在三天前，有两条龙将侏卢恩定居点烧得片瓦不存，有超过一半的人在那次惨绝人寰的事件中丧生。还没等狮鹫骑士赶到那里，那两条飞龙及其主人就逃之夭夭了。”

“太可怕了，”温蕾萨低声应道。

邓肯点了点头，深邃的褐色眼睛里闪烁着异常坚定的光芒。“这很快就会成为历史！我们不久就会向卡兹莫丹的内陆前进，向格瑞姆巴托推进，消灭部落的残部！兽人将会血流成河！”

“好人也会死去，”罗宁嘴里嘀咕道。

骑士首领的听力显然丝毫不逊于精灵，他的目光立刻转向了法师。“没错，好人也会死去！但我们已经发誓让洛丹伦和其他国家摆脱兽人的威胁，所以我们会不惜一切代价与他们决一死战！”

法师淡淡地说道：“但你首先要对付龙族吧？”

“他们会被打败的，法师，他们将被送进地狱。如果你们邪恶的法师——”

温蕾萨轻轻碰了一下指挥官的胳膊，对他莞尔一笑，罗宁都看得有些妒忌。“桑特瑞斯大人，您做圣骑士有多久了？”

罗宁惊讶地发现，游侠转眼见竟然变得风情万种，妩媚迷人，就像他在洛丹伦的皇宫里遇到的宫女一样。她的转变对邓肯·桑特瑞斯也产生了影响。她与这位头发花白的骑士打情骂俏，似乎对他的每一句话都表示赞赏。她的个性发生如此大的转变，以至于机警的法师几乎不敢相信她就是这几天为他指路的那个游侠。

邓肯详细地讲述了他并不卑微的卑微的开始。他的父亲是位富有的领主，因组建圣骑士军团而名声大噪。尽管其他骑士早已听过他的故事，但他们还是听得津津有味，显然已将他们的首领视为自己人生道路的光辉楷模。罗宁打量了在座的每一个人，发现骑士们都在凝神谛听他的故事，眼睛眨也不眨，好像停止了呼吸。

在他讲述自己的人生经历时，温蕾萨常不时地添加几句评论，多是溢美之词。在她的吹捧下,邓肯最寻常的成就都似乎变得很了不起。桑特瑞斯也让她讲述她的经历,她对自己的事情常常轻描淡写,但是法师相信,在很多方面,游侠肯定要胜过款待他们的主人。

桑特瑞斯似乎对她的恭维十分受用,因此滔滔不绝地长篇大论起来,但是罗宁听得实在是不耐烦了。他说声"抱歉"准备离开,却没有一个人理他,他随即匆匆走了出去,想呼吸清新的空气,单独呆一会儿。

夜幕已经降临,天上暗无月光,黑暗像条舒服的毯子将高大的法师包裹起来。他希望能尽快赶到哈斯克,然后只身前往卡兹莫丹。等到那个时候,他才能摆脱圣骑士、游侠以及其他无用的傻瓜的纠缠,他们一无是处,只会扰乱他的行动计划。罗宁单干的效果最好,在上一次失利之前他就想让别人明白这一点。当时所有人对他的话却都当作耳旁风,为了成功他被迫做他必须要做的事情。参与那次任务的战友对他的警告置若罔闻,他们也不理解他为何冒那么大的险。带着庸人常有的轻蔑态度,战友们径直冲向他施过魔法的道路……他们就这样与真正的敌人——一群兽人术士同归于尽,这些兽人当时正要唤醒一个传说中死去的恶魔。

罗宁对每一位战友的牺牲都深感遗憾,这种悲伤之情在肯瑞托大师面前并没有表现出来。他的脑海里常会浮现出战友们的容颜,他们催他做出更多壮举……话又说回来,有什么能比单枪匹马从兽人手里将龙族女皇解救出来这件事还要危险?他这次要一个人完成任务,不仅是因为这会给他带来荣耀,罗宁也想借此机会告慰故去的战友的亡魂,这些亡灵无时无刻不出现在他的脑海里。连克拉苏斯也不知道他常会想到鬼魂,这也许是件好事,因为克拉苏斯要是知道了,也许会对罗宁的心智和价值表示怀疑,不再让他执行这次任务。

在他走向要塞的围墙上面的时候,四周的风越来越大。上面有几个骑士站岗放哨,但他来到的消息显然已经迅速传遍整个要塞,因为一个哨兵借着灯笼的光认出是罗宁,却随即站到一旁。这正合他的心意:他不理会这些哨兵,他们也不打扰他。

远方的树木的模糊的形状使昏暗的大地生出几分魔幻的意味。罗宁觉得自己有点想离开这些并不友好的主人,在橡树底下找个地方睡上一觉。这样他至少用不着去听邓肯·桑特瑞斯的假虔诚的话语,在法师看来,邓肯似乎对温蕾萨很感兴趣,已远远超出骑士的行为底限。不过话又说回来,她确实长得性感迷人,那双水汪汪的眼睛使人禁不住想多看几眼,她的衣服也衬出了她优美的曲线——

罗宁不耐烦地哼了一声,努力不再想游侠。忏悔期间的闭门思过对他的影响已超出他的想像。魔法是他的情人,这一点毋庸置疑,如果罗宁身边有女性陪伴,他希望对方是个温顺的女子,比如宫廷里的年轻女子,或是在他出行期间偶遇的可塑性强的侍女。他决不希望对方是个骄傲自大的精灵游侠……

还是想想正事吧。除了倒霉的坐骑之外,克拉苏斯给他的东西也都丢失殆尽。他很想联系克拉苏斯,告诉他发生的一切。其实,年轻的法师并不想这样做,但他欠了克拉苏斯太多人情,他只能这样做。罗宁从未想过转身离开,因为放弃就会使重获其他法师的承认的希望破灭,他自己也不会答应。

他在夜里的视力比常人只是稍好一点。他仔细打量了一番四周的环境,没有发现附近有哨兵。一座岗楼的墙壁挡在他和他遇到的最后一个哨兵之间。这里是与克拉苏斯联系的绝佳地点。其实他也可以选择在他的房间里进行，但罗宁更喜欢户外空地，因为在外面他能更好地排除心中的杂念。

他从长袍深处一口袋里掏出一块不大的黑色水晶。这不是与远在千里之外的克拉苏斯联系的最好选择，但他想不出更好的办法。

罗宁将水晶高高举起，对着黯淡的群星中最亮的那颗，低声念起了魔法。这时，水晶的中心射出一道微光，施念咒语的同时，水晶的光芒也慢慢地变强。他嘴里不断地念着咒语——

就在这时，天上的群星突然*消失*了……

罗宁立刻停了下来，盯着天空。天上的星星并没有消失，又出现在他的眼前。那一幕……十分短暂，就是一眨眼的功夫，法师相信自己没有看错……

这一定是他的幻觉，是疲劳造成的。罗宁想起白天经历的那些磨难，他本应吃完饭后立即上床休息，但他首先想到的是试一试这个咒语。此事宜早不宜晚。他希望自己明天能完全恢复体力，因为桑特瑞斯大人一定会加速前进，肯定会让吃罗宁不消的。

罗宁又一次将水晶高举空中，又施念起咒语。这一次他的眼睛绝不会再欺骗——

“你在那儿干什么，法师？”一个低沉的声音突然问道。

罗宁暗骂了几句，对第二次被人打断有些怒不可遏。他迅速转向身后的骑士，叫道：“不管——”

随之而来的是一阵爆炸声，整座城墙不由一阵晃动。

水晶从罗宁的手中滑落。他根本没时间伸手去抓，脑子里只想着自己不要从墙上坠地摔死。

那个哨兵还是没能留在上面。在城墙摇晃不止的时候,他仰面倒下,先是摔在城垛上,然后又落向地面。他发出一声惨叫,吓得罗宁心里发毛,声音最终戛然而止。

爆炸声渐渐平息下来,但爆炸造成的破坏却十分严重。还没等法师站稳脚跟,部分墙体开始往里面塌陷。罗宁向岗楼跳去,以为那里能更安全一些。他跳到岗楼入口,一个箭步奔了进去,就在这时岗楼也开始不住地摇晃,摇摇欲坠起来。

罗宁想逃出去的时候,门口已然坍塌,他被困在塔楼里。

他开始施念咒语,但已经为时太晚。塔楼顶部向他砸去——

就在这时,一个巨手一样的东西紧紧抓住了法师,力气大得让罗宁喘不过气来……他随之不省人事。

耐克鲁斯·碎颅者在沉思自己经历的是是非非。这个头发灰白的兽人一手摩挲着嘴里的黄色长牙,同时仔细端详着另一只手上的金色圆盘,心里纳闷自己有此神力,怎么会沦落到变成一头雌龙的保姆和看守,这头雌龙的唯一利用价值就是不停地繁殖后代。当然,她是最伟大的一条龙,这也许就是他获此任务的原因。此外,耐克鲁斯只剩下一条腿走路,他永远也不用再想成为氏族首领。

金色圆盘似乎在嘲笑他。它似乎总在嘲笑他,而他却从未想过弃之而去。因为有了它,他获得了一个仍然受到其他兽人战士尊敬的职位……但自人类骑士将他左腿下半截砍掉之后,他就对自己失去了信心。耐克鲁斯干掉了那个骑士,但他再也不能继续光荣地战斗。当时战友们将耐克鲁斯拖离战场,给伤口消毒,还帮忙为他残缺的左腿造了个假肢。

他的眼睛一下子瞥到剩下的膝盖，以及与之相连的木制假腿。他将再也不能参加辉煌的战役，也不会再有充满鲜血和死亡的故事流传。有些兽人战士受了一些轻伤就自杀，耐克鲁斯却做不出来。一想到挥剑自刎或刨腹自尽，他就吓得全身发抖，他从未对别人提及自己对死的恐惧。不管怎样，耐克鲁斯·碎颅者一定要活下去。

要不是他懂术士的魔法，也许龙喉氏族早已赐他一死，让他来世再战。很久以前，他懂法术的本事就受到了关注，他随后也接受了一些最伟大的术士的训练。然而，术士的生活之道迫使耐克鲁斯做一些他并不情愿的事情，这些事情并不光明正大，他觉得这对部落不会有任何益处，相反还会造成伤害。他因此离开了术士的队伍，重回战士的行列，但他的酋长、伟大的萨满——祖赫德却不时命他发挥法术才能，甚至还做了一件大多兽人认为不可能的事情——捕获龙族女皇阿莱克斯塔萨。

祖赫德施展的是古代萨满信仰的魔法，部落成立之后已经很少有人懂这种法术，但为了这次任务，他还需要激发耐克鲁斯学过的更为险恶的魔法。祖赫德发现了一件古老的神器，这个法宝据说能作出惊天动地的事情。唯一麻烦的地方是不管祖赫德酋长如何努力，这个神器从未对萨满魔法有所反应。这使祖赫德转向他感到唯一可以信任的兽人术士寻求帮助，因为这个术士对龙喉氏族一直忠心耿耿。

就这样，*恶魔之魂*传到了耐克鲁斯的手上。

祖赫德将这个其貌不扬的金色圆盘称作“恶魔之魂”，但起初耐克鲁斯并不明白为什么要这样叫它。耐克鲁斯把圆盘在手里翻转，惊叹于其简单却不寻常的外观。圆盘纯金制造，形状就像一枚带着圆边的巨大硬币。即使在光线最暗的地方,圆盘也会闪闪发亮,没有东西能玷污圆盘的外观,不管是油渍、污泥,还是鲜血……任何东西都会从圆盘上滑落。

“*这个东西比萨满和术士的魔法还要古老,耐克鲁斯,*”祖赫德对他如是说道,“*我拿它没辙,也许你行……*”

尽管耐克鲁斯接受过专业训练,但发誓不再接触邪恶法术的他怀疑自己是否能比富有传奇色彩的酋长做得更好。不过,既然已经拿到神器,他要慢慢试着感受它的力量,学会如何使用。

两天之后,因为他惊人的成功以及祖赫德坚定的指挥,他们完成了一件没人相信的事情,特别是龙族女皇也难以相信。

耐克鲁斯哼了一声,身体慢慢地站了起来。膝盖与假肢相交的地方隐隐作痛,兽人魁梧的身材又使这疼痛不断加剧。耐克鲁斯对自己的领导能力不抱任何幻想。他几乎已经不能再像从前那样在洞中随意散步了。

该是时候见见龙族女皇了。要督促她按照日程计划行动。祖赫德和其他几个氏族首领仍然梦想着使部落东山再起,带领被软弱的毁灭之锤遗弃的兽人进行反抗。耐克鲁斯对这些想法表示怀疑,但他对部落忠心耿耿,所以绝不会违抗酋长的命令。

一手紧握*恶魔之魂*,耐克鲁斯趔趄着穿过湿冷的通道。龙喉氏族花了大力气扩建山中的通道体系。错综复杂的通道使兽人更容易肩负起为部落的荣耀而饲养和训练飞龙的重担。飞龙们占据了很大的空间,因此需要单独的腔室进行训练,兽人们因而要挖出更多的通道。

不过必须承认的是,飞龙的数量已经越来越少,祖赫德和其他人最近常会提醒耐克鲁斯飞龙的数量。他们要想获胜,就必须要有龙的帮助。

“怎样才能让她生得更快一些呢?”耐克鲁斯喃喃地说。

两个魁梧的年轻兽人从他身边大步而过。这两个兽人身高接近七英尺,每一个都有两个人类那么大,他们对耐克鲁斯微微点了一下头,向他致敬。巨大的战斧悬在身后,他们皆为龙骑士,都是新来的。龙骑士的死亡率是他们坐骑的两倍,绝大多数是因为没有抓牢坐骑坠地而死。耐克鲁斯脑子里曾冒出过一个想法:在飞龙死光之前,骁勇善战的战士是否会先全部阵亡。不过,他从未对祖赫德提过这个想法。

年迈的兽人蹒跚而行,很快就听到龙族皇后的声音。他听到吃力的呼吸声在附近回响不绝,就好像有股气流从地下深处升腾而上。耐克鲁斯知道这吃力的呼吸声意味着什么。他刚好及时赶到。

龙族皇后被关在一个巨大山洞里,入口是后来凿开的,入口处虽没有警卫把守,耐克鲁斯还是停住了脚步。有很多人试图解救或暗杀洞里硕大的红龙,但所有这些人最终都以惨死而告终。他们当然不是死在巨龙手下,因为她会很乐意看到这些人,他们死在耐克鲁斯的神器的一个令人料想不到的产物手上。

兽人乜斜着眼睛看着无人的入口,喊道:“现身吧!”

出口四周顿时闪耀着一阵亮光。空中突然出现了许多微小的火球,火球立刻聚在一起,汇成一个人形的身体。

人形怪物的脑袋燃烧着火焰,巨大的身上穿着燃烧的骨头,这是它的铠甲,高大的兽人在它面前都要自惭形秽。耐克鲁斯没有感到怪物身上火焰的热度,但他知道怪物只要轻轻碰他一下,一阵难以想像的剧痛就会传遍他的全身。

兽人中盛传:耐克鲁斯·碎颅者召来了传说中的一个恶魔。他没有对这个传言予以澄清,祖赫德则知道事情的真相。守卫巨龙的这个怪物没有独立的思想。在尝试利用神秘圆盘的力量的时候,耐克鲁斯放出了这个怪物。祖赫德称其是“火傀儡”,它也许拥有恐怖的力量,但绝不是传说中的恶魔。

不管它来自何方,做过何事,这个傀儡还是个不错的看守。连最残忍的战士都绕道而行,唯恐避之不及。它只听从耐克鲁斯一个人的命令。祖赫德曾试着指挥它,但放出傀儡的神器现在似乎已经与耐克鲁斯融为了一体。

“让我进去,”他对一身火焰的怪物说。

傀儡听了,突然全身紧绷……接着化成一阵火花消失了。虽已多次目睹怪物离去,耐克鲁斯还是不由后退了几步,直到最后一个火花消失才敢移动。

耐克鲁斯刚一进洞,就听到一个声音:“我……就知道……你会……立刻来到这里……”

全身镣铐的巨龙说话时带的轻蔑的口气对耐克鲁斯没有丝毫的影响。这么多年,他听她说过许多不堪入耳的话。紧握着圆盘,他向她的头部走去,出于安全考虑,她的头部被锁链固定在地面上。他们已经有个龙骑士被她的巨大嘴巴咬死,他们绝不会再犯同样的错误。

按理说,铁链和夹钳尚不足以禁锢如此硕大的飞龙,但在圆盘的魔力的支持下,这些工具变得坚硬无比。就算阿莱克斯塔萨全力挣扎,也还是挣脱不开。当然,这并不是说她没有试过。

“你需要什么吗?”耐克鲁斯冷冰冰地问道,语气里没有对她表现出任何关心。他想让她活下来只是为了部落的利益。

龙族皇后的鳞片曾像金属一样闪闪发亮。虽然现在她的身体仍然能填满山洞,但与以前比起来已经瘦弱了许多,皮下的肋骨已经若隐若现,说话也是有气无力。尽管身体条件很差,但她巨大的金色眼睛里的仇恨目光却依然如故,兽人也知道如果龙族皇后逃走的话,她肯定会先把他咬死。不过这种可能性不大,耐克鲁斯并不害怕。

"我只求一死……"

他哼了一声,转身不再继续这没有意义的谈话。在她被囚的时间里,她也试过绝食,饿死自己,但兽人仅用一招就使她打消了这个念头:将她孵下的一窝龙蛋拿到她的面前,当场打碎一颗龙蛋。尽管她知道孵出的每一条龙都要接受训练,用来对付部落的敌人,很可能阵亡前线,但阿莱克斯塔萨仍然希望他们某一天能获得自由。击碎龙蛋就如同击碎一个希望,减少一个可能成为自己主人的飞龙。

与往常一样,耐克鲁斯仔细察看了她刚孵出来的一窝蛋。这次共有五个。数量还可以,但多数龙蛋与往常相比个头小了一些。他心里不禁一阵心烦意乱。祖赫德已经跟他提过上一窝孵出的龙发育不良,但即使发育不好,在地上的时候飞龙还是要比兽人高上几倍。

将圆盘塞入腰上一处安全的口袋里,耐克鲁斯弯身拿起一枚龙蛋。虽然少了一条腿的支撑,但他双臂的力量却没有减弱,毫不费力就能拿起龙蛋。他掂量了一下,蛋的重量不轻。如果其他蛋也都这么重的话,那这些蛋肯定能孵出健康的幼龙。最好尽快将它们放入孵蛋室。那里的高温是孵化龙蛋的最佳温度。

就在耐克鲁斯放下龙蛋的时候,巨龙咕哝道:"一切都毫无意义,凡人。你的战争就快结束了。”

“你也许没错,”他哼着说,他的直言不讳无疑让她吃了一惊。头发花白的兽人转身面向被囚的巨龙,说:“但我们会战斗到底的,大爬虫。”

“你们将失去我们的帮助。我最后一个配偶就快不行了,这你是知道的。没有他,就不会有更多的龙蛋。”她的声音非常低,几乎无法听到。龙族女皇费力地呼了口气,就好像说话使她本已虚弱的身体更加不堪重负。

他斜眼看着她,瞅了一眼她身上若隐若现的肋骨。耐克鲁斯知道阿莱克斯塔萨最后一个配偶确实已经奄奄一息。开始的时候,他们还有三条雄龙配偶,后来其中一条在从海上逃走的时候不幸坠海而亡,还有一条雄龙受到死亡之翼偷袭后负伤而死。最后也是最老的一条雄龙最终留在女皇身边,但他年纪太大,比阿莱克斯塔萨还要大几百岁。岁月不饶人,再加上受过一些重伤,现在这条雄龙已经行将就木。

“我们会再找一个的。”

她竭力轻蔑地哼了一声。她说话的声音很小,好似耳语一般:“怎么找……你会找到吗?”

“我们会找到的……”他不知怎么回答她,但他如果让巨龙占了上风的话,耐克鲁斯会恨死自己。长期压抑在心中的郁闷和怒火终于开始爆发。他一瘸一拐地向她走去:“至于你,大爬虫——”

耐克鲁斯大胆地走到距离龙族女皇只有几码的地方,因为他知道锁链被施了魔法,使她既不能吐出火焰,也吃不了他。但令他大为惊异的是,阿莱克斯塔萨整个脑袋突然向他扭去,猛地出现在他眼前。红龙张开血盆大口,想要一口把他吞下,望着她深深的喉咙，兽人不由一阵恶心。

要不是反应敏捷，他可能早就变成对方的盘中餐了。抓紧装着*恶魔之魂*的口袋，他嘴里施念了一个咒语，发出一个命令。

巨龙疼得发出一声狂吼，整个山洞为之震撼，大块的岩石从山顶坠下。红色巨龙连忙缩回脑袋。她脖颈四周的铁钳发出一阵强光，兽人连忙用手挡住双眼。

在他不远处，一身火焰的傀儡突然现了身，黑黑的眼窝望着耐克鲁斯，等待命令。但兽人术士并不需要火傀儡的帮忙，圆盘就足以应付这几乎失控的局面。

"给我走开，"他朝火傀儡发出了命令。傀儡随即化成一阵火花消失了，兽人瘸着腿走到巨龙身前。耐克鲁斯瞪着巨龙，满面怒容，对巨龙要杀死他的企图大为恼火，又想到兽人部落大势已去，他心里更是一阵窝火。

"真是诡计多端啊，大爬虫？"他瞪着龙身上的铁钳，阿莱克斯塔萨显然花了很大的工夫才使它变得有些松动。耐克鲁斯一下子明白过来，附在她身上的铁链的魔法并没有延伸到将铁链固定住的石头。这个差错险些葬送了他的身家性命。

既然他没死，她就要为此付出代价。耐克鲁斯双眉紧蹙，瞪着受伤的巨龙。

"真是胆大包天……"他咆哮道，"有勇无谋啊！"说着他举起了金色圆盘，看到圆盘她的眼睛一下子瞪得很大。"祖赫德要我尽可能使你保持健康的身体，但他也告诉我只要我觉得必要我随时都可以惩罚你。"耐克鲁斯用力抓紧手中的神器，圆盘闪烁出阵阵强光。"现在——"

"请原谅鄙人的打扰，仁慈的主人，"山洞里突然传来一个刺耳的声音,“小的有消息向您禀告,您可要听听!”

耐克鲁斯被这突如其来的声音吓了一跳,圆盘差点从手中滑落。高大的兽人迅速地转过身,低头发现一个小家伙,他长着两只蝙蝠般的大耳朵,一口锋利的大牙,咧嘴傻傻地笑着。耐克鲁斯感到有些心烦,不知是因为地精本人,还是因为地精潜入山洞,却没有受到傀儡的阻拦。

“你! 你是怎么进来的?”他弯腰一把抓住地精的喉咙,将他举在半空中。他原本打算惩罚巨龙的念头也随之消失。“快说?”

这个阴险的地精有些喘不上气,但还是强作笑脸:“就—就是走进来的,仁慈的主—主人! 走—走进来的!”

耐克鲁斯心下思忖:这地精一定是在火傀儡赶来帮他的时候偷偷溜进来的。地精个个诡计多端,总是有办法进入安全的地方,但就算这地精再聪明,也不应该有本事进入这个山洞。

他松开了手,地精落到了地上。“好吧,就信你一回! 为什么来这儿? 有什么消息?”

地精摸了摸他的喉咙。“我向你保证,绝对重要的消息!”他又笑了起来,嘴巴咧得更大了。“我什么时候让你失望过,伟大的主人?”

虽然在耐克鲁斯看来,地精毫无羞耻感,连地上的爬虫都不如,但他必须承认这个家伙从未骗过自己。地精是靠不住的盟友,他们常要花招,但总是能完成毁灭之锤以及之前伟大的酋长黑手布置的各种任务。“有话快说!”

邪恶的地精捣蒜般拼命点头。“遵命,耐克鲁斯! 我来是要告诉您现在有一个计划正在进行,实际上不止一个,有人要解救——”他犹豫了一下,然后将头歪向倦怠的阿莱克斯塔萨,“——

这会给龙喉氏族的梦想带来巨大的灾难!”

兽人顿时有些不悦。“你什么意思?”

地精又一次将脑袋歪向巨龙。“要不换个地方说话,仁慈的主人?”

地精说的有道理。耐克鲁斯看了一眼被囚的巨龙,她似乎因为疼痛和疲劳而有些神志不清。但现在最好还是对她多加小心。如果地精带给他想要的消息,耐克鲁斯并不想让龙族女皇听到细节。

“好吧,”他哼道。耐克鲁斯一瘸一拐地向山洞出口走去,心里琢磨会是什么消息。地精跳到他身边,咧嘴大笑。耐克鲁斯很想将那恼人的笑容从他脸上抹掉,但现在他还需要这个家伙……“你最好不要骗我,克瑞尔!明白吧?”

克瑞尔点着头急忙跟上,他的脑袋就像一个破损的玩具上下点个不停。“相信我,耐克鲁斯大人!一定要相信我……”

5

“爆炸与他毫无干系，”温蕾萨坚持自己的立场，“他怎么会做出这种事情？”

“他是个法师，”邓肯淡淡地说，就好像这句话可以回答所有的问题一样。“他们根本不管别人的死活。”

温蕾萨心里明白银手骑士团对魔法有着根深蒂固的偏见，因此也不想为此与他争辩。身为精灵，她从小在魔法的环境下长大，耳濡目染下她自己也能施展一些魔法小技，所以她不会像圣骑士那样带着有色眼镜看待罗宁。虽然罗宁给她鲁莽冲动的印象，但他还不至于残忍到对他人的生死漠不关心的地步。在他们逃脱巨龙的追杀的时候，不正是他救了她一命吗？他要是冷漠无情，那为何还要冒死救她？他自己一人也能赶到哈斯克。

“那如果不是他的责任，”桑特瑞斯大人继续说，“他人又哪儿去了呢？为何瓦砾间寻不到任何他的痕迹？如果他是无辜的，我两个在他施法期间丧命的兄弟身边就应该有他的尸体……”他轻轻捋了一下胡须，接着说，“所以，相信我，这个卑鄙的勾当就是他干的。”

也就是说，你就可以像追捕动物一样追杀他了，她心下暗道。

邓肯召集了十个最勇猛的战士与他一同寻找失踪的法师，此举用意何在？温蕾萨本以为这是一次救援行动，但她很快发现这根本不是那么回事，跟她想的恰好相反。在温蕾萨与其他人听到爆炸声，发现一片废墟之后，她心中一阵隐隐作痛。这不仅是因为她没能保护好同伴的安全，更重要的是他与另两个人的死也太过蹊跷。然而邓肯从一开始就认为罗宁是罪魁祸首，特别是在瓦砾中一阵搜寻之后，没有发现罗宁的尸体。

她起初以为是地精干的勾当，地精擅长偷偷溜进堡垒，施放致命的炸药。但骑士首领坚称他的地盘绝不会有部落的人出现，尤其是地精。虽然那些凶残的生灵确实拥有一些不可思议的飞行器，但没有人亲眼见过。而且，这种飞行器要想不被发现就必须快如闪电，但对那些笨重的设备而言这根本不可能。

这样一来，罗宁显然就成为导致灾难的最终人选。

温蕾萨不相信他会做出这种事情，因为他全身心都投入到这次任务。她只希望如果他们找到年轻的罗宁，在查明真相之前，她能阻止邓肯和他手下的人，不要杀死他。

他们在附近的乡村四处寻找，接着又向哈斯克的方向前进。虽然不止一个年轻骑士称罗宁很可能已经凭借魔法将自己转移到目的地了，但邓肯·桑特瑞斯却不这么认为，他觉得罗宁还没有这么大本事。他坚信他们能追上这个卑劣的法师，将他绳之以法。

白昼逝去，夕阳西下，连温蕾萨也开始怀疑罗宁是否真的无辜。不会真的就是他引发了这场灾难，随后逃离事发现场吧？

“我们要立刻在这里扎营，”桑特瑞斯大人随后不久宣布。他仔细地察看附近浓密的森林。“我可不想找麻烦，晚上进行搜寻对我们没什么好处，没准目标会在我们鼻子底下跑掉。”

温蕾萨拥有敏锐的视力,比同行的骑士好很多,她本想自己继续搜寻,但再三考虑之下还是决定留下。如果银手骑士团发现罗宁的时候她不在场的话,这个法师幸存下来的可能性就就微乎其微了。

他们又骑马走了一段路,却还是一无所获。夕阳已经落山,只留下微弱的光芒照亮他们的前路。邓肯很不情愿让队伍停了下来,命手下的骑士立刻搭起帐篷。温蕾萨翻身下马,眼睛却还不停地注视着周围,仍希望能看到红发法师现身。

"他不在这儿,温蕾萨女士。"

她转身抬头向骑士首领看去,在众多骑士中只有他高大得要她仰视。"我只是忍不住想看一看,大人。"

"我们很快就会找到那个恶棍。"

"桑特瑞斯大人,我们应该先听他说发生了什么。这样才公平。"

一身铠甲的邓肯耸了耸肩,仿佛如何处理此事他都无所谓的样子。"我们当然会给他忏悔的机会。"

之后他们也许会将罗宁套进锁链,或者当场将他处死。银手骑士团也许是个神圣的组织,但他们也因执法迅速而著称。

温蕾萨与桑特瑞斯说声"抱歉"离开了,怕这时自己会将他激怒。她把自己的马拴在营地边上的一棵树上,然后就偷偷溜进了树林里。精灵不断向森林深处前进,身后搭建营地的嘈杂声也慢慢消失了。

她又一次冒出继续寻找罗宁的念头。她的身体柔韧性好,可以轻松地在树林里穿行,因此不费什么力气就可以找到在繁茂的枝叶间掩藏尸体的地方。

*“温蕾萨，你为何总是来去匆匆，以你独一无二的方式来处理事情？”*在她参加游侠精选课程的时候，她的第一个老师这样如是问她。只有十分优秀的游侠才能参与这种课程学习。*“你这种耐性就好像你生来是人一样。再这样下来，你留在游侠的队伍时间不会很长……”*

尽管有很多老师对她持怀疑态度，但温蕾萨最终还是成功地成为游侠中的精英。她现在要是鲁莽行事，原先的课程可就白学了。

游侠决定先在树林里呆几分钟放松一下，就马上回到骑士身边。游侠靠在树上，长呼了一口气。这次任务并不复杂，却已经出现了两次大的纰漏。如果他们找不到罗宁，无功而返的话，她就要想好回去怎么跟师父们交代，更不用说达拉然的肯瑞托了。一切错误都与她无关，但——

突然，一阵强风袭来，差点把温蕾萨掀翻在地。女精灵竭力抓住树干，没有摔倒，却听到远方传来骑士们的叫声和零星物品在空中的撞击声。

狂风来也匆匆，去也匆匆。温蕾萨将脸上凌乱的头发捋到一旁，疾步赶向营地，担心邓肯等人受到类似于先前那条龙的力量袭击。令她感到庆幸的是，在快要赶到营地的时候，游侠听到圣骑士们正在商讨修复营帐的声音。在她进入营地的时候，温蕾萨看到除了睡袋和其他杂物横七竖八地散落地上之外，似乎没有人受到伤害。

桑特瑞斯大步流星地向她走去，充满了担忧的神情。“没事吧，女士？没受伤吧？”

“没事儿。飓风吓了我一跳，仅此而已。”

“大家也是如此。”他摩挲着胡须，凝望着阴暗的树林。“我很诧异，一般的风不会这样刮的……”他转向他的一个骑士。“罗兰，加强守卫！这场风暴不会就这么结束的！”

“遵命，大人！”一个身材修长、脸色惨白的骑士大声应道，“克里斯托福！雅各布！快——”

他的声音戛然而止，邓肯和温蕾萨急忙转身查看这个骑士是否被弩箭射中。结果，他们发现他正盯着被褥中间一个黑乎乎的身体，那人两腿向外伸直，双臂交叉在胸上，好似一具死尸。

他们最终发现地上这人竟然就是罗宁。

温蕾萨和邓肯急忙围到他身旁，一个骑士手持火把凑到跟前。女精灵俯身查看他的身体。在摇曳的火光下，罗宁面色苍白，纹丝不动地躺在地上。她也分辨不出他是否还在呼吸。温蕾萨伸手探向他的胸口——

这时，法师的眼睛突然睁开，把在场的所有人都吓了一跳。

“游侠……再次看到你……真是太好了……”

话一说完，罗宁的眼睛又闭上了。他睡着了。

“真是个愚蠢的法师！”邓肯·桑特瑞斯厉声道，“我的士兵死了之后，你就消失得无影无踪。你以为你这样出现，美美地睡上一觉，就没事了！”他伸手去抓罗宁的胳膊，想把他晃醒。可就在手指碰到罗宁的黑色衣服的时候，他发出了一声惊叫。邓肯盯着自己戴着手套的手，想是被什么咬了一下一样，咆哮道：“他身上有种不可见的邪恶之火！即使戴着手套，也感觉像是抓着一小堆火焰！”

尽管他再三地警告，温蕾萨还是要亲自看个究竟。她伸手触摸罗宁的衣服的时候，确实感到有些难受，却没有桑特瑞斯说的那么严重。但游侠还是把手缩了回来，点头表示同意。她明白现在没必要跟骑士首领说反话。

这时，温蕾萨听到身后传来刀剑出鞘时金属刮擦的声音。她赶忙抬头瞥了一眼邓肯，邓肯随即对拔剑的骑士摇了摇头。“别这样，威克斯福特，银手骑士团不杀无还击之力的敌人。这会给我们的誓言蒙上巨大的污点。依我看，我们今晚派人守着他，等明天再看看法师的情况。”说着桑特瑞斯大人饱经风霜的脸上神情严峻起来，“不管怎样，他醒来之后，我们一定会伸张正义的。”

“我守在他身边，”温蕾萨突然打断说，“其他人可以离开了。”

“恕我直言，女士，你与他的关系——”

她突然站直身子，紧紧地盯着骑士首领的眼睛。“你难道不相信游侠的话，桑特瑞斯大人？你连我的话也不信？你是不是认为我会帮他逃跑？”

“当然不是！”邓肯耸了耸肩，又说，“就算你真想这么做，我也管不了。我答应你的请求。但这一夜你不能有丝毫松懈——”

“这是我的选择。当有人替你做这件事的时候，你能否少插手呢？”

温蕾萨说的他无言以对。桑特瑞斯最后无奈地摇了摇头，转向其他骑士，命令他们离开。没多久，营地中央只剩下游侠和法师两人。罗宁就这样躺在两条被褥上，因为骑士们害怕移开被褥的时候烧到自己的手。

她没有碰他，只是端详着入睡的罗宁的面容。罗宁的衣服有多处撕开的破洞，脸上也有多处伤疤和青肿，但除此之外似乎并无大碍。他看起来似乎十分疲倦，就好像已经消耗掉全部的体力。

也许这是因为她是透过暗淡的光线看他的效果，但温蕾萨知道他看起来确实十分虚弱，甚至有些惹人怜爱。她还必须承认他有一张英俊的脸,但她随即打消了与之相关的任何念头。温蕾萨很想知道自己如何才能使不省人事的法师躺得更舒服一些,但这也就意味着她要忍受与他接触时产生的痛感。

温蕾萨没有其他办法,只好坐到罗宁身旁,打量了一下四周,以防有人偷袭。她仍然觉得罗宁的突然出现甚为蹊跷,邓肯虽然没说什么,但他肯定也有此同感。罗宁不大可能用魔法将自己转移到营地中央。也许他躺在这里昏迷不醒与他施展魔法有关,但这根本不可能。温蕾萨心里猜想:罗宁也许遭人绑架,绑架者在达成目的之后又把他扔在这里。

最后一个疑点是——究竟谁会做出这种匪夷所思的事情……他有何企图?

他醒了过来,知道所有人都会与他为敌。

也许并不是所有人都这样。罗宁不知道自己与精灵游侠身在何方。按理说,她誓死将他安全送达哈斯克的誓言也就意味着为了保护他,她甚至还要与那些貌似虔诚的骑士反目成仇,但一切都难以预料。罗宁上一次执行任务的时候身边也有个精灵,年纪虽比温蕾萨大一些,性格却跟她十分相像。不过那个游侠对待罗宁的态度与邓肯·桑特瑞斯非常相似,却不像邓肯那样能有处世的技巧。

罗宁轻轻地呼了一口气,不想让别人发现自己已经醒了。只有一个办法能知道他与骑士们在哪儿,但他还需要一些时间来理清思绪。骑士们问的第一个问题肯定是他在这次灾难中都干了什么,随后又发生了什么。对于第一个问题,疲倦的法师多少还能回答一点儿;至于第二个问题,他们知道的可能和他一样多。

他已经不能再等了。罗宁又深呼一口气，然后故意地伸展了一下四肢，好像刚从睡梦中醒来一样。

他听到身边有人移动的声音。

法师按照计划轻轻地睁开了双眼，看向四周。令他宽慰而又开心的是，出现在他的眼前的是温蕾萨焦虑的面孔。游侠凑到他跟前，漂亮的天蓝色眼睛近距离地望着他。他心想那双眸子真是太漂亮了……这个想法很快就消失了，因为耳边传来了叮叮当当的金属声音，他知道其他人已经知道他醒过来了。

"他醒了？"桑特瑞斯大人声音低沉地说，"我们倒要看看他能撑多久——"

精灵突然一跃而起，挡住了桑特瑞斯的去路。"他刚睁开双眼！先给他时间恢复一下身体，吃点东西，再审问他也不迟！"

"我不会剥夺他基本的权力，女士，但他必须在他吃饭的时候回答问题，而不是饭后。"

罗宁用肘部撑起了身体，恰好看到怒容满面的邓肯，明白银手骑士团一定是把他当作了叛徒，甚至杀人犯。虚弱的法师回想起那个从城墙上坠下的倒霉的哨兵，猜想也许还会有更多的受害者。一定有人报告，说罗宁当时也在城墙上，因为生来对法师的偏见，银手骑士团更加相信他就是罪魁祸首。

他不想与他们打架。他怀疑自己现在是否还能施展一两个简单的咒语，但他们若执意要处死他的话，罗宁肯定会奋起反抗，绝不会任人宰割。

"我会尽量回答你的问题，"法师一边说着，一边挣扎着站了起来，温蕾萨想要帮他，但被他拒绝了。"但你先要让我吃点东西，喝点水，填一下肚子吧。"

骑士们味道平淡的配给食物对罗宁来说却是香甜可口。连水壶里的温水对他来说也胜似琼浆玉液。罗宁突然感到自己就好像一个星期都没吃东西一样。他狼吞虎咽,大快朵颐,已经顾不上吃饭的礼节是否得体。一些骑士望着他暗自发笑,而其他人,特别是邓肯则是一脸的厌恶。

在他快要吃饱的时候,对他的审讯开始了。桑特瑞斯大人在他面前坐下,紧紧盯着法师,大声嚷道:"红发罗宁,是时候交代了!你已经填饱了肚子,现在应该将你心中的罪恶告诉我们!讲一下你在城墙上犯下的罪行……"

温蕾萨站在法师一旁,一只手搭在佩剑的剑柄上。她已经做好准备,在这个极不正式的法庭上随时保护罗宁的安全。这样做并不是罗宁想像的那样,是因为她发誓一路保护他。在两人逃脱了巨龙的追杀之后,她对他的了解要远远好过这些傻瓜。

"大人,我会将我知道的事情全都告诉你,但我知道的十分有限。当时我站在城墙上面,但城墙的倒塌并不是我的错。我听到了爆炸声,城墙晃了几下,您的一个士兵不幸从墙边上掉了下去,我对他深表同情——"

没戴头盔的邓肯一只手插进了他稀少的白发里。他看起来就像是在竭力克制自己的怒火,不让自己发火。"你说的话漏洞太多,法师,而你竟然毫无察觉!你虽不认罪,但有证人活了下来,看到那场灾难之前你正在施展魔法!你在胡说!"

"不,是你在胡说,就像你希望我们人类存在于这个世界上一样,"罗宁不动声色地答道。他咬了一口硬饼干,又说,"大人,没错,我当时是在施展魔法,但我只是要与远方的人联系。我是要向一个前辈寻求建议,问他如何继续执行一项被联盟最高领导许可的任务……关于这一点，这位可敬的游侠可以作证。”

还没等邓肯将眼睛转向温蕾萨，她就立刻说道：“他说的千真万确，邓肯。他没有理由要造成如此大的伤害——”这时邓肯想要张口反驳，无疑又想强调所有法师在施展魔法的时候就变成了恶棍，她立刻举起一只手让他打住，接着说，“为了恢复他的权利和自由，我会与任何人战斗到底，包括你。”

桑特瑞斯大人想到要与温蕾萨决一死战，便一脸的不悦。他恶狠狠地瞪着罗宁，最终还是点了点头。“这次就饶了你。法师，你有个坚实可靠的保护者，看在她的面子上，我姑且相信你不是元凶。”说完，一个手指指向法师。“但你要好好想想，我想听你讲一下整个事情的来龙去脉，以及你如何像片树叶一样落到我们身旁……”

罗宁叹了口气，知道自己还是要讲这一段经历。“好吧，我就把我知道的一切都告诉你。”

疲惫的法师又讲了一遍他的那段经历：他来到城墙上，决定与他的担保人联系，随后发生的爆炸使整个城墙都震动不已。这一遍与前面的讲述没什么两样。

“你确定你听到的声音没错？”邓肯·桑特瑞斯接着问他。

“是的。我虽然不能百分之一百地确定，但我肯定那声音跟炸弹的爆炸声一样。”

这起爆炸不一定就是地精干的，但多年的作战经历已经使这种想法在罗宁的头脑中根深蒂固。曾听到有人说在洛丹伦见过地精，但温蕾萨却有自己的想法。“邓肯，也许先前追杀我们的那条龙带了一两个地精。地精身材瘦小，在这里藏个一两天是没有问题的。这样就可以解释许多疑点了。”

“是有这个可能，”他不情愿地应道，“如果真是这样的话，我们必须加倍警惕。地精别的不会，就会捣乱，搞破坏。他们肯定还会袭击我们的。”

接着，罗宁继续讲述他的经历，讲他如何逃进一个貌似安全的岗楼里，岗楼竟然随之坍塌。讲到这里，罗宁有些犹豫，因为他知道桑特瑞斯肯定会对他后面的话表示怀疑。

“就在那时——*有个东西*——抓住了我，大人。我不知道那是何物，但它就像是抓玩具一样一把就把我抓起，将我从废墟中带走。我很难张口呼吸，因为我被抓得太紧了，在我醒来的时候——”法师这时向温蕾萨看去，“我就看到了她。”

邓肯一直想听他多讲一些，但在他确知自己一无所获的时候，他狠狠地拍了一下自己的膝盖，大声叫道：“就这些？你就知道这些？”

“就这么多。”

“阿隆苏斯·法奥在天保佑！”邓肯大喊，他喊的是个大主教的名字，这个大主教的遗产通过他的学徒乌瑟尔·光明使者传到银手骑士团手上。“你说的就跟没说一样，毫无价值！我刚才就应该——”这时温蕾萨轻轻地动了一下，他见状顿了顿又说，“但我已经许下诺言，说到做到。我不会对我原先的决定反悔。”他站起身，显然不想再呆在法师身边。“我还要宣布一个决定。我们已经在前往哈斯克的路上了。我们会以最快的速度前进，把你送到船上。一个小时之后出发。做好准备，法师！”

话音刚落，邓肯·桑特瑞斯大人转身离开了，他手下忠诚的骑士们也跟着离开。罗宁发现只剩下他和游侠两人，游侠走到他面前，席地而坐。她望着他的眼，说：“你现在还能骑马吗？”

“精灵,除了疲劳和几处瘀伤之外,我似乎没什么问题。”罗宁发现他的话说得有些唐突。“对不起。是的,我能骑马。只要能准时赶到港口,我什么都愿做。”

她又站了起来。“我去给你备好马匹。邓肯多带了一匹马,就是为你准备的。我现在去看看那匹马是否还在,你准备一下吧。”

就在游侠转身要走的时候,疲倦的法师胸中突然涌起一种别样的情感。“谢谢你,温蕾萨·风行者。”

温蕾萨扭过头,对他说:“除了做好向导,管好坐骑也是我的责任。”

“我的意思是,感谢你站在我这一边,不然刚才这里就会发生一场粗暴的审问。”

“那也是我的职责之一。我对师父发誓一定要将你送到目的地。”她说话的时候嘴角微微一翘,就好像在对他微笑。“尽快做好准备,罗宁大师。我们后面肯定会加速前进。我们已经浪费了太多时间。”

她走开了,只剩他一人。罗宁盯着行将熄灭的营火,脑海里闪现着最近发生的一幕幕景象。温蕾萨不知道她刚才关于地精的猜测几乎接近事实真相。哈斯克之旅困难重重,并不只是因为时间紧张。

他并没有将发生的一切都告诉他们,这些话也没跟精灵说。罗宁将他经历的每一个细节都告诉了他们,但他没说他得出的结论。他对骑士没有任何愧疚之心,但温蕾萨对这次任务和他的安全的奉献精神却使他心里有些惭愧。

罗宁不知道是谁放的炸弹。也许是地精吧,但他并不在乎。他更关心的是他在讲述经历的时候略过的地方。在他讲述在坍塌的岗楼中被抓起的时候,他没有告诉他们他感觉像是有只巨手将他抓起。他们可能不会相信他的话,桑特瑞斯一定还会拿它作为他与恶魔沆瀣一气的证据。

一只巨手救了罗宁一命,但那不是人手。他当时神志虽不清醒,但他仍然清楚记得那张满是鳞片的皮肤和邪恶而弯曲的爪子,爪子甚至比他的身体还长。

罗宁大难不死,而救命恩人竟然是条龙……罗宁不知道这是为了什么。

6

“他在哪儿？我可没闲工夫在这些破旧的大厅里瞎转悠？”

吉恩·灰鬃气势汹汹地说道，这个情景已见怪不怪，但泰若纳斯国王先静静地从一默数到十，才开口道：“吉恩，普瑞斯托领主马上就来了。你知道他希望我们在这件事上能够团结一致。”

“我可什么都不知道，”吉恩应道。吉恩·灰鬃人高马大，一袭黑衣，外罩灰色铠甲。在泰若纳斯国王眼里，他就好像一头刚学会穿衣的黑熊，整体着装有些邋遢。他健壮的身躯似乎随时都有可能将铠甲撑爆，如果这位吉尔尼斯的国王再一口气喝干一瓶口感不错的麦芽酒，或是狼吞虎咽地吃下泰若纳斯的厨师们烹制的一块厚厚的洛丹伦油饼，他身上的铠甲铁定会爆开。

虽然灰鬃长着熊一般的容貌，傲慢而又唐突，泰若纳斯国王却从没有低估过这位来自南方的勇士。灰鬃控制政局的娴熟手段早已广为流传，最近这次也丝毫不逊色。吉尔尼斯与其他国家相距甚远，似乎脱离于天下的局势，但灰鬃却成功地使他的国家获得了话语权，泰若纳斯仍然对此感到十分吃惊。

“你还不如让外面的大风停止呼啸，”大厅另一端传来一个温文尔雅的声音。“哪怕让那个家伙安静一分钟，也是难上加难！”

他们说好在皇宫大厅里会面，过去洛丹伦的大多数重要条约都是在这个大厅里签订的。大厅的悠久历史，再加上古老而庄重的室内装饰，使这里的每一次谈判都笼罩在一种“意义重大”的光环之下……当然，“奥特兰克危机”对联盟的稳定确实具有重要意义。

“如果你不喜欢我的声音，海军上将，”灰鬃咆哮道，“我的宝剑可以保证你永远不会再听到我的声音，其他声音你也甭想听到。”

戴林·普罗德摩尔海军上将腾地一声站了起来。这位身材修长、饱经沧桑的老船长身手去抓通常挂在他绿色海军制服一侧的佩剑，却发现剑鞘嘎嘎作响，里面什么也没有。吉恩·灰鬃也是只有剑鞘，没有佩剑。有一条不成文的规定——所有国家元首在开会期间都不能随身佩带兵器，国王们虽然都不很情愿，但这个规定从制定之初一直延续至今。国王们同意，包括*吉恩·灰鬃*在内，开会之前由银手骑士团的人对他们搜身，虽然银手骑士团公开表示效忠于泰若纳斯，但他们是所有国家元首信任的唯一一只军队。

要是没有普瑞斯托，首脑会议也不可能在这个时候召开。这些大国元首很少会凑在一起。他们通常会通过信使和外交官向其他国家传话，阐发本国立场，偶尔才会进行国事访问。只有普瑞斯托能说服泰若纳斯那些难对付的盟友将随从和警卫撇在外面，聚在一起面对面商讨天下大事。

现在一切就绪，就等这位年轻的贵族的到来……

“诸位大人！各位绅士！”无助的泰若纳斯这时蓦地看到窗户边出现了一个冷酷的身影，虽然已是春意融融，但那人却还穿着毛皮大衣。托拉斯·托尔贝恩长着一副狂放不羁的面孔，但泰若纳斯只能看到他的大胡子和鹰钩鼻。他知道不管托拉斯对窗外的风景表现出多么浓厚的兴趣,这位斯托姆加德的国王一定把其他国王的话铭记于心。面对眼下这次危机,他没有向泰若纳斯提供任何帮助,这不由让泰若纳斯想起,自奥特兰克危机开始以来,两人便分歧不断,双方的关系出现了巨大的鸿沟。

该死的佩瑞诺德国王! 洛丹伦国王心里暗骂,*都是他逼我们走到今天这步!*

银手骑士团的骑士站在一旁,以防元首们发生争斗,泰若纳斯更担心的则是人类各国团结一致的希望不致破灭。他从不认为兽人不会再对人类构成威胁。在这个紧要关头,人类必须团结下去。他多么希望沦陷的艾泽拉斯国的摄政王——安杜因·洛萨能在这里,但这根本不可能实现,可是没有洛萨,就只有——

“各位大人!我来了!这可不是我们应该有的行为啊!”

“普瑞斯托!”泰若纳斯惊呼道,“谢天谢地!”

众人纷纷转过身,只见高大英俊的普瑞斯托大步流星走进大厅。*他竟会对这些老家伙产生如此惊人的效果,*泰若纳斯国王心里暗想。*他一走进屋里,人们就立刻停止了争吵!不共戴天的仇敌放下了手中的武器,共商和平!*

泰若纳斯愈加相信,他是取代佩瑞诺德的最佳人选。

泰若纳斯看着他的朋友在大厅里依次与各个国王打招呼,就好像他们是他最好的朋友一样。也许他真把他们当成了好朋友,因为普瑞斯托这人不摆架子,平易近人。不管是性情粗暴的托拉斯,还是诡计多端的灰鬃,在他们面前普瑞斯托总是能游刃有余。只有达拉然的法师不欣赏他,但他们毕竟是法师。

“请原谅我来晚了,”年轻的贵族说,“我今早骑马去了趟乡村,没承想回来竟然花了这么长的时间。”

“用不着抱歉,”托拉斯·托尔贝恩声音温和地说。

这又一次验证了普瑞斯托拥有近乎神奇的个人魅力。托拉斯·托尔贝恩是联盟的朋友,也是令人尊敬的盟友,但他从不会轻易对别人说好听的话。他讲话喜欢用简练的句子,没说几句就会陷入沉默。与他交往久了之后泰若纳斯才明白,托拉斯沉默寡言并不是表示侮辱。其实,托拉斯生来就不善表达,不喜欢跟别人长篇大论。生活在寒冷多山的斯托姆加德,他更喜欢少说话多做事。

洛丹伦的国王对普瑞斯托的到来备感欣慰。

普瑞斯托环视了一下屋里的人,接着说:“能够再次见到各位,十分高兴!我希望这一次会面能够消解彼此间的分歧,成为好朋友和好盟友……”

灰鬃拼命地点头表示同意。普罗德摩尔脸上露出满意的笑容,好像普瑞斯托的来到回应了他的祈祷。泰若纳斯一言不发,想让他天赋过人的朋友来控制这场会议。大家对普瑞斯托了解越多,泰若纳斯就越容易推出他的方案。

国王们围坐在装饰精美的象牙桌边,这张桌子是泰若纳斯的祖父在成功地与奎尔萨拉斯的精灵商讨边境问题之后,北部诸侯赠送给他的礼物。泰若纳斯每次坐在桌前都会将双手牢牢地置于桌上,希望能从祖先那里获得启示。普瑞斯托端坐在他的对面,两人四目相视。看到普瑞斯托的黑眼睛闪烁着坚强的意志,泰若纳斯终于可以松一口气。普瑞斯托一定能够解决任何可能出现的争执。

谈判就此开始,一通呆板的开场白之后,众人随即进入正题,开始热烈的讨论。在普瑞斯托的主持下,没有一个国王用武力进行威胁。他多次将其中一位君主叫到一边,单独进行交流,每次谈话之后普瑞斯托鹰隼般的脸上总会露出笑容，联盟各国的关系也因此得到进一步的改善。

就在首脑会议接近尾声的时候，泰若纳斯单独把普瑞斯托叫到一旁。灰鬓、托拉斯和海军上将普罗德摩尔正在享用泰若纳斯珍藏的白兰地，普瑞斯托则与泰若纳斯站到能够俯瞰整个城市的窗户前。泰若纳斯非常喜欢窗外的风景，他能从这里看到百姓们的幸福生活。即便现在屋里各国元首正在开会，他的子民还是在勤劳地工作着，继续过着他们的生活。他们对他的信任极大支持了他早已疲倦的身心，他知道人民会理解他今天要作出的决定。

“我不知道你是如何做到的，我的孩子，”他对普瑞斯托轻声道，“你让他们看清了事情的本质！他们今天坐在这里，不仅相互之间十分礼貌，而且对我也很是客气！我还以为吉恩和托拉斯会剥了我的皮呢！”

“大人，我只是尽我所能使他们心平气和，不过还是谢谢您的赞美。”

泰若纳斯摇了摇头。“赞美？才不是呢！普瑞斯托，年轻人，你一个人就使整个联盟免于崩溃！快告诉我，你都跟他们说了什么？”

普瑞斯托英俊的脸上掠过了一丝阴阴的笑容。他身体凑近国王，盯着泰若纳斯的眼睛说：“我跟他们每个人说的话都不一样。我向海军上将许诺让他继续拥有海上的控制权，即使这意味着需要派遣部队控制吉尔尼斯的局势；我答应灰鬓将奥特兰克海岸线附近的地方作他未来的海军殖民地；我答应索拉斯·托尔贝恩把奥特兰克的东半部割给他……所有这些都要等我成为奥特兰克的合法统治者之后才行。”

泰若纳斯国王听得是瞠目结舌，一时说不出话来，他几乎不敢相信自己的耳朵。他盯着普瑞斯托的眼睛，以为他是在说笑，还以为笑话最后的包袱还没甩出来。普瑞斯托却没有再说什么，泰若纳斯最后静静地说道："我的孩子，你是不是疯了？拿这些事情开玩笑可太过分了，而且——"

"这些事情你都会很快忘记，"普瑞斯托领主凑了过去，眼睛紧紧地盯着泰若纳斯的眼睛，一眨也不眨。"因为他们没人会真的记住我对他们说的话。你只要知道我保证让你获得政治上的优势，为此你就要任命我为奥特兰克的统治者。明白吗？"

泰若纳斯心里再明白不过了。他必须要选普瑞斯托作为那个纷争不断的国家的新的君主。洛丹伦的安全和联盟的稳定都要求他这样做。

"我知道你会这样做的。好了，你现在回去，在会议结束的时候提出你那个大胆的决定。灰鬃肯定不会对此表示赞同，但几天之后他会同意的。普罗德摩尔会接受你的意见，思考一段时间之后，索拉斯·托尔贝恩也会同意选我做国王。"

国王脑海里一直萦绕着一个想法，他觉得有必要先向他讲清楚。"不……国家元首的遴选必须……必须要得到达拉然和肯瑞托的同意……"他竭力想把话讲清楚。"他们也是联盟的成员……"

"谁相信法师？"普瑞斯托提醒他，"谁知道他们的日程表？这也就是为何我让你不要让他们参与此事的原因。法师不可靠……我们最后一定要对付他们。"

"对付……当然，你说的没错。"

普瑞斯托笑了起来，嘴巴咧得更大了，露出更多的牙齿。"我总是对的。”他友好地搂住国王。“我们现在应该回到其他人身边了。你对我的进展十分满意。几分钟之后，你要说出的你的方案……我们将会取得更辉煌的成就。”

“是的……”

身材修长的普瑞斯托领着国王回到其他君主身边，泰若纳斯的思绪立刻又回到正事上了。正如普瑞斯托希望的那样，他刚才说的那一番话现在已经深深藏在了泰若纳斯国王的潜意识里。

“白兰地不错吧，我的朋友？”泰若纳斯对众人问道。等大家点头之后，他笑着又说：“大家回去的时候都带上一箱，这是我的一点心意。”

“太有诚意了，大家说是不是啊？”普瑞斯托对众人说道。

所有人都点了点头，普罗德摩尔还趁机提议向洛丹伦的国王敬酒。

泰若纳斯十指交叉，说：“今天多亏了我们这位年轻的同伴，我想散会之后我们一定会更加团结。”

“我们还没有签署协议呢，”吉恩·灰鬃提醒道，“我们还没有决定如何解决现在这个局势？”

泰若纳斯眨了眨眼睛。这可是个不错的机会。还不快快宣布他的伟大建议？

“关于这个问题，我的朋友，”国王一面说，一面抓着普瑞斯托的胳膊，领他走向桌子另一头。“我已经想到一个方案，相信这个方案会使大家满意……”

泰若纳斯国王对他身边的年轻人微微一笑，心想普瑞斯托可能并不知道他将得到什么重要奖励。他确实是这个位置的不二人选。如果普瑞斯托成为奥特兰克的国王，那么联盟的未来就有希望了。

然后,他们就可以对付达拉然那些奸诈的法师……

“他们怎么能这样做!”魁梧的法师大声叫道,“他们没有理由把我们挡在门外。”

“是的,他们没有理由这么做,”年迈的女子答道,“但是事情就是这样。”

先前在“天空之厅”开会的法师们又聚在一起,不同的是这次只有五个人。被罗宁称为“克拉苏斯”的那个法师并没有出席会议,因为法师们十分关注外界的事情,所以不等所有人到齐就迫不及待召开了这次会议。在没有肯瑞托的指导下,各国元首秘密地碰头,商讨一件重大的事情。尽管议会中多数人都很敬重泰若纳斯国王等几位君主,但让他们恼火的是洛丹伦的统治者竟然召开了这样一次史无前例的首脑会议。过去要是举行这种级别的会议,肯瑞托内部议会总会派人出席。这样做也十分公平,毕竟在联盟抵御外敌入侵的时候达拉然总是冲在最前头。

斗转星移,情况似乎发生了改变。

“奥特兰克危机早就可以解决,”精灵法师说,“我们本应该坚持我们在整个事件中的地位。”

“然后引发另一个争端?”大胡子法师声音洪亮地反驳道,“难道你最近没发现其他国家是如何疏远我们的吗?兽人被赶回格瑞姆巴托之后,他们好像开始对我们心存恐惧!”

“荒唐!那些凡人总是不相信魔法,但我们对联盟的事业可是一片冰心,这一点毋庸置疑。”

年迈的女子摇摇头。“对那些害怕我们的法力的人来说,这并不重要！兽人受到重创之后，人们就开始注意到我们跟他们不一样；在任何方面我们都要比他们优秀……”

“可怕的思维方式，在我们看来也是如此，”突然传来了克拉苏斯镇定的声音。克拉苏斯出现在他的位置上，依然没有露出他的面孔。

“你来的正是时候！”大胡子法师转身对克拉苏斯说，“有什么新消息吗？”

“非常少。那场首脑会议没有受到魔法的保护……但我们只能读到他们表面的想法。我们还是一无所知。我只好借助其他手段获得了一些信息。”

年轻女子突然问：“他们做出了什么决定？”

克拉苏斯犹豫了一下，然后伸出一只手。“瞧……”

在“天空之厅”的中央，即蚀刻在地板上的标志的正上方，出现了一个高大的人像。从各个角度看上去，与屋里的法师相比，他更像是真人。他身体傲岸挺拔，威武凛然，一身优雅的黑衣，英俊潇洒，六位法师看到他都陷入了沉默。

“他是谁？”年轻女子开口问道。

克拉苏斯环视了一下其他人，说：“人们都拥他为奥特兰克的新首领，*普瑞斯托国王一世*。”

“*什么？*”

“太过分了！”

“没有我们同意，他们怎么能胡来！”

“这个普瑞斯托什么来头？”

克拉苏斯耸了耸肩。“一个来自北方的落魄贵族，身无分文，无依无靠。可就是他，不仅赢得了泰若纳斯的欢心，而且还颇得包括吉恩·灰鬃在内的其他人的赏识。”

“就这样封他为王了?”大胡子法师大声叫道。

“表面上看,这不是个可怕的选择。这样,奥特兰克又可以成为独立的王国。我推断,其他国王发现他有很多值得尊敬的地方。他似乎凭一己之力使联盟免于崩溃。”

“这么说,你也认可他?”年迈的女子问。

克拉苏斯回答:“他的过去似乎是一片空白,这显然是没请我们参加这次会议的原因;而且,最奇怪的是,当我用魔法接触他的时候,他竟然没有实体存在。”

其他人立刻小声议论起这件诡异的事情。随后,和别人一样不解的精灵法师问道:“你最后那句话是什么意思?”

“我的意思是,我试图用魔法了解他,却一无所获。*什么也没有。*就好像普瑞斯托不存在一样……但他肯定是个活人。你说我认可他?我可不这么想,他让我心里非常不安。”

在法师当中,克拉苏斯年纪最大,他话一出口,便会引起众人的思考。片片云朵在空中飞过,风暴骤起,白天一下子变成了黑夜,但肯瑞托的大师们只是静静地站在那里,思索着克拉苏斯的话。

年轻的男法师率先打破了沉寂。“也就是说,他是个法师?”

“这个答案最合理,”克拉苏斯回答,轻轻地点了点头表示同意。

“一个强大的法师,”年轻法师咕哝着。

“很可能是这样。”

“如果真是这样,”精灵法师说,“他是谁?难道是我们中的一员?还是叛徒?具有这种神力的法师,我们肯定认识!”

年轻女法师凑近那人的图像，说：“我没见过这张脸。”

“没什么惊讶的，”年长的女法师答道，“别忘了，我们自己还有一千多个面具呢……”

突然，一道闪电从克拉苏斯身体穿过，他若然无事地说道：“两个星期之后，这个消息将被公之于众。到那时，除非其他国王改变主意，否则普瑞斯托领主将会在一个月之后正式加冕皇冠。”

“我们应该提出抗议。”

“那只是开始。在我看来，我们真正要做的是查出这个普瑞斯托领主的真实身份，不放过任何蛛丝马迹，查明他的来历和他的真正意图。在查明真相之前，我们不能公开与他对峙，因为现在除了我们，联盟所有人都支持他。”

年迈女法师点了点头。“如果他们讨厌我们，并联合起来对付我们，我们根本不是对手。”

“说的没错。”

克拉苏斯一挥手，普瑞斯托的图像随即消失了，但这个年轻贵族的面容已经深深印在了在场的每一位法师的脑海里。他们都沉默不语，显得心事重重。

“我现在要走了，”克拉苏斯说，“希望大家与我步调一致，好好想想这件事情。不要放过他的任何踪迹，不管多么微弱，希望有多么渺茫。行动的时候一定要迅速果断。如果奥特兰克的王位落到这个谜一般的人的手上，就算各国元首团结一心，我还是担心联盟终究不会长久。”他深吸了口气，接着又说，“我担心如果让他登上王位，达拉然也许会跟其他王国一起分崩离析。”

“就因为他一个人？”大胡子法师突然说。

“没错，都毁在他一人手里。”

其他人还在回味他的话的时候，克拉苏斯突然又消失了——

——随即出现在他的密室里，他的发现仍然令他心里久久不能平静。克拉苏斯十分内疚，因为他并没有将真相和盘托出。他知道，或更确切地说是怀疑，他对神秘的普瑞斯托领主的了解要远多于他跟其他法师讲的情况。他希望自己能将一切都告诉他们，但那样的话，他们一定会怀疑他神志是否正常，而且就算他们相信他，大量关于他和他的魔法的信息都会暴露出来。

在这个紧要关头，他输不起。

*希望他们能像我希望的那样去做。*阴暗的密室里只有克拉苏斯一人，他这才敢将头巾拉到脑后。整个房间里只有一道不知来自何方的黯淡的光线，在这柔和的光线下，克拉苏斯露出了他的庐山真面目：一个头发花白的英俊男子，瘦削的脸庞几乎不带血色。一双黑眼睛炯炯有神，略显沧桑和疲倦。他的右脸上有三道长长的伤疤，虽然伤疤很早就留下了，但仍然隐隐作痛。

大法师翻了一下带着手套的左手，手掌向上，上面随即出现了一个浅蓝色的球。克拉苏斯的右手从球上撇过，球中随即浮现出一些图像。他身体向后一靠，一把高大的石椅立刻转到他的身后，他仔细打量起那些图像。

克拉苏斯又一次开始察看泰若纳斯国王的宫殿。泰若纳斯祖上几代人都在这座石头垒起的皇宫里住过。宫殿主体是一座宏伟大气的灰色建筑，如同一座小型的堡垒，主楼两侧伫立着两座塔楼，有几层楼那么高。塔楼以及大门紧关的入口的显眼位置都飞扬着洛丹伦的旗帜。一身侍卫军制服的士兵在宫殿门外站岗，门里则有几名银手骑士团的骑士严加看守。一般说来，圣骑士不应该承担看守宫殿的职责，但来访的国王们还有一些细节问题需要商议，因此需要这些值得信赖的骑士镇守大门。

克拉苏斯的右手又一次从球上撇过。这时，宫殿图像的左边浮现出一个房间。法师盯着圆球，放大了房间的图像，想看得更清楚一些。

是泰若纳斯和他的年轻门客。虽然元首会议已经结束，其他国王也行将离去，但普瑞斯托领主却还与泰若纳斯呆在一起。克拉苏斯很想进入一身黑衣的贵族的大脑，但认真考虑之后还是决定放弃。这个也许不可能完成的任务还是留给别人吧。普瑞斯托肯定对此早有防备，会立刻做出反应的。克拉苏斯现在可不想打草惊蛇。

如果他不能窥探此人的想法，至少他可以去了解他的背景……这个流亡贵族在国王宫里的住处不就是个绝佳的开始吗？克拉苏斯在圆球上面挥了一下手，球中又出现一个新的影像，伫立在远方，这正是他要找的那个房子。法师观察了半天，确定不会有麻烦之后，利用魔法触须慢慢向小屋接近。

在魔法触须接近房子四周的高墙的时候，一道魔法挡住了他的去路，这个魔法十分简单，甚至都没有引起他的注意。克拉苏斯毫不费力地就避开了魔法。这时，他的眼前出现了房子的外墙面，虽然外观十分优雅，却显得死气沉沉，令人毛骨悚然。普瑞斯托显然是希望房子干净整洁，但是否美观大方就无所谓了。克拉苏斯对此并不感到惊讶。

他查看了一下周围环境，又发现一道防护魔法，这个魔法比上一个复杂得多，但对克拉苏斯来说，避开它仍是小菜一碟。法师一挥手，又避开了普瑞斯托设下的魔法屏障。克拉苏斯即将进入屋里，然后他就能——

突然，他的圆球一下子黑了。

这片黑暗从球体向四周扩散。

黑暗竟然开始向法师*延伸*。

克拉苏斯腾地从椅子上跳开。黑乎乎的触角疯狂地涌向石椅，将其包裹起来，好像法师本人坐在上面一样。等克拉苏斯站起来的时候，他看到黑触须已经收了回去——整个石椅竟然不见了。

又有一批触须向他伸来，更多的触须也从球里冒了出来。法师向后一个趔趄，吓得几乎动弹不得，他还是第一次遇到这种情况。不过他马上就回过神来，嘴里开始低声说着别人从未听到过的咒语，他也是平生第一次施念这个咒语。

这时，伴着一阵亮光，一片棉花一般厚实的云团突然出现。云团迅速飘向张牙舞爪的触须，双方在空中遇到一起。

头几根撞到云团的触须随即化成灰烬，还没等落到地上，就消失得无影无踪。克拉苏斯欣慰地松了口气，却又惊恐地发现后面涌上的触须已经将云朵团团围住。

“不可能……”他目瞪口呆地喃喃道，“不可能！”

就像对付石椅一样，这些乌黑的触须牢牢裹住云团，吸食起来，最后将其*吞噬*了。

克拉苏斯终于知道自己面对的是什么魔法。只有“无尽的渴望”才会如此可怕，这个咒语早已被禁止使用。他从未见过别人施展过这种魔法，但了解此魔法的人一眼就能认出来。这个咒语已经发生了变异，因为他反击的魔法本来应该对付得了它。起初似乎起到了一定的作用……接着却发生了不祥的转变，这个邪恶的咒语的本质发生了改变。此刻，又一批触须向他扑来，克拉苏斯有些不知所措,还不知道自己怎样才能逃过这一劫。

他想过逃离密室,但他明白无论他逃到哪里,邪恶的触须都会跟在他身后。这是“无尽的渴望”最恐怖的一点:它会对目标紧追不舍,直到被追的人放弃逃跑为止。

所以,克拉苏斯必须在这里将它消灭。还有一个咒语可能会派上用场,但这个咒语会令他精疲力竭,几天之内肯定什么事也做不成,但克拉苏斯却可能因此摆脱这个可怕的威胁。

当然,这个咒语也能像普瑞斯托领主的圈套一样轻而易举要了他的命。

一根触须向他探来,他立刻闪到一旁。已经没时间考虑了。克拉苏斯必须在短短几秒钟里施念这个咒语。眼下,“无尽的渴望”就快抓住他,将他全身裹起。

法师嘴里默念的咒语在普通人听起来像是在倒着念洛丹伦语,重音也落在了错误的音节上。克拉苏斯小心翼翼地念着每一个字,因为他知道只要念错一个字就意味着完全念错后面的咒语。他左手指向汹涌扑来的黑触须,努力把目标锁定在不断扩大的黑暗力量的正中间。

黑影移动的速度比他想像的快得多。当他念出最后几个字的时候,“无尽的渴望”终于抓住了他。一条长触须缠住了他左手的中指和无名指。克拉苏斯起初没有什么感觉,却发现这两根手指竟然消失了,只剩下流血不止的伤口。

猛然间,他感到全身一阵剧痛,但还是撑着念完了最后一个音节。

他不大的密室里随即发生猛烈的爆炸,放出一阵强光。

众多的触须就像放进锅炉里的冰块一样溶化了。爆炸放出刺眼的光芒，克拉苏斯即使紧闭双眼，还是感到了一阵晕眩。法师吃力地喘着粗气，紧紧握着受伤的左手，倒在地上。

这时耳边袭来一阵嗞嗞声，吓得他本来快速跳动的脉搏跳得更快。高温，不可思议的高温烧灼着他的皮肤。克拉苏斯心里默默祈祷这一切能赶快结束。

嗞嗞声蓦地变成了吼叫声，声音越来越响，就好像密室中央要发生火山爆发一样。克拉苏斯想睁眼看一下，但屋里的光芒非常强烈，他还是双眼难睁。他蜷缩着身体，准备迎接难逃的劫数。

就在这时……强光忽然消失不见，整个房间又陷入一片漆黑。

法师的身体最初根本动不了。如果“无尽的渴望”现在袭击他的话，他毫无还击之力。他在地上躺了几分钟，努力使自己恢复意识，在清醒过来之后，他开始为他的伤口止血。

克拉苏斯用另一只健全的手握住伤痕累累的手指，堵住不断流血的伤口。他没办法使两个失去的手指复原。中了这个险恶咒语的东西永远不会再长出来。

“*光*……”已是遍体鳞伤的法师低声道。

这时，一个绿色的小球突然出现在天花板附近，放出了黯淡的光芒。克拉苏斯打量了一下四周。毫无疑问，他刚才看到的东西都是家具残骸，惟独不见椅子的踪影。至于“无尽的渴望”，它已经被彻底消灭。克拉苏斯付出了巨大的代价，换来了最后的成功。

也许这根本算不上成功。在这个密室里，在如此短的时间里发生了如此可怕的灾难，而他却没有表现出任何优势。打探普瑞斯托领主住处的尝试以失败而告终。

可是……可是……

克拉苏斯挣扎着站了起来，变出一把新椅子，与之前那把一模一样。他一屁股坐到上面，不停地喘着粗气。他瞅了一眼受伤的指头，看到指头已经不再流血，心里顿时宽慰了许多，接着法师又变出一个蓝色的水晶球，球里又浮现出那个贵族的住处的图像。就在这时，他脑子里突然冒出一个可怕的念头，毕竟这一幕真的发生了，他相信他只要再看一眼他就能验证这个想法是否正确。

*在那儿！*魔法的痕迹十分明显。克拉苏斯循着魔法的痕迹向深处探寻，发现各种魔法交错缠在一起。他必须多加小心，不然会再次激活那道邪恶咒语。

一切正如他所料。设置"无尽的渴望"的技巧，以及为了破坏他的反击而改变咒语本质的高超手法要远在肯瑞托的知识和魔法之上，即使人类和精灵中最优秀的法师也无法参透其中奥妙。

"我知道你是谁了……"克拉苏斯惊叫道，立刻又变出普瑞斯托高傲的面容。"你的外表骗不了我，我知道你是谁！"他不由咳嗽了几声，不得不停下来歇一口气。刚才的磨难使克拉苏斯元气大伤，但他知道他面对的敌人的身份要比任何咒语都要让他震惊。"你就是——*死亡之翼！*"

7

邓肯勒紧缰绳，将马停住。“这里有些不大对劲。”

罗宁也有这种感觉，再加上对要塞时的经历的种种疑虑，他很想知道眼前的一切是否与此行有关。

哈斯克伫立在远方，显得异常安静。法师听不到任何声响，没有一丁点儿活动的声音。港口本应是人声鼎沸，一片喧闹才对，他们在这里就应该能听到那儿的声音。但除了空中的几只飞鸟的啁啾声，他听不到任何声响。

“我们没有收到任何紧急消息，”骑士首领对温蕾萨说，“如果这里有事的话，我们会迅速赶到这里。”

“也许旅途劳累，我们太过紧张了，”游侠轻声地说，但听得出来她还是有些担心。

他们在原地等了许久，罗宁有些等不及，不得以只好亲自处理此事。出乎在场的人意料的是，他突然策马前行，向哈斯克奔去，也不顾身边是否有人陪伴。

温蕾萨迅速跟了上去，桑特瑞斯大人也连忙赶上。银手骑士团的人不甘落后，也匆匆追了上去，超过罗宁，赶到了队伍的前面，见此情景罗宁倍感滑稽，强忍着不让自己笑出声来。这些骑士真是骄傲自大，自命不凡，不过他对此还是能够容忍。毕竟，法师和这些讨厌的同伴最终会在港口分开。

前提是……港口里还有船。

连他们的坐骑都对异常安静的港口产生了反应，愈加踯躅不前。罗宁有时只好用棍棒戳几下马屁股，才勉强继续前进，没有一个骑士取笑他遇到的这个困难。

令他们欣慰的是，一行人走近哈斯克的时候，港口的方向终于传来了人们活动的声响。有锤子的敲击声；人们说话的声音；还有马车移动的声音。虽然声音零零散散，但至少说明哈斯克还没有沦为恶魔的地盘。

即便如此，他们仍然小心前行，不敢放松警惕，因为他们还是能感觉有地方不对劲。温蕾萨和骑士们的手都搭在剑柄上，而罗宁脑子里也准备好了咒语。没人知道下面会发生什么事情，但他们知道随时都可能发生意想不到的事情。

就在一行人看到城门的时候，罗宁发现空中突然出现了三个可怕的身影。

法师的坐骑见状惊得连连倒退。温蕾萨连忙抓住马身上的缰绳，使马安静下来。一些骑士急忙抽剑，邓肯却示意他们将剑收好。

不一会儿，三只巨大的狮鹫向他们飞来，两只狮鹫落在大树的顶端，另一只则径直落在他们的面前。

“此路通向哈斯克，来者何人?”狮鹫骑士大声问道，这人一大把胡子，古铜色的皮肤，尽管个头还不及法师的肩膀，却显得力大无比，不仅能把罗宁举起，举起他的马也不在话下。

邓肯随即驱马走到他跟前。“你好，狮鹫骑士！在下是银手骑士团的邓肯·桑特瑞斯，奉命带这些人赶往港口！冒昧的问一句，是否已有灾难降临哈斯克？”

矮人闻言放声大笑。他不像生长在地上的矮人那样外表强悍坚韧。他就像是一个野蛮的战士，被巨龙抓去，然后锤成一半；他有一副宽厚的肩膀，比最强壮的战士还宽上许多；一身发达的肌肉，伴着呼吸上下起伏；一张结实而又坚强的脸，脑后飘动着蓬乱的头发。

“如果两条龙也算是灾难的话，那么确实有灾难降临了哈斯克！三天前，有两条龙来到这里，疯狂地放火，见什么撕什么。要不是那天早晨我们及时赶到，这个港口早就被毁得一塌糊涂，凡人！他们刚开始搞破坏不久，我们就在空中将他们拦住。那是一场光荣而伟大的战役，只是我们失去了戈洛丁！”这时三个矮人拳头锤向胸口。“愿他的精神永世不朽！”

“我们也见过一条龙，”罗宁立刻打断，担心三个矮人会接着唱起壮烈的哀歌。“约摸就是那个时间。还有兽人指挥。当时你们三人恰好赶到，与其展开了激烈的战斗——”

罗宁开口打断的时候，矮人首领一脸不悦地瞪着他，但当罗宁提到那场战斗，他的眼睛猛地一亮，得意地笑道：“没错，凡人，那就是我们干的！一路追踪那头怯懦的怪兽，终于在空中逮着他了！那场战斗也是异常惊险，十分精彩！上面的莫洛克——”说着他指向呆在罗宁右边的树上一个秃顶的矮人。“——丢了一把锋利的战斧，但他还有铁锤，是吧，莫洛克？”

“我宁愿将胡子剃光，也不愿失去我的铁锤，福斯泰德！”

“是啊，就是这把铁锤为你赢得了众多女性的青睐，对吧？”福斯泰德一脸坏笑地说。他似乎这才注意到温蕾萨的存在，棕色的眼睛顿时变得贼亮。“这里就有一位漂亮的精灵女士!”坐在狮鹫身上的他竭力鞠了一躬,显得有些笨拙。“福斯泰德·巨龙掠夺者,竭诚为您服务,精灵女士!”

罗宁这才想起奎尔萨拉斯的精灵是住在艾瑞峰的矮人唯一真正信任的族类。当然这也不是福斯泰德将注意力集中到温蕾萨身上的唯一原因;与桑特瑞斯一样,这位狮鹫骑士显然是被她迷住了。

“你好,福斯泰德,”银发游侠郑重地答道,“祝贺你们打了一场漂亮仗。杀死两条龙是顶了不起的事。”

“对我来说,一天就能搞定!”他身体尽量向她靠去。“不过,我们还没有在这里碰到过一个精灵,特别是像你一样漂亮的女士!你有什么事情需要鄙人帮忙?”

罗宁感到自己颈后的头发都快竖起来了。矮人说话的口气激怒了罗宁,矮人并不仅仅是要提供帮助,而是话里有话。遇到这种事情,罗宁本来不会在意,但这次他却是怒火中烧。

也许邓肯·桑特瑞斯也有此感觉,还未等别人回答他就忙不迭地说:“你想帮助我们,我们非常感激,但我们并不需要。我们只要将这位法师送到他搭乘的战舰上就可以了,之后他就一个人上路了。”

桑特瑞斯的回答听起来就像是罗宁已经被逐出洛丹伦。罗宁紧咬着牙齿,强压心中怒火,说:“我在为联盟执行侦察任务。”

福斯泰德对此并不在意。“凡人,我们没有理由不让你进入哈斯克,寻找等你的船,但你会发现飞龙偷袭之后剩下的船已不多。你找的船很可能已变成一堆废物漂在海上!”

罗宁早就想到了这一点,但听到矮人这么一说他不得不意识到问题的严重性,但他不能轻言放弃。“我要亲自查明。”

“我们不会妨碍你的,”说着福斯泰德催促他的坐骑向前走了一步。他最后看了一眼温蕾萨,咧嘴笑道:“很高兴认识你,精灵女士!”

游侠点了点头,矮人和他的坐骑随即飞上了天。狮鹫挥舞着巨大的翅膀,形成一阵强风,把地上的尘土都刮进众人的眼睛里。狮鹫离开地面的时候,因为距离太近,镇定的马儿都不由向后退了一步。另两个狮鹫也立刻跟在福斯泰德的后面,三只狮鹫在天空中很快就化成三个小点。这些模糊的身影斜着身子向哈斯克飞去。

邓肯呸呸几声将嘴里的泥土吐了出来;从他的表情可以看出,他对这些矮人的评价比对法师的评价还要差。“我们继续赶路吧。幸运女神也许站在我们这边。”

众人二话不说,策马奔向码头。没多久,他们就发现哈斯克的受损情况要远比福斯泰德说的严重。他们最先经过的房子基本上完好无损,但越往下走,他们发现受损的情况就越来越严重。港口周边的庄稼地已经烧成焦土,农民的房子也变成了一片瓦砾。用石头做地基的房屋结实许多,防御攻击的能力更好一些,但他们还是能不时地看到一些坍塌的房屋,就像是巨龙曾落在房顶上面一样。

燃烧的废物发出的阵阵臭气极大刺激了法师灵敏的嗅觉。不是所有被巨龙烧毁的东西都是由木头制成。到底有多少哈斯克的居民在这场恐怖袭击中死去?一方面,罗宁能够理解兽人的这种疯狂行径,因为他们知道他们赢得战争的机会已经微乎其微,但另一方面……死去的百姓不能白死。

奇怪的是，邻近港口的几处地方看起来没有受到任何损害。罗宁本以为这些地方受损最为严重，但除了工人闷闷不乐的神情之外，看起来港口似乎没有受到攻击。

“也许那艘船幸存了下来，”他低声对温蕾萨说。

“我不这么认为。这并不能说明问题。”

他向港口眺望，望向游侠指给他看的地方。法师眯着眼睛凝望前方，想努力看清那个地方。

“那儿有一根船桅，法师，”邓肯声音粗哑地对他说，“船身及船上勇敢的船员肯定都沉入水下。”

罗宁刚想大骂几句，急忙又收住了嘴。他仔细端详港口，发现水面上漂浮着大量的木头碎片、木板和其他材料，法师怀疑有十几条船已经摧毁。此刻，他终于明白为什么港口会完好无存，兽人一定指挥飞龙先攻击联盟的船只，不想让它们逃开。但这并不能解释哈斯克周边地区破坏情况要比中心地区严重，也许大部分损害都是在狮鹫来到之后造成的。居民区里发生激烈的战斗，遭受重大损失，这样的事情已经发生过多次。不过，如果矮人不来增援的话，巨龙肯定会造成更严重的毁坏。兽人会让巨龙将这个港口夷为平地，杀死每一个人。

然而，没有根据的猜测对现在的问题毫无裨益，法师现在面临的问题是找不到能将他送往卡兹莫丹的船。

“你的任务就此结束，法师，”桑特瑞斯大人宣布，而罗宁则不明白他为何这样说。“你失败了。”

“也许还能找到一条好船。我有足够的钱租船——”

“有谁愿意把你送到卡兹莫丹？这里的可怜的人民经历了太多的灾难。怎么会有人愿送你到令他们饱受痛苦的兽人的地盘？”

“我只能试着找找看。领主,感谢你一路陪我,祝福你。”接着罗宁又转身对精灵说,“也十分感谢你,温蕾萨,你是游侠中的骄傲。”

她显得有些惊讶。“我还没打算离开你啊。”

“可是你的任务——”

“还没完成。把你孤零零一个人落在这里,我心里过意不去。如果你还想去卡兹莫丹,我会尽力帮你的,罗宁。”

邓肯突然挺直了身板。“我们自然也不会对你撒手不管!如果你觉得这个任务还值得继续下去的话,我和弟兄们也会尽力为你寻找船只。”

罗宁很高兴听到温蕾萨决定暂时留下来,却不希望银手骑士团也跟在身边。“谢谢你,大人,但这里还有很多人需要帮助。你们留下帮助哈斯克的善良百姓重建家园,岂不更好!”

罗宁还以为自己因此摆脱了老骑士。在思忖了半晌之后,邓肯说道:“法师,你说的没错,但我想我们可以安排好一切,既帮你完成任务,也救助哈斯克的人民。我的手下会帮助当地人重建家园,而我本人看看能否帮你找到船!这样不就皆大欢喜了吗?’

罗宁有些沮丧,却只能点头称是。温蕾萨也在一旁优雅地回答:“邓肯,您的帮助很重要。谢谢你。”

骑士长官命令其他骑士上路之后,他、罗宁和游侠聚在一起讨论了如何寻找目标。他们很快达成一致的意见:三人分三路出发,扩大搜索面积,等到晚饭时间返回原地汇报搜索结果。桑特瑞斯不相信他们会有什么结果,但他对洛丹伦和联盟的责任,再加上他对温蕾萨的爱慕,使他必须这样做。

罗宁负责搜索港口北部区域,寻找比小舢板大的任何船只。

那两条龙对这一地区毁灭得十分彻底，黑夜将至，他仍然一无所获。他心烦不已，不知到底是什么困扰了他：是怕找不到船呢，还是怕骑士首领就是对罗宁的困境提供解决方法的人。

对法师而言，还是有办法穿越这片大海，但只有既富有传奇色彩又遭人唾骂的麦迪文才能娴熟地使出这种魔法。就算罗宁成功地施展这个咒语，他还是会冒很大的风险——既有可能被卡兹莫丹的兽人术士发现，也可能因黑暗之门的魔力而使他的目的地发生意想不到的改变。罗宁可不想自己最后落到一座火山口上面。但除此之外，他还有什么办法呢？

在他绞尽脑汁思考对策的时候，周围的人们已经开始着手重建哈斯克。妇女和孩子们收集漂进港口的船只残骸，寻找还有使用价值的东西，将剩下的废物置于一旁留待后面处理。镇上的警卫组成了一只小分队在岸边巡逻，找寻与船一同沉没的水手的尸体。罗宁从人群中走过，一些人盯着他直看，有的父母见他经过连忙将孩子拉到身边。罗宁不时能看到人们脸上带着责怪的神情，就好像是他造成了这次恐怖袭击。在如此紧迫的情况下，老百姓还是对法师充满偏见和恐惧。

这时，他的头顶上，有一对狮鹫飞驰而过，矮人还在监视这里的情况，以防敌人发起新的进攻。罗宁怀疑这里还会有飞龙来袭，因为上一次来袭使兽人付出了巨大的代价。福斯泰德及其同伴要真想帮助港口，他们应该回到地面帮助这里的幸存者，但矮人不是洛丹伦最亲密的盟友，所以罗宁猜想矮人们更喜欢呆在高空，远离他人。按理说，他们早就应该离开哈斯克，而不是——

难道还有别的原因？

“肯定还有……”罗宁喃喃地说。他望着两只狮鹫及矮人落向海港的西南方。除这些矮人之外,还有谁会对他的想法感兴趣?还有谁会如此疯狂?

虽然罗宁可能会当众出丑,但他没有多想,赶紧向渐渐缩小的狮鹫身影奔去。

温蕾萨离开码头最南端的时候,恶心得差点吐出来。她不仅一无所获,而且在她去过的所有人类定居点中,哈斯克散发出来的恶臭最厉害。这股臭气跟那场灾难没什么关系,也不是什么鱼腥味。哈斯克这里就是很臭。大多数人类嗅觉不够灵敏,而这里的居民显然就没有嗅觉。

女游侠很想离开这个地方,回到家乡,这样她就能参加更重要的任务,但除非温蕾萨相信自己已经尽力帮助了罗宁,否则她不会就此离开。法师似乎又没有什么办法继续前进,而她仍然相信罗宁此行绝不是侦察敌情这么简单。罗宁表现出的坚强斗志说明他此行事关重大。他还有其他打算。

要是她知道他此行的真正目的就好了……

晚饭时间很快就到了。仍然没有发现任何希望,游侠只好离开码头往回走。她穿过了附近的大街小巷,但还是不时会有恶臭扑面而来。哈斯克仍然保留着通向邻国的大小路线,特别是希尔斯布莱德和南海镇的主要地区。尽管抵达这两个地方中的任何一个都要花一个多星期的时间,但也许这是唯一的机会。

“是你啊……美丽的精灵女士!”

她一开始看错了方向,还以为是某个人类在对她讲话,但她随后想起了刚刚有人说过类似的话。游侠立刻转向右边,低头望去……看到了身高只有常人一半的福斯泰德,这个野蛮的矮人眼睛发亮，咧开大嘴会心地一笑。他一个肩头扛着一个麻袋，另一个肩头则悬着他的大铁锤。麻袋或铁锤的重量会使许多精灵和人类不堪重负，而福斯泰德背着它们却十分轻松。

“福斯泰德大师。很高兴见到你。”

“拜托！叫我福斯泰德好了！除了我的经历比较传奇之外，我根本配不上大师这个称号！”

“那就叫我温蕾萨好了。”尽管矮人有些自命不凡，但他的性格中还是有些讨人喜欢的地方，但可能并没有福斯泰德想像的那么多。他毫不掩饰对她的喜爱，他的目光还甚至不时地在她的身上游走。游侠意识到自己必须先解决此事。“我的朋友必须要像我尊重他们一样尊重我，否则就不是我朋友。”

福斯泰德的黑眼珠立刻看向她的眼睛，装出一副无辜的样子。“你让法师驾船出行的计划怎么样了，精灵女士？在我看来，前景不妙，没什么希望！”

“没错，希望渺茫。看起来完好无损的船都离开了这里。哈斯克已经失去港口的作用了……”

“可惜，可惜啊！我们应该一边喝酒，一边商讨此事。你意下如何？”

见他如此固执，她有些想笑，但还是忍住没笑。“改天吧。我还有任务在身，你——”温蕾萨指了指他肩上的麻袋。“似乎也有事情要做。”

“你指这个小口袋？”他毫不费力地将沉重的麻袋挥舞了一下。“里面是我们的食物，足够我们坚持到离开这里。我只要将这些食物给莫洛克，你我就可以去——”

游侠的嘴唇表现出礼貌但更直接的拒绝，这时不远处一只狮鹫发出愤怒的尖叫,接着又传来争吵的声音,她和福斯泰德立刻警觉起来。矮人扔下麻袋,迅速转过身去,暴风锤已经握在了手上。他飞快地奔去,步履之矫健,像他这种身材的人是十分难得的,温蕾萨赶紧跟了上去,但福斯泰德在街上跑了一半就消失得无影无踪。

温蕾萨拔出宝剑,加快了速度。吵架的声音越来越响,更加刺耳,她有种不祥的感觉:其中有罗宁的声音。

穿过街道,来到一片被毁的空地上。只见,一些狮鹫骑士正在等待他们的首领,在场的还有罗宁,他显然是因为某种不可言说的原因跟他们搭话。人们常把法师贬为“疯子”,但罗宁如果认为与野蛮的矮人争吵安全无事的话,那么他一定是法师中最疯狂的一个。

事实上,其中一个矮人已经紧紧抓住他的长袍,法师双脚离地一英尺多。

“我警告过你,别给我们惹麻烦,混蛋!如果你的耳朵听不见,那我就把它撕下来!”

“莫洛克!”福斯泰德叫道,“这个法师做了什么事情让你如此生气?”

那个矮人要不是鼻子上有一道伤疤,眼睛有轻微的斜视的话,肯定有人会把他当作是福斯泰德的孪生兄弟。他没有松手,转向福斯泰德说:“这个家伙一直尾随在图潘等人后面,先是来到基地营帐,甚至在图潘为了避开他飞走之后,他竟然跟到我们定好碰头的地方!我们多次劝他离开,可这人就是不知好歹!如果我把他放到一个高一些的地方让他好好考虑的话,他可能会想清楚!”

“这些法师……”矮人首领低声道,“我会永远同情你的,精灵女士!"

"让你的同伴把他放下,否则就别逼我动手,让他尝尝精灵宝剑的厉害。"

福斯泰德转过身,眨了几下眼睛。他凝望着游侠,就好像初次与她相见。他的目光随即转向光滑而又闪亮的宝剑,转而又望着她目光坚定的眼睛。

"你怎么这样?为了保护这个家伙,竟然与在人类存在之前就与你的族类结为朋友的我们作对!"

"我用不着她保护,"传来了罗宁的声音。悬在半空的法师与其说是心怀恐惧,倒不如说被他遇到的麻烦所困扰。也许他并没有认识到莫洛克轻易就能将他身体掰断。"现在,我不会发火,但——"

这时,他只要再多说一句话就免不了发生一场争斗。温蕾萨眼疾手快,猛地挥了一下手,打断罗宁的话,迅速站到福斯泰德和莫洛克两人中间。"你们应该受到严厉的谴责!部落还没有完全被击败,我们自己却先斗了起来。这难道是盟友该有的行为吗?让你的士兵放了他,福斯泰德,我们应该理智地处理此事,而不是通过暴力。"

"他只是个法师……"狮鹫骑士首领咕哝着,但还是点了点头,示意莫洛克将罗宁放下。

莫洛克极不情愿地服从了命令。罗宁将他的长袍弄平整,整了整头发,表情十分严肃。温蕾萨暗中祈祷他能保持镇定。

"这儿都发生了什么事情?"她问罗宁。

"我有个简单的提议来跟他们说,就这么简单。他们却用一种野蛮的方式来对我——"

“他想让我们用狮鹫把他送到卡兹莫丹!”莫洛克突然厉声道。

“求助狮鹫骑士?”罗宁虽然有些鲁莽,但温蕾萨不得不对罗宁的勇敢刮目相看。骑着狮鹫飞越大海,紧紧抓着狮鹫骑士,坐在他的后面。罗宁的任务肯定比他要说服莫洛克等人送他去做的事情更重要。难怪他们会认为他疯了。

“我还以为他们个个都是精兵强将,英勇无畏……但我显然是高估了他们。”

福斯泰德有些不快。“如果你想说我们都是胆小鬼,凡人,我会毫不犹豫像莫洛克刚才那样对待你! 这个世界上没有一个族类和战士比艾瑞峰的矮人更勇敢,更强大! 不送你并不是说我们害怕格瑞姆巴托的兽人和飞龙;而是因为我们用不着经历你们族类遭受的灾难!”

温蕾萨以为罗宁会大发脾气,却发现他只是噘起嘴唇,就好像他已经料想到福斯泰德会这样回答。想到自己之前对法师的想法和评价,游侠明白罗宁肯定听到过无数次这种斥责。

“我的任务都是为了洛丹伦,”法师说,“这本应是最重要的事情……但我终于明白这已不重要。”说罢他转过身去,立即要走。

温蕾萨紧握手中剑,依据对罗宁所谓的侦察任务的判断,她当机立断,迅速作出决定。“等一下,法师!”他猛地停住了脚步,显然对她突然叫他的名字有些出乎意料。但游侠并没有对他说话,而是再次转身面对狮鹫骑士的首领。“福斯泰德,难道你就不能将我们送到离格瑞姆巴托最近的地方? 不行的话,我和罗宁肯定无法完成这次任务了!”

矮人显得有些迷惑。“我还以为只有法师一个人去。”

她对法师使了个眼色,希望望着她的罗宁不会误解她的意思。

“第一次遇到一把兽人战斧，他胜算的几率能有多大？也许他可以用魔法干掉一两个兽人，但如果有大批兽人围攻，他就需要一个好帮手。”

福斯泰德望着她挥了一下手中的剑，困惑的表情渐渐不见了。“是的，不管使不使剑，你都是个好帮手！”矮人又瞥了一眼罗宁，接着又看了看他的手下。他使劲捋了几下胡子，目光最后转回到温蕾萨身上。“我不会为他做任何事，但为了你，当然还为了洛丹伦联盟，我非常愿意送你们一程。莫洛克！”

“福斯泰德，你不是在开玩笑吧——”

矮人队长走到战友身边，友好地搂住有些沮丧的莫洛克。“一切为了战争，兄弟！想想你可以因为这个壮举大吹牛皮！我们没准还能在路上杀死一两条龙，为我们辉煌的历史再添一笔，你说是吧？”

莫洛克虽然老大不愿意，但最后还是点了点头，咕哝道：“我没猜错的话，精灵女士坐你的狮鹫吧？”

“精灵是我们最早的朋友，我又是队长，这事自然落在我身上了！我的级别也决定她与我在一起，你说是吧，兄弟？”

莫洛克这一次只是点了点头。他阴沉的脸说明他心里其实很不情愿。

“很好！”福斯泰德高声道。他又转向温蕾萨，说，“艾瑞峰的矮人又一次拔刀相助！我们要好好喝一杯，是来一壶酒还是两壶酒啊？”

其他的矮人，包括莫洛克在内，听到这个提议无不眼前一亮。罗宁现在恨不得马上离开这里，却选择了沉默。温蕾萨已经说服他们去卡兹莫丹海岸，甚至赶到格瑞姆巴托的附近，所以他应该对所有帮他的人表示感谢。福斯泰德和他的手下肯定很想摆脱罗宁,但温蕾萨心里默默地高兴路上还有罗宁能一起说话。

“我们很愿意加入你们,”她终于开口说,“你说对吧,罗宁?”

“说的没错。”他挤出来一句话,就好像一个刚穿上鞋的人却发现鞋里有条臭虫。

“太棒了!”福斯泰德喊道,眼睛却没有看法师。他对温蕾萨说:“这里的海猪没有受到任何伤害,对我们的救助非常感激!他们应该还能再找出几桶酒!跟我来吧!”

他执意要亲自送她,但游侠灵活地躲开了他伸来的手。福斯泰德现在也许更想豪饮一番,所以并没有注意到她对他的冷落。他向部下一挥手,一帮人一起向他们最喜欢的酒馆走去。

罗宁走到她跟前,但就在她要跟矮人一起走的时候,他忽地把她拉到一边,满脸的不悦。

“你脑子里都在想什么?”红发法师轻声地说,“去卡兹莫丹的人应该只有我!”

“如果我不说跟你一起去,你永远也别想有机会到那儿。你也不是没看到矮人们刚才的反应。”

“你不知道自己将要面对什么,温蕾萨!”

她把脸凑到他跟前,大胆地问:“到底是什么?绝不仅仅是侦察格瑞姆巴托。你另有计划吧?”

罗宁几乎快要告诉她了,但就在这时传来另一个人的叫声。两人立刻转身望向身后,发现邓肯·桑特瑞斯正向他们走来。

精灵突然想到了什么。她在劝说福斯泰德带罗宁和她飞越大海的时候,却把这个骑士忘记了。温蕾萨了解这位骑士,她有种可怕的预感:他会坚持跟他们一起去。

罗宁仍然对游侠十分生气，因此还没有想到这一点。“有机会，我会私下里再跟你说这件事，温蕾萨，但你给我记住一点——等我们到达卡兹莫丹的海岸，只有我继续前进！你跟我们的好朋友福斯泰德一同返回……如果你还想继续前进——”

他的眼睛突然闪着亮光。连坚强的精灵也都惊讶地向后缩去。

“——我会把你送回来的！”

8

他们正一步步将格瑞姆巴托包围起来。

耐克鲁斯早就料到这一天会来到。打毁灭之锤和部落大军惨遭败仗以来，他就开始盘算获胜的人类及盟友何时会向兽人的领地——卡兹莫丹进军。当然，洛丹伦联盟每前进一步都要遭遇激烈的反击，付出惨重的代价，但他们最终还是取得了胜利。耐克鲁斯差不多能想像出集结在边境的联盟大军的景象。

不过在联盟发起总攻之前，他们十分希望能先削弱兽人的主要力量。如果克瑞尔所言属实的话(这个节骨眼他也不会撒谎)，联盟正在酝酿一个惊世大阴谋——解救龙族皇后，或杀死她。克瑞尔并不知道联盟到底派了多少人，但随着不断有人报告西北部海岸敌人军事活动日益频繁，耐克鲁斯明白了这次行动的重要性，起码会有一个团的精锐部队，由骑士和游侠组成，自然也少不了强大的法师。

耐克鲁斯举起手中的神器。现在就算有*恶魔之魂*在身，他也无法确保山洞的安全，而且他也不能指望酋长能帮上忙。祖赫德正在召集部队准备应对联盟从北方发起的进攻。他的几个副官正坚守在南部和西部边境，他们虽然官职不高，耐克鲁斯还是非常信任他们,就像他相信克瑞尔神志正常一样。这次与往常一样,一切事情都要靠耐克鲁斯自己,他要自己拿主意。

他一瘸一拐地穿过了石头甬道,来到龙族骑士休息的地方。大部分龙骑士都不是身经百战的老兵,但耐克鲁斯特别信任的一个兽人依然在每一次战斗中冲锋陷阵。

人高马大的兽人战士围坐在房间中央的桌子旁边,他们在这里谈论战斗,吃肉喝酒,玩赌博游戏。围在一起的人群发出一阵喧闹声,都火烧眉头了,竟然还有人赌博。这些兽人肯定不希望他来打扰,但耐克鲁斯别无选择。

"托格斯！托格斯在哪儿?"

一些兽人战士向他看去,鼻子里发出愤愤的呼噜声,意在警告他这种小事最好不要打扰他们。耐克鲁斯露出了牙齿,宽大的额头上显出道道皱纹。他虽然失去了一条腿,但他还是被推为这里的首领,包括龙骑士在内的所有人不能对他有半点怠慢。

"听到了吗?快告诉我他在哪儿,否则别怪我不客气,把你们全都送进龙族皇后的肚子里!"

"在这儿,耐克鲁斯……"人群中站出来一个巨大的身体,比其他兽人都要高一个头。他瞪着耐克鲁斯,那张脸即使按照兽人的标准也不好看。嘴里一根獠牙已经折断,熊一样的脸上布满了伤疤。他的肩膀与年长的耐克鲁斯一样宽大,发达的胳膊与耐克鲁斯的健全的腿一样粗壮。"我在这儿……"

托格斯说着向他走去,其他兽人连忙恭敬地退到一边。托格斯走路的样子就像一个英雄那样充满自信,他也有资本,因为在他的指挥下,他的龙造成了最大的破坏,杀死很多狮鹫骑士,并多次击败人类部队,这些方面他的同胞无人能及。他胸前悬着很多标记和奖章，这些荣誉是毁灭之锤和黑手亲自发给他的，当然还包括祖赫德等氏族首领的奖励。

“您有何吩咐，大哥？再来个七，他们就都输光了！您来得有点不是时候！”

“你来这儿就是干这个的吗?!”耐克鲁斯厉声喝道，不想被这个家伙羞辱。“难道你现在满脑子都是赌博?”

其他一些兽人纷纷嘀咕起来，而托格斯显得很感兴趣。“是次特殊的任务吗？不会又是烧死几个无足轻重的农民吧?”

“这一次可能会有一些士兵和一两个法师！你不是更喜欢这种游戏?”

托格斯眯起他那残忍的红色眼睛。“把详细情况告诉我，大哥……”

罗宁终于可以去卡兹莫丹了。他本应开心才对，但此行换来的代价对法师来说也太大了。与那些矮人打交道已经够意思了，他们看对方都不顺眼，而温蕾萨却也硬要跟他一起走，这一下子打乱了他的整个计划，不过为了获得福斯泰德的同意也只能出此下策。他必须只身前往格瑞姆巴托——身边不能有战友拖累，灾难绝不能再次上演。

可不能再有人牺牲了。

更糟的是，他发现邓肯·桑特瑞斯大人竟然说服了执拗的福斯泰德也将他一起带走。

“这简直疯了！”罗宁嘴里不停地念叨着，“其他人用不着跟着一起去！”

而现在，狮鹫骑士们正在准备出发，没有人听他的，也没有人在乎他的话。他甚至想到，如果他再这样抗议下去，也许会有更荒谬的事情发生——大家可能会把罗宁一个人撇在这里。福斯泰德最近对他很有看法……

邓肯已经召见了他的手下，授予罗兰指挥大权，并将他的命令传了下去。邓肯将一件勋章一样的东西交给了年轻的副官。罗宁对此并没有在意，他认为银手骑士团似乎每一件事情都要举行仪式，而站在一旁的温蕾萨这时对他耳语道：“邓肯将指挥印章交给了罗兰。如果他遭遇什么不测，罗兰将永久地升到他的位置。银手骑士团做事从不冒险。”

听了，他转身想要向她请教一个问题，却发现她已经退到一边。自他威胁要送她回来之后，她就变得正经多了。罗宁不想强迫自己将游侠送回去，但他也不希望她因为他的任务有个三长两短。尽管邓肯·桑特瑞斯在卡兹莫丹幸存的可能性要比罗宁大，但罗宁也不希望这个骑士队长遭遇不测。

“是时候出发了！”福斯泰德大叫道，“太阳已经老高了，老人也都起床劳作了！大家准备好了吗？”

“我已准备妥当，”邓肯严肃而老练地答道。

“我也是，”焦虑的法师急忙应道，不想被别人认为自己是延误的原因。按照他最初的想法，他和其中一个狮鹫骑士在前一天晚上就应该动身离开，但福斯泰德坚称狮鹫忙碌一天之后应该好好休息一夜……福斯泰德的话在矮人中间就是法律。

“那我们就马上骑上狮鹫！”矮人对温蕾萨笑道，伸出了他的手。“精灵女士？”

她微笑着坐上了他的狮鹫。罗宁竭力装出一副若无其事的样子。他其实希望她不要跟福斯泰德坐在一起，但提出这种要求只会使他看起来像个十足的傻瓜。另外,游侠与谁在一起又有什么关系?

“动作利索点,法师!”莫洛克嚷嚷着,“我只想快点完成这次任务!”

轻装上阵的邓肯爬上狮鹫,坐在另一位狮鹫骑士后面。都是同道中人,矮人就算不喜欢邓肯,也还是对他怀有几分敬意。他们知道银手骑士团战斗的时候十分勇敢,这也就是为什么桑特瑞斯大人这么容易就说服矮人将他一起带上。

“抓紧了!”莫洛克提醒罗宁,“不然半路上你就变成鱼饵了!”

话音刚落,莫洛克就催促狮鹫上路,飞了起来。法师拼命抓紧,起飞后他感到自己的心都快跳到嗓子眼里,这种奇怪的感觉令他对旅途的安全有些忐忑不安。罗宁还没有骑过狮鹫,随着狮鹫巨大的翅膀上下摆动,他心下暗道如果能活着回去的话,他再也不会骑狮鹫了。伴着狮鹫的翅膀的拍打,法师的心脏也跟着上下起伏。要是还有其他的办法,罗宁会毫不犹豫地放弃狮鹫。

他不得不承认狮鹫飞行速度之快令人咋舌。没几分钟,一行人已经飞出去老远,不仅看不到哈斯克,整个海岸也消失不见了。论速度,飞龙都不是它的对手。罗宁回想起那三只体形较小的狮鹫如何在那只红色巨龙四周迅速移动。对狮鹫来说,那也是一场充满危险的战斗,也许没有谁敢这样对付龙族。

“还要——还要多久抵达卡兹莫丹?”

矮人耸耸肩道:“几个小时,人类!我只能说这么多了!”

忐忑不安的法师与矮人靠得更紧了,竭力不去想这次行程。令罗宁没想到的是,身下的大海竟会令他如此心烦意乱。在哈斯克和卡兹莫丹的海岸之间,一片汪洋大海望也望不到头,只有被毁的岛国托尔巴拉德点缀其间,福斯泰德之前已经表示他们不会在那里降落。兽人曾大举进攻这个小岛,一场腥风血雨之后,部落取得了胜利,岛上没有留下什么生命,只剩下一些生命力顽强的野草和昆虫。岛上笼罩着一股强烈的死亡气息,法师也深切地感受到这股气息,因此也就认同福斯泰德这个决定。

他们不停向前飞。罗宁偶尔也看几眼他的同伴。邓肯以其特有的坚定的姿态面对恶劣的天气,对扑面而来的湿气毫不在意。温蕾萨对这种疯狂的飞行表现出一定的不适应。跟法师一样,她大部分时候都低着头,银色的长发塞在披风的兜帽里。她与福斯泰德靠得很近,而他似乎也很享受这种感觉。

他现在心态已经平和,基本上对此能够表示容忍。罗宁望着太阳,估算出他们大约已经飞行了五个小时。以这个速度下去,他们肯定已经赶了大半的路。最终他开口打破了他和莫洛克之间的沉寂,询问他路程是否已经过半。

“过半?”矮人笑道,“再有两个小时,我想我们就能看到卡兹莫丹西边的危崖了!只走了一半的路?哈哈,好笑!”

与其说是同伴的幽默,倒不如说是这个消息使罗宁露出微笑。他已经度过了接近四分之三的路程。两三个小时之后,他就可以重新站到陆地上了。这是他头一次在路上没有遇到麻烦而放慢脚步。

“到那儿之后,你知道在哪里降落吗?”

“很多地方,法师!用不着担心!我们很快就会送你到目的地!只希望到那儿之前可别下雨!”

罗宁随即抬头望天,端详着刚刚过去的半个小时里在天空聚集起来的云团。也许是雨云吧。如果下雨的话,他怀疑他们到达的时间肯定要向后推迟。他现在担心的是等其他人返回洛丹伦之后，他如何以最快的速度赶往格瑞姆巴托。

罗宁清楚，倘若他们知道了他此行的真正目的，他们一定会认为他太过鲁莽。他又一次想到了萦绕在心头的战友的亡魂。这些亡魂才是他这次疯狂任务的真正同伴，是他不断前进的动力。无论他成功与否，这些亡魂都会伴他左右。

死亡。在之前战友牺牲之后，他不止一次地认为死亡也许能够解决一切问题。也许在那个时候，罗宁才能真正救赎自己的灵魂。

但不管怎样，他要先赶到格瑞姆巴托。

“快看那儿，法师！”

他吓了一跳，没发现自己刚才竟然走神了。罗宁沿着莫洛克手指的方向望去。起初，法师什么也没看到，海上的雾气不断涌向他的双眼。在穿越雾气之后，他看到地平线上出现了两个小点。两个固定不动的小点。“那是陆地吗？”

“是的，法师！是卡兹莫丹的标志！”

已经不远了！他意识到刚才走神的时候他们已经穿越了剩下的行程，兴奋和激动之情随之涌上心头。卡兹莫丹！不管之后的旅途上有多少艰难险阻，至少他现在已经成功。以狮鹫现在的飞行速度，用不着很久，他们就可以降落到——

这时，他又发现了两个新的小点在空中移动，小点越来越大，好像是冲向他们。

“那是什么？朝我们来的是什么？”

莫洛克身体前倾，眯着眼睛看去。“天哪！是龙！有两条！”

巨龙……

“是红色的吗？”

“难道天空的颜色重要吗，法师？龙就是龙，按照我的判断，它们是冲我们来的！”

罗宁扭头看向其他狮鹫骑士，发现福斯泰德和其他人也都注意到这两条龙。矮人立刻变换了他们的阵行，向四周散开，争取不让龙捉到。法师注意到福斯泰德飞到了后面，很可能是因为温蕾萨跟他在一起。邓肯·桑特瑞斯骑的狮鹫则飞速向前冲去，速度超过了其他人。

两条龙也是有备而来的。体形较大的龙飞到同伴的上方，接着两龙就分开了。罗宁顿时明白两条巨龙是想夹击狮鹫，这样它们就能先干掉弱一些的狮鹫及其背上的人。

每一条龙身上都有一个兽人，他们是法师所看到过的最魁梧和野蛮的兽人。大一些的飞龙上面的兽人像是个首领。他向另一个兽人挥了一下战斧，另一条飞龙随即改变了方向，飞到对面。

“都是些训练有素的兽人！”莫洛克急着喊道。“右边那个最老练！这将是一场光荣的战役！”

罗宁本有机会继续执行任务，但这次他很可能会在这场战斗中丧命。“我们不能和他们动手！我要到海岸上！”

他听到莫洛克不满地咕哝着：“我应该先加入战斗，法师！”

“我的任务最重要！”

他还以为这个矮人会将他从坐骑上扔下去，却发现莫洛克不情愿地点了点头，叫道：“我会尽力而为的，法师！如果有机会，我们就争取赶到海岸上！我把你送到岸上，之后可就不管你了！”

“同意！”

他们不再说话，因为就在那时，狮鹫和飞龙开始了对峙。

速度更快、更敏捷的狮鹫在龙的四周打游击战,很快就使小一些的龙有些晕头转向。然而由于身上多出来的重量,狮鹫们不能像往常一样运动自如。龙猛地挥动利爪,险些击中福斯泰德和温蕾萨,而龙的翅膀也差一点碰到邓肯和他身前的矮人。邓肯和同伴仍然与巨龙保持着很近的距离,就好像他们想要跟龙近身肉搏一样。

莫洛克费了一番功夫才将风暴之锤从身上取下,他用力地舞着,大声叫着,就像头发着了火一般。罗宁希望莫洛克不要打得起劲而忘记他的诺言。

第二条龙从高空俯冲而下,选择福斯泰德和温蕾萨作为攻击目标。福斯泰德驾着狮鹫迎了上去,但因为还托着精灵,狮鹫翅膀的拍打速度并不快。体形巨大的兽人一边指挥他的飞龙前进,一边发出骇人的叫声,疯狂地挥舞着巨大的战斧。

罗宁紧紧地咬着牙齿。他不能眼睁睁看着他们死去,特别是游侠。

“莫洛克! 追上那个大一点的龙! 我们帮他们!”

满脸伤疤的莫洛克随口答应,但他又想起罗宁先前的请求。“那你重要的任务怎么办?”

“别废话,快去!”

莫洛克咧着大嘴笑了笑。他大叫一声,把法师吓了一跳,驾着狮鹫向飞龙冲去。

矮人身后的罗宁已经准备好了咒语。他们的时间不多了,必须赶在红色巨龙扑向温蕾萨之前……

令兽人料想不到的是,福斯泰德驾着坐骑猛地转了个弯。巨龙飞速从狮鹫身旁掠过,灵活性上根本比不过小它很多的狮鹫。

“抓紧了,法师!”

莫洛克的狮鹫几乎是垂直冲了下去。为了驱散心中的恐惧，罗宁脑子又想了一遍咒语的最后一节。现在就看他是否有足够的力气念出咒语——

莫洛克突然大喝一声，一下子吸引了兽人的注意力。面目可憎的兽人眉头紧缩，立刻转过身去，迎接新的敌人。

暴风锤砰地一声与战斧撞在一起。

短兵相接，火花四溅，法师险些从狮鹫上掉下去。狮鹫受到了惊吓发出一声惨叫。莫洛克也差点从座位上跌落下去。

他们的狮鹫反应十分迅速，加速向上高飞，差一点飞进高空的浓云中。莫洛克趁机坐到原来的位置上。“艾瑞峰保佑！你刚才瞧见了吧？很少有敌人和武器能抵挡住暴风锤！这将是一次精彩的战役！”

“我先试一试！”

矮人的表情一下子阴沉下来。“魔法？施展魔法算不上荣誉和勇气？”

“如果巨龙不给你再次接近的机会，你怎么与兽人交锋？我们上一次完全是靠运气！”

“好吧！只要你不要在这次战斗中抢尽风头就行！”

罗宁没有许下什么诺言，主要是因为他没多想，就想那样做。他盯着飞快跟了上来的飞龙，嘴里开始施念咒语。在最后一刻，法师瞥了一眼头上的云团。

突然，一道闪电射向一路追来的巨龙。

闪电击中了飞龙，却没有产生罗宁想要的效果。龙的身体顿时泛起一阵微光，龙随后发出一声惨叫，却还是留在空中。实际上，兽人也遭受了痛苦，但他不过是暂时从他的座位上倒向前面。

法师十分失望，只好自我安慰至少自己给了巨龙一个下马威。他也庆幸，他和温蕾萨现在暂时脱离了危险。此刻，飞龙正竭力使自己留在空中，无暇顾及他们。

罗宁一只手搭在莫洛克的肩膀上。“去海岸！越快越好！”

“你疯了吗，法师？这场战斗呢？你刚刚还跟我说——”

“照我说的做！”

莫洛克只好驾着他的狮鹫飞开了，他这样做可并不是因为他听从法师的，而是因为他很想摆脱这个气人的法师。

法师急切地四下张望，想找到温蕾萨，却看不到她和福斯泰德的身影。罗宁想再次撤回他的命令，但他知道自己必须抵达卡兹莫丹。这些矮人肯定能应付这两头怪兽……

他们肯定能行。

莫洛克的狮鹫抽身摆脱了那条飞龙。罗宁又一次冒出回头寻找精灵的念头。

忽然，一个巨大的黑影笼罩了他们。

罗宁和矮人齐刷刷地抬头望去，吓得魂飞魄散。

就在他们全神贯注于离开这里的时候，第二条龙已经向他们逼近。

狮鹫一个俯冲，想要逃脱巨龙的爪子。勇敢的狮鹫几乎就快成功了，但龙爪还是撕裂了它的右翼。狮鹫痛苦地叫着，不顾一切地想要留在空中。罗宁抬头看到龙的嘴巴已经张开。可怕的巨龙是想活生生将他们吞掉。

这时，巨龙的身后突然出现了一只狮鹫，上面坐的是邓肯和他的矮人同伴。邓肯的姿势十分别扭，他似乎在指挥矮人做什么事情。罗宁不知道骑士有何打算，他只知道不等他念出咒语，巨龙就肯定扑到莫洛克和他身上了。

突然，邓肯·桑特瑞斯跳了下去。

“我的天啊！”莫洛克惊叫，野蛮的矮人竟然也会对其他族类的勇敢和疯狂举动感到震惊。

罗宁这时还不知道邓肯想要做什么事。这个老练的骑士准确地落在巨龙的脖子上，换作是其他人多半已经一命呜呼了。他紧紧抓着巨龙厚实的脖颈，调整了一下位置，这时巨龙和上面的兽人才明白过来到底发生了什么事情。

兽人举起战斧，砍向桑特瑞斯的后背，险些砍中。邓肯看了一眼兽人，然后似乎忘记了他的野蛮对手。他一点一点地向前爬去，不停地闪躲巨龙咬来的嘴巴。

“他一定是疯了！”罗宁大声叫道。

“不，法师——他是位*勇士*。”

罗宁开始并不明白莫洛克低沉而又充满敬意的话，直到他看到邓肯用双腿和一只胳膊紧紧夹住龙的颈部，抽出闪闪发亮的宝剑的时候，罗宁这才明白过来。在桑特瑞斯的身后，兽人缓缓地爬着，凶相毕露，杀气腾腾。

“我们不能袖手旁观！飞得近一些！”罗宁大声道。

“太迟了，凡人！将有壮烈的颂歌要……”

飞龙没有要把邓肯甩开的意图，显然是怕把兽人也甩掉。与邓肯相比，兽人信心十足地向前爬着，很快就爬到骑士的身后。

邓肯几乎是坐在巨龙脑袋的后面。他举起手中的长剑，显然是想一剑刺进脊柱与头骨相连的地方。

兽人先把战斧抡了起来。

战斧猛地陷入桑特瑞斯的后背，穿过了他身上单薄的锁子甲。

邓肯没有叫出声，却向前倒去，险些丢掉了宝剑。他最后还是坚持到底，留在了上面。桑特瑞斯竭力将宝剑再次对准他要砍的地方，但明显有些力不从心。

兽人又一次举起了战斧。

见此情景，罗宁二话不说，随口念出刚刚想到的咒语。

一道太阳一般猛烈的光在兽人的眼前一闪而过。伴着一声尖叫，他仰面倒下，战斧从他手中跌落，他也失去平衡。绝望的兽人胡乱地抓向四周，想要找到支撑点，最终还是从飞龙脖子一侧掉了下去，发出一阵惨叫。

法师又焦急地把目光转向圣骑士，邓肯也望着罗宁，目光里充满了感激和敬意。邓肯的背部已满是深红色的血污，但他还是努力挺直身体，将剑柄高高地举起。

巨龙已经明白自己不用再静止不动了，随即开始急遽倾斜身体。

说时迟那时快，邓肯·桑特瑞斯用尽全力将宝剑刺入脖颈与脑袋相交的柔软部位，一半的剑身陷了下去。

红色巨龙顿时不由抽搐起来。股股脓水从伤口处喷出，滚烫的脓水烫伤了邓肯。他一不留神向后滑倒，失去了重心。

"快飞过去，该死！"罗宁命令莫洛克，"飞向他！"

矮人照他说的做了，但罗宁知道他们永远不可能及时赶到邓肯那里。就在这当儿，他看到对面也有一只狮鹫高速上升，飞了过来。是福斯泰德和温蕾萨。虽然他的坐骑上的重量已经不轻，但福斯泰德还是希望能够接住圣骑士。

看起来他们好像能够做到。福斯泰德的狮鹫与摇摇欲坠的邓肯越来越近。邓肯抬起头，先是看向罗宁，然后又望着福斯泰德和温蕾萨。

他摇了摇头……接着向前滑到，从痛苦呻吟的巨龙身上滚了下去。

“*不！*”罗宁失声叫着，一只手伸向远方的邓肯。他知道桑特瑞斯大人已经咽气，下落的只是一具尸体。看到这一幕，法师心里很不是个滋味。他担心的事情还是发生了；现在他已经失去了一名同伴，虽然邓肯是自愿跟来。

“小心！”

莫洛克的警告将他从悲伤中拉了回来。他抬起头看到那头巨龙，正在做临死前最后的挣扎，在空中疯狂地旋转着身体。巨龙的翅膀狂乱地摆动着，毫无目标地飞来飞去。福斯泰德险些被巨龙的翅膀扇到，罗宁发现巨龙的翅膀正冲向他和莫洛克，但为时已晚。

“飞起来，你该死的怪兽！”莫洛克吼道，“飞起——”

话音未落，巨龙的翅膀狠狠地击中了他们，法师一下子从座位上飞了出去。他听到矮人的尖叫和狮鹫的惨叫。罗宁过了一会儿才知道他正向天空高处飞去。升到最高处之后，又开始下落……速度极快。

他需要施念咒语。一个特别的咒语。罗宁虽然想用咒语，但他很难集中精力，甚至都想不出咒语最初的几个字。他知道这一次自己难逃一死。

突然，四周一片黑暗，但不是天黑时的那种黑暗。罗宁怀疑自己也许昏了过去。然而，黑暗中突然传来隆隆的声音，这个声音令他想起很久以前的事情。

“我又逮住你了，小家伙！不用害怕，不用害怕！”

一只巨大的龙爪，大到罗宁都不能填满手掌，抓住了法师。

9

“邓肯!”

“已经来不及了,精灵女士!”福斯泰德叫道,“他已经死了,但他留下了一个多么光荣的故事!”

温蕾萨才不管什么光荣不光荣,也没有因此对桑特瑞斯大人产生无限的崇敬。对她来说,唯一重要的是一个她刚认识不久的勇敢的人死了。跟福斯泰德一样,精灵立刻明白向地面坠去的只是邓肯的躯壳,但他死时的悲惨景象却给她留下了深刻的印象。

不过令温蕾萨略感欣慰的是,邓肯完成了几乎不可能完成的任务。巨龙受到了致命的一击,狂乱地飞来飞去。行将死去的巨龙试图将宝剑从头骨根部拔出,但它的力气已经越来越弱。巨龙坠入大海不过个是时间的问题。

然而,即使奄奄一息,巨龙还是对他们构成极大的威胁。它的翅膀就险些击中温蕾萨和矮人。为了躲开巨龙的疯狂举动,福斯泰德驾着狮鹫急速向下冲去。温蕾萨拼命抓着狮鹫,脑子里已经不再去想邓肯。

第二条龙也同样威胁着空中的几条狮鹫。福斯泰德重新指挥他的坐骑飞了上去,飞到另一条巨龙的上面,从而避免被巨龙的爪子抓住。另一个狮鹫骑士则险些被巨龙咬到。

他们已经不能在留在这里了。指挥第二条巨龙的兽人并不惧怕狮鹫,具有丰富的作战经历。这样下去,飞龙早晚会抓住一个矮人。温蕾萨不希望再有人死去。“福斯泰德！我们要离开这里!”

“为了你,我会这样做的,精灵女士,但那个满身鳞片的怪兽和它的兽人似乎有别的打算!”

他说的没错,巨龙现在似乎把目标锁定在温蕾萨及其同伴身上,这很可能是兽人的命令。也许他注意到精灵的存在,认为她的来历非同小可。实际上,两条巨龙的出现使游侠心中产生了许多疑问——特别是他们是不是为罗宁的任务而来。如果是,那么罗宁才应该是它们的目标……

罗宁哪儿去了？福斯泰德催着狮鹫加快速度,巨龙则在他们身后紧追不舍,精灵连忙四下张望,却不见他的踪影。心里有些沮丧,她又向四周望了一圈。温蕾萨不仅没有看到法师的身影,她甚至都找不到他骑的那只狮鹫。

“福斯泰德！我没有看到罗宁——”

“现在没时间管他！重要的是,现在抓紧!”

她急忙抓紧……时机刚刚好。狮鹫突然拐了一个大弯,温蕾萨若是稍不留神的话,很可能就会被甩下去。

龙爪猛地从他们身边挥过,她和矮人若要慢半拍,就会被击中。巨龙发出一阵狂吼,来发泄心中的郁闷,接着斜着身子飞走了。

“准备好战斗,精灵女士！我们别无选择!”

他取出了暴风锤,而温蕾萨心里又暗骂自己把弓箭丢了。她虽然还带着宝剑,但与邓肯不同,游侠还不想做出如此大的牺牲。

况且，她还想知道罗宁到底发生了什么事情，这是她的头等大事。

兽人早已拿出他的战斧，此刻正在头顶上挥舞着，大声喊出一些野蛮的作战口号。福斯泰德也不甘示弱，高声回应，虽然对温蕾萨的安全有些担忧，但他还是急着想投入到战斗中去。帮不上什么忙的游侠紧紧抓着狮鹫，希望矮人能尽快战胜对方。

就在这时，突然杀出个巨大的黑色身影，落在双方中间，向红龙扑去，红龙和兽人一下子乱了阵脚。

"这是——"福斯泰德张口结舌道。

精灵已经是瞠目结舌，说不出话来。

温蕾萨看到两只黑色的翅膀，翅膀长度是红龙的两倍，放出夺目的光芒。这时传来一声震天巨吼，吓得狮鹫们四散飞开。

一头硕大无比的龙猛地向红龙咬去。黑龙眯着黝黑的眼睛轻蔑地望着红龙。红龙也大吼一声，作为回应，对这新的敌人表现出厌恶。

"我们这次可能没救了，精灵女士！这简直就是黑暗之神在世！"

黑色巨龙展开翅膀，嘴里发出一阵巨响，温蕾萨意识到那是刺耳而又充满嘲讽意味的笑声。她还看到巨龙身体的绝大部分都覆有金属，确切的说是金属*铠甲*。龙的皮肤已经是刀枪不如；巨龙又会披着何种金属来保护自己坚硬的鳞片呢？

她很快有了答案。*合金铠甲。*唯有它才硬过近乎坚不可摧的龙鳞……也只有巨龙才会为了力量和虚荣心而甘心忍受这种巨大的疼苦。

"*死亡之翼*……"她喃喃道，"*是死亡之翼*……"

据精灵族的传说记载，很久以前世界上共有五条巨龙，代表了五种神秘的自然力量。有人说红龙阿莱克斯塔萨代表了生命的本质。关于其他几条龙的情况，却鲜有人知，因为在人类出现之前这些龙已经与世隔绝，过着隐士般的生活。精灵感受过他们的力量，甚至还曾与他们打过交道，但这些古老的生灵却从未公开他们的秘密。

在这五条巨龙中，有一条龙已经世人皆知，他告诉世界，他的族类是这个世界的统治者。他的原名早已弃之不用，他自称*死亡之翼*，为的是更好地向低级的生灵表示他的轻蔑和目标。精灵的祖先也不知道是什么驱使黑色巨龙全力毁灭精灵、矮人和人类建立起来的世界。

精灵族对他还有个别称，这个名称只是精灵在小声议论和讲古精灵语的时候才会使用，如今快被人遗忘了。*毁灭者。*名字不长，却蕴含了很多可怕的意思，例如混乱、狂怒，体现出自然界的狂暴，如火山爆发、地震活动等。如果阿莱克斯塔萨代表的是将世界维系起来的生命元素，那么死亡之翼则象征了不断想要将其分开的毁灭性力量。

此时此刻，他却在他们面前不停盘旋，似乎是保护他们不受飞龙的伤害。当然，死亡之翼很可能并无此意。他的敌人有一身红色的鳞片，红色是他不共戴天之敌的颜色。死亡之翼痛恨其他颜色的龙，每次遇到其他颜色的龙的时候，他都渴望杀死对方，他尤其厌恶红龙。

“这种场面真是难得一见，”福斯泰德第一次声音柔和道，“不过我还以为这个邪恶的怪物已经死了！”

游侠其实也有此想法。肯瑞托将最优秀的人族法师和精灵法师集中到一起，合众人之力，最终结束了黑色巨龙的威胁。连死亡之翼命地精装到他身上的合金铠甲也没能保护他免受法师的攻击。被击中之后，他不停地下坠，下坠……

可是现在，他又回来了。

与兽人的战争一下子变得不再重要。卡兹莫丹所有幸存的兽人的力量加在一起也比不上这条邪恶黑龙。

这条红龙是雄龙，他愤怒地向死亡之翼咬去。红龙的嘴巴与黑龙很近，黑龙完全可以用他左边的前爪击退他，但不知为何死亡之翼握紧了那只爪子，收到身体旁边。他选择了另一种方法：尾巴猛地摆向对手，红龙也随之滚出去很远。黑龙在移动的时候，金属铠甲下面充满了血管，血管里充满了炽热的火焰，在他的喉咙和躯干里向外喷涌。有传说记载，倘若碰到那些充满火焰的血管，很可能会被烧伤。有人说这是因为黑龙身体分泌一种酸性黏液，也有人说那是真正的火焰。

不管怎样，这都意味着死亡。

“那个兽人是勇敢过头了，要不就是控制不了他的坐骑！”福斯泰德摇头道，“换作是我，我肯定不会再打下去！”

其他狮鹫都飞了过来。温蕾萨的目光从两条龙身上移开，向这些狮鹫望去，却没有看到莫洛克和罗宁的身影。现在只剩下她和四个矮人。

“法师在哪儿？”她对其他人喊道，“他在哪儿？”

“莫洛克已经死了，”一个矮人向福斯泰德报告，“他的坐骑的尸体漂浮在海面上！”

矮人虽然身材矮小，却有着发达的肌肉和壮实的身体，因此很容易沉入水底。发现了狮鹫的尸体，福斯泰德和其他矮人也就相信莫洛克肯定已经丧身海底。

罗宁属于人类，因此不管他是死是活，他漂在海面上的可能性更大一些。温蕾萨仍然抱有最后一丝希望。“法师呢？你看到法师了吗？”

“在我看来，结果已经显而易见，精灵女士，”福斯泰德回头看了她一眼，答道。

她一阵沉默，知道他说的没错。自要塞事件之后，一路上就疑问不断。而在这里，一切似乎都结束了。罗宁的魔法也救不了他，从如此高的空中坠下，就像击中坚硬的岩石一样……

温蕾萨忍不住低头四顾，看到一半身体浮在水面上的红龙。罗宁和莫洛克一定是在那条红龙最后挣扎的时候被击中的。她只希望两人死的时候没有痛苦。

“我们怎么办，福斯泰德？”一个矮人叫道。

他摸了摸下巴，说道：“死亡之翼绝不是矮人的朋友！在干掉这条红龙之后，他肯定会接着收拾我们！就算有一百个暴风锤也不能对他构成任何威胁！现在我们只能原路返回，将我们看到的事情告诉别人！”

其他矮人对此表示同意，可是温蕾萨还是不愿就轻易放弃。“福斯泰德！罗宁是个法师！他可能死了，但如果他还活着，还漂在海上的话，他仍然需要我们的帮助！”

“恕我直言，你已经疯了，精灵女士！从高空坠入海里，不可能有人活下来，法师也难逃一死！”

“求你了！只求你在海上找一遍，然后就离开。”如果搜索之后他们还是一无所获的话，她对法师和他永远都不可能完成的任务的责任就此宣告结束。她会为此愧疚不已，这种感觉会在她心里久久挥之不去。

福斯泰德皱起了眉头。他的部下都望着他，脸上的表情好像在说如果还不赶快避开死亡之翼的话，他一定是丧失了理智。

“好吧！”他咆哮道，“不过都是为了你，都为了你！”福斯泰德接着对其他兽人发出了命令，“你们立刻返回，我们留下！我们会很快赶上你们，但如果我们没有回去，一定告诉其他人黑龙又出现了！快走吧！”

其他矮人驾着狮鹫向西飞去，福斯泰德则命令狮鹫俯冲而下。在他们飞快地接近海面的时候，两条巨龙都发出了残忍的吼叫，精灵和矮人都不由焦虑地抬头望去。

死亡之翼和红龙不断向对方发出怒吼，声音越来越响，也越来越刺耳。两条龙都是张牙舞爪，尾巴在空中疯狂地摆动。死亡之翼身上的红色条纹使他具有一种恐怖、近乎超自然的感觉，好似传说中的恶魔一样。

“他们作战的架势已经摆好，”福斯泰德对温蕾萨解释说，“马上就要开打了！真不知道那个兽人脑子里在想什么！”

温蕾萨才不管兽人是死是活。她的注意力又一次回到寻找罗宁这件事上。在狮鹫飞到离海面只有几码的距离时，她四下张望寻找罗宁，却什么也没看到。一定会找到一些他的痕迹！心急火燎的游侠看到了他们不远处那只死去的狮鹫的扭曲的身体。不管法师是否还活着，他一定就在附近什么地方，除非他已经用魔法使自己逃离了危险。

福斯泰德不耐烦地哼了一声，显然认为他们是在浪费时间。“这里什么也没有！”

“再给我一点时间！”

这时，空中又传来了凶狠的叫声。激烈的战斗开始了。红色巨龙想要绕到死亡之翼的身后，但黑龙体形巨大，对红龙来说是个难以逾越的障碍。黑龙的双翼如同一道高墙，挡住了红龙的去路。红龙对着一只翅膀喷出熊熊火焰，但死亡之翼拍了几下翅膀就轻松避开了，红龙喷出的火焰不过是对他产生了些微的灼伤。

在喷火的过程中，红龙自己也露出了破绽。黑龙可以轻而易举把红龙离他最近的翅膀撕破，但他的左前爪还是没伸出来，紧紧贴在胸口。他又一次摆动尾巴，砸向对方，红龙见状急忙飞开。

死亡之翼看起来好好的，为何会缩手缩脚呢？

“够了！我们的搜寻到此为止！”福斯泰德叫道，“很遗憾地告诉你，你那位法师已丧身海底！要想不跟他斗，我们现在必须马上离开！”

温蕾萨对他并不理睬，仍然死死地盯着黑龙，想弄明白他为何会有如此怪异的举动。死亡之翼在战斗中使用了尾巴、翅膀和几只爪子，惟独没用左前爪。他不时地移动这只爪子，显然表明这只爪子没有什么问题，但他为何总是将前爪收到身体近旁呢？

“为什么？”她自言自语说，“为什么会这样？”

福斯泰德以为她在跟他说话。“因为留在这里只有死路一条，虽然福斯泰德从来都不怕死，但他可不想死在一身铠甲的臭龙手下。”

就在说话的当口，虽然没用左边的前爪，死亡之翼还是抓住了他的对手。黑龙硕大的翅膀将红龙裹住，而他的尾巴则将红龙的腿部缠住。黑色巨龙用剩下的三个爪子在红龙身上划出一道道血淋淋的伤口，其中有道伤口靠近喉咙。

“向上飞，该死！”福斯泰德对他体力不支的狮鹫命令道，“想休息再等一会儿！先带我们离开这儿！”

狮鹫只好努力向天上飞去，温蕾萨这时看到死亡之翼又在红龙胸口划出一排深深的伤口。红龙的体液流了出来，如雨水般噼里啪啦地落到海里。

几番痛苦挣扎之后，红龙好不容易摆脱了黑龙的纠缠。他推开死亡之翼的时候有些摇摇欲坠，显得有些犹豫，好像被其他什么东西分了神。

令温蕾萨吃惊的是，红龙突然转身，向卡兹莫丹的方向飞去。

整个战斗仅仅持续了一两分钟，在如此短暂的时间里死亡之翼差一点就把对手杀死。

奇怪的是，黑色巨龙并没有追上去。他只是望着收在胸前的爪子，好像是在察看握在爪子里的某个东西。

某个东西……*还是某个人？*

这时她一下子想到罗宁对邓肯讲述他从坍塌的塔楼中脱身的离奇经历。*我不知道那是何物，但它轻易就将我抓了起来，就好像我是个玩具一样，将我从废墟中带走。*还有什么生灵能捉住一个成年人，像抓玩具一样把他带走？游侠以前从未听说过有如此不可思议的事情发生，所以一直不解其中奥妙，而现在她终于明白了。是条龙将法师带到安全的地方！

但是……会不会是死亡之翼？

黑龙突然飞向卡兹莫丹，却不是飞向红龙逃走的那个方向。在他向远方飞去的时候，温蕾萨注意到他的那只爪子依然收在胸前，似乎在努力保护一样珍贵的东西。

“福斯泰德！我们要跟上他！”

矮人瞅了她一眼，好像在说她这无异于是让他飞进黑龙的嘴里。“我是最勇敢的矮人战士，精灵女士，但你的建议也太疯狂了!”

“罗宁在死亡之翼手里！黑龙没有使用他的前爪就是因为罗宁的缘故!”

“那么法师肯定是必死无疑,除了能做食物之外,他对黑龙还有什么用?”

“像你说的那样,死亡之翼早就可以把他吃了。但情况并非如此。罗宁肯定对他有其他用途。”

福斯泰德皱起了眉头。“你的要求太多了！狮鹫已经十分疲惫,需要尽快着陆休息!”

“求求你！尽你所能吧！我不能就这样对他撒手不管！我曾经发过誓!”

“没有誓言会让你这么过分!”狮鹫骑士嘴里咕哝着,但他还是命令坐骑向卡兹莫丹飞去。狮鹫不停地叫着抗议,但还是照做了。

温蕾萨没有再说什么,她知道福斯泰德说得有理。但不知为何,她仍然无法抛弃罗宁,尽管他似乎只有死路一条。

游侠没有对自己进行反省,而是望着死亡之翼不断变小的身体若有所思。罗宁一定在他手里。她心里十分清楚。

可是,死亡之翼生性痛恨其他所有生灵,巴不得将兽人、精灵、矮人和人类一网打尽,他对罗宁又有何求呢?

她想起了邓肯·桑特瑞斯对法师的评价,他的评价不仅代表了银手骑士团的观点,还代表了大多数人对法师的看法。*该死的家伙*,邓肯这样叫他。意在说他是极易表现出邪恶的一面的人。他难道真地与世上最邪恶的家伙达成了一项*协议*?

邓肯骑士是不是说出了连他都没想到会实现的一幕呢?温蕾萨竭力要救的这个人是否已经将他的灵魂卖给了死亡之翼呢?

“他想让你干什么,罗宁?”她喃喃道,“他想让你干什么,罗宁?”

克拉苏斯的骨头仍然酸痛不已,全身不时感到阵阵剧痛,但他已经基本康复,可以继续应付后面的事情。他不敢告诉议会其他成员事情的真相,尽管此事与他们的任务密切相关。到目前为止,在肯瑞托里,只有他一人知道死亡之翼的人形化身。克拉苏斯的计划成败与否可能就取决于此了。

黑龙竟想成为奥特兰克的国王!从表面上看,这个想法十分荒唐,也不可能实现;但了解黑龙的克拉苏斯知道,死亡之翼肯定在酝酿着更复杂、更阴险的计划。普瑞斯托领主也许会努力使联盟各国和平相处,但死亡之翼则只想着杀戮和混乱……这也就是说,他登上那个小小的王位所追求的和平不过是为了制造更大的矛盾做准备。是的,今天的和平就意味着明天的*战争*。

如果克拉苏斯不能告诉肯瑞托的话,他还可以告诉其他人。他多次被他们拒之门外,但也许这次会有人听。也许法师错就错在把他们的随从叫到身边。如果他将这个可怕的消息带到他们密室里的话,他们也许还能听进去。

是的……这样他们应该会听的。

站在阴暗的密室的中央,克拉苏斯戴上兜帽,将脸部完全遮住,嘴里开始念念有词,心里想着把自己送到他最希望获得帮助的人那里。房间渐渐模糊起来,慢慢消失了……

转眼之间,克拉苏斯来到了一个冰雪覆盖的山洞里。

克拉苏斯四下张望,虽然很早之前他就来过这里,但看到眼前的景象他还是惊呆了。他知道自己站在谁的地盘里,他也知道在所有可以求助的人中此人可能会对他的突然来访最不欢迎。甚至死亡之翼都对这寒气逼人的山洞的主人敬畏三分。这个密室位于荒凉的冰冻大地诺森德的中心,很少有人来过这里,更少有人能活着离开。

冰冷的洞顶悬着巨大的冰锥,晶莹剔透,宛如水晶一般,洞顶的高度几乎是法师身高的三倍。山洞的地上不仅覆有一层厚厚的冰雪,洞里的墙壁上也是冰雪覆盖,地面和墙壁上到处都有坚硬的冰锥探出。一道光线从内部通道射进房间里,借着光线法师看到一些闪闪发亮的鬼魂在四处游荡。彩虹在洞顶的尖冰周围闪现,洞里一股微风吹过,不知是如何从寒冷的蛮荒之地吹进这个魔幻之地来的。

然而,洞里一派美丽的冬天景象的背后却潜藏着其他更为阴森可怖的场景。在扑满白雪的地上,克拉苏斯看到了几个冻成冰的身体,甚至还有一些已经与身体分离的肢体。他知道许多尸体属于这个地区繁衍生息的为数不多的生灵,还有一些尸体则告诉世人冒险进入这里的人的悲惨命运,其中有个人一只手卷曲着,死状极为恐怖。

能进一步说明侵犯者的最终命运的证据在奇妙的冰锥中也能找到,可以看到有几个不速之客的身体被冻成冰。克拉苏斯认出了冰巨魔的尸体,它们是巨大又野蛮的生灵,肤色苍白,身体要比南部的同族大两倍多。死神并没有对他们手软,每个冰巨魔都是一脸痛苦的表情。

在更远的地方,法师发现两具被称为雪怪的怪兽的尸体。他们也是冻死的。巨魔对死亡表现出恐惧,而两个雪怪却是一脸的愤怒,就好他们难以相信自己竟会落到这步田地。

克拉苏斯穿过冰雪覆盖的山洞，不时看到死相可怕的尸体。他发现打他上次来这儿之后，这里又多了一个精灵和两个兽人的尸体，说明战争已经延伸到这个偏僻的房间。其中一个兽人的样子似乎表明，他在冻成冰之前似乎没有意识到自己会遭遇此种命运。

两个兽人远处的一个地方，克拉苏斯又发现了一具尸体，这具尸体几乎使他吓得叫出声来。乍一看，那东西似乎是一条巨大的蟒蛇，在冰冻的地域里找到这种怪物实属怪异。它的身体盘绕在一起，顶端处突然发生了变化，一下子变成了近乎人形的躯干，只是身体表面覆盖了一些鳞片。那怪物张牙舞爪，伸出两个强壮的手臂，似乎是在邀请法师加入他的行列。

法师又看到一张酷似精灵的脸，却长着一个扁平的鼻子，一张长长的嘴巴和一口不逊于飞龙的锋利的牙齿。没有瞳孔的黑眼睛愤怒地瞪着。屋里光线阴暗，再加上他的下半身没有出现，因此这个生灵既可以被认为是人类也可以被看作是精灵，但克拉苏斯知道他的真实身份，或确切的说他过去的身份。法师下意识地想到了他的名字，就好像这个满身是冰的邪恶家伙让他说出来的一样。

“纳——”克拉苏斯喃喃道。

“你无足轻重，无足轻重，不过是胆大妄为而已，”突然一个耳语般的声音打断了他，声音似乎随风而来。

法师转过身，看到一块冰从墙上脱落，随之变成一个人形的家伙，不过它的双腿太细，弯曲的角度也十分别扭，整个身体更像是个昆虫。他的脑袋好似人的脑袋，虽然脸上也有眼睛、鼻子和嘴巴，但给人的感觉就像是某位工匠开始制作冰雕，刚凿出脸部大体轮廓就认为是个残品弃之不管了。

这个形状古怪的家伙身上裹着闪闪发亮的风衣，没戴兜帽，背处却竖起了高高的衣领。

“玛利苛斯……”克拉苏斯低声说道，“别来无恙啊？”

“我很自在，自在，自在——因为没人打扰我的生活。”

“我情非得以才来这儿的，我别无选择。”

“总会有另一个选择的——你可以离开了，离开了，离开了！我不要别人打扰！”

法师并没有被洞穴的主人吓倒。“难道你忘了自己怎么会如此安静地一个人在这里吗，玛利苛斯？你这么快就忘了吗？不过只是几个世纪过去——”

全身是冰的怪物在洞里绕着圈子不停走着，眼睛却一直盯着法师。“我什么也没忘记，没有，没有！”这时传来了凛冽的风声。“我怎么会忘记那个黑暗的时代……”

克拉苏斯原地慢慢地转着圈，使自己能一直看着玛利苛斯。他知道对方没有理由攻击他，但不止一个人表示：玛利苛斯是在世的龙中最老的一个，他也许已经疯狂得失去了理智。

那双棍子一般细长的腿在冰雪上行动自如，爪子深陷在冰里。克拉苏斯想起别人说过在寒冷的气候里，极地生活的人常依靠滑行装置前进。

玛利苛斯并不总是这副模样，他现在也用不着总是保持这个状态。玛利苛斯之所以变成现在这个样子，是因为他对这个样子的喜爱远胜过他本来的面目。

“你现在想起那个自称*死亡之翼*的家伙对你和你的族类的各种暴行了吧。”

听到这话，那张古怪的面孔突然转动了一下，收紧了脚爪。玛利苟斯嘴里发出了近似咝咝声的声音。

“我还*记得*……”

突然间,山洞变得狭窄了许多。克拉苏斯死死地站在原地,知道屈服于玛利苟斯的折磨很可能是死路一条。

“我还*记得*!”

洞顶的冰锥开始震动不停,发出一阵奇怪的声音,起初听起来像是钟声,声音随之很快升高,变成刺耳的尖叫。玛利苟斯挪着脚步向法师逼近,嘴巴咧得很大,表情冷酷无比。

冰雪不断在洞里延伸,越来越多,似乎要将整个山洞填满。雪花在克拉苏斯周围不停飞舞,然后升到空中,变成了一个幽灵般的庞然大物,一条冬天的巨龙。

“我还记得那个诺言,”这个可怕的家伙咝咝道,“我还记得我们订下的契约!好好活着!永远守卫这个世界!”

法师点了点头,连玛利苟斯也看不到兜帽里脸部的轮廓。“直到他的背叛。”

雪龙此时展开了双翼。他不像是真龙,更像是个幽灵,对山洞主人的情绪做出了回应。巨大的嘴巴一张一合,好似这个幽灵般的雪龙在说话一样。

“*直到他的背叛,直到他的背叛,直到他的背叛*……”雪龙的嘴里蓦地射出一阵冰,速度之快,足以致命,狠狠地砸进石墙中。“*都是因为死亡之翼!*”

克拉苏斯一只手放在身后,不让玛利苟斯看见,随时准备用这只手施放魔法。

不过,可怕的怪物还是克制住自己的情绪。他摇了摇头——雪龙也跟着摇头——充满理智地说:“巨龙时代已经过去,我们没人，我们没人，我们没人会怕他！他不过是一条守护巨龙，是这个世界堕落和无序的体现！他的时代已经过去，永远过去了！”

克拉苏斯发现面前的地面开始颤抖，遂连忙跳向后面。他起初以为玛利苟斯是想趁他不备抓住他，结果发现巨龙并没有攻击他，只是地面升了起来，化成一条泥龙。

“他说过，一切都是为了*未来*，”玛利苟斯接着说道，“等到世界上只有人类、精灵和矮人存在，这是他的原话！让所有氏族、所有龙族、所有*守护巨龙*联起手来，重塑那个邪恶的神器，这样就算我们都离开这个世界，永远保护这个世界的神物还会留下！”他说着抬眼看着他变出的两个幻象。“而我，我，我……我，玛利苟斯，站到了他的一边，说服了其他龙！”

这时，空中的两条龙互相绕着旋转起来，不分你我，缠绕在一起。克拉苏斯将目光从他们身上移开，提醒自己玛利苟斯虽然最瞧不起死亡之翼，却并不能说他会向自己伸出援手……说不定还不放他走，让他永远留在这个冰天雪地里。

“也就是说，”法师打断道，“每条龙，特别是守护巨龙，都将自己的一部分传入圆盘里，从某种意义上说，他们是将自己与它联系在一起——”

“永远受它的控制！”

克拉苏斯点了点头。“永远确保它的力量会超过他们，而他们那时却还蒙在鼓里。”他举起一只手，变出了他们正在讨论的神器的影像。“你是否还记得它的样子多么有欺骗性？你是否还记得它看起来有多么简单？”

看到神器，玛利苟斯不由倒吸一口凉气，后退了一步。变出的两条龙也跟着崩溃了，雪块和岩石落得遍地都是，而法师和玛利苟斯却毫发无伤。巨大的隆隆声在空旷的通道里回响不绝，声音肯定也传到上面广袤空旷的荒野。

“快把它拿走，拿走，拿走！”玛利苟斯大声命令道，声音好似悲嗥。带爪的双手试图挡住模糊的双眼。“不要再拿给我看了！”

克拉苏斯却是不依不饶。“睁开眼睛看看吧，我的朋友！看看世界最古老的种族的衰败！看看无人不知的*恶魔之魂*吧！”

闪闪发亮的圆盘在法师的手掌上转个不停。这个金色的宝物其貌不扬，虽几易其主，却无人了解其中蕴含的巨大潜能。它不过是圆盘的幻象，玛利苟斯却还是惊恐万分，好半天才敢抬头看它一眼。

“它是由每一条龙的精华汇成的魔法锻造而成，起初是用来对付燃烧军团的恶魔，却将飞龙自己的魔力困住！”法师走向玛利苟斯，说道，“就在战争结束的时候，死亡之翼用它背叛了所有其他龙！用它对付他的盟友——”

“不要再说了！*恶魔之魂*已经丢了，丢了，丢了，黑龙已经被人类和精灵法师杀了！”

“是吗？”克拉苏斯将*恶魔之魂*的影像变走，又变出了另一个影像。那是个人像，是个黑衣男子。一个自信的年轻贵族，深邃的眼睛要比他的实际年龄苍老许多。

是普瑞斯托领主。

“玛利苟斯，此人将会成为位于洛丹伦联盟中心的奥特兰克的新国王。难道你不觉得他有些眼熟？”

全身是冰的他走近了几步，目不转睛地盯着不断旋转的冒牌贵族的影像。玛利苟斯仔细地端详着普瑞斯托，小心翼翼地……心中充满了恐惧。

“这不是人！”

“说吧，玛利苟斯。说你看到了谁。”

巨龙的眼睛转而望着克拉苏斯的眼睛。“你心里清楚得很！它就是死亡之翼！”他忿忿地发出嗞嗞声。“*死亡之翼*……”

“没错，是死亡之翼，”克拉苏斯淡淡地说道，“就是那个人们两次误以为丧命的死亡之翼；就是那个使用*恶魔之魂*，使回到巨龙时代的希望破灭的死亡之翼；就是那个……企图操纵年轻的种族按照他的旨意做事的死亡之翼。”

“他将会使他们自相残杀……”

“是的，玛利苟斯。他会让他们自相残杀，直到最后只剩下不多的人……到时候，死亡之翼会自己解决剩下的这些人。你知道他想要个什么样的世界。一个只有他和他的追随者的世界。死亡之翼自己的世界……不给其他龙族留下任何生存的空间。”

“不……”

玛利苟斯的身体突然开始膨胀，变成一个巨大的爬行动物的样子。皮肤的颜色也发生了改变，从雪白的颜色变成有些暗淡的浅蓝色。他的四肢变粗，脸部也拉长了，越来越像一条龙。但玛利苟斯并没有完成彻底的变形，没有全部变好就停了下来，成为一个飞龙与昆虫的混合体，样子十分骇人，只有在噩梦中才会碰到。“我曾与他结盟，我的族类却因此惨遭杀戮，最后只剩下我一条龙！*恶魔之魂*杀死了我的*孩子*和我的*配偶*。我还以为背叛了所有人的他已经死了，该死的圆盘也永远被毁掉——”

“我们原来也是这样想的，玛利苟斯。”

“但他*没死*！他*还活着*！”

巨龙勃然大怒，整个山洞都为之一颤。又长又尖的冰块从洞顶落下,刺穿了铺着冰雪的地面,引发更猛烈的震动,克拉苏斯有些站立不稳。

“是的,他还活着,玛利苟斯,尽管你作出那么多牺牲,但他还活着……”

玛利苟斯紧紧地盯着他。“我失去很多——太多东西！自称克拉苏斯的你,曾经也是*龙*的你则失去了所有东西!”

听到这番话,他心爱的女皇的形象旋即出现在克拉苏斯的脑海里。阿莱克斯塔萨的红龙族鼎盛时期的一幕幕景象也顿时在他脑际浮现……

在她的配偶中,他排第二位,但他是最爱她,最忠诚的一个。

法师拼命摇头,拼命摆脱往日的痛苦记忆。他不能再有在天空翱翔的欲望。在世界局势发生根本性转变之前,他必须继续保持人形,继续做克拉苏斯,而不是红龙*克莱奥斯特拉兹*。

“是的……我失去了很多,”克拉苏斯开口说道,声音平静了许多。“但我希望能有所收获……为了我们所有人。”

“怎么做呢?”

“我要解救阿莱克斯塔萨。”

玛利苟斯顿时大笑起来,狂笑不止。他的笑声是在嘲弄法师想实现的目标。“确实是个好点子——只要你能实现这个难以实现的目标！可是那样做对我又有什么好处呢？你有什么好处给我啊,小东西?”

“你知道她是什么守护巨龙。你知道她能为你做什么。”

狂笑戛然而止。玛利苟斯犹豫了一下,显然不想相信他的话,却又努力使自己相信。“她可以吗?”

“我相信那是有可能的。我相信此事仍然值得你花力气。而且,你不帮她的话,还能有什么未来?”

就在这时,玛利苟斯的龙的特征变得愈加明显,他的身体也发生了极度的膨胀,变成了克拉苏斯的五倍、十倍,直到二十倍,玛利苟斯最初的样子已经不见踪影。站在克拉苏斯面前的是一条龙,自人类出现以来从未有人见过的巨龙。

恢复本来面目之后,玛利苟斯也开始心怀疑虑,因为他接着问的问题是克拉苏斯既怕听到又想回答的问题。“那些兽人。兽人怎么能关住她?这个问题我一直想知道,想知道,想知道……”

“我的朋友,你知道他们只有一种方法能将她囚禁起来。”

巨龙抬起闪着银光的脑袋,咝咝地说:“*恶魔之魂*?那些小东西怎么会有*恶魔之魂*?这就是你在我面前变出圆盘的影像的原因吗?”

“是的,玛利苟斯,他们有*恶魔之魂*,虽然我觉得他们并不能将圆盘的魔力完全发挥出来,但他们对它的使用足以将阿莱克斯塔萨控制起来……但这还不是最糟糕的事情。”

“还有更糟糕的事情?”

克拉苏斯知道,在他的努力下,巨龙几乎就要答应帮他解救龙族女皇了,但他下面要对玛利苟斯说的话可能会使他前功尽弃。但是,不仅仅是为了他心爱的皇后,克拉苏斯必须要对这个潜在的盟友实话实说。“我相信死亡之翼现在知道我要做什么……他不会善罢甘休,直到那个该死的圆盘和阿莱克斯塔萨都属于*他*为止。”

10

罗宁又一次在树林里醒了过来。不过这一次,他睁开双眼却没有看到温蕾萨,心里不免有些失落。他只看到了一片阴暗的天空,四周一片静谧。树林里听不到鸟鸣,也不见动物的身影。

一种不祥的感觉袭上法师的心头。缓慢而小心地,他抬起了头,四下张望。除了树木和灌木丛之外,别无他物。当然也没有巨龙,特别是那条硕大而又阴险的——

"啊哈,你终于醒过来了……"

难道是死亡之翼?

罗宁立刻把头扭向左边,惊恐地发现四周一片不断增大的阴影分离出去,化成一个戴着兜帽的家伙,让他想起了一个他认识的人。

"克拉苏斯?"他喃喃道,没多久他就发现对方不是克拉苏斯。那人走到他的身前,四周的阴影弥漫着自负的气息,他与四周的黑影融为了一体。

没错,他这次猜对了。*是死亡之翼。*这个身体看起来也许像人,可如果这人是由巨龙变成的,那只有黑色巨龙才会变成这个样子。

兜帽下面露出一张脸，一张英俊而瘦削的脸，一张贵族的脸……至少表面看是这样。“你没事吧？”

“我没事，谢谢。”

他嘴角向上微翘，似乎是在微笑。“认识我吧，凡人？”

“你是……你是毁灭者死亡之翼。”

那人四周的黑影动了一下，变得有些黯淡。那张既像是人又像是精灵的脸变得清晰了许多。他嘴角又向上微微一翘。“法师，这只是我众多称号中的一个，这些称号既准确又不准确。”他的脑袋歪向一侧。“我就知道我选了个好名字；我这样出现在你面前，你竟然不感到惊讶。”

“你的声音没变。我永远也忘不了你的声音。”

“我的朋友，你比很多人都聪明。有些人认不出我，即便是我在他们眼前变形。”那人得意地笑道，“你若不信，我现在就可以变给你看看！”

“谢谢——不必了。”白天的亮光开始在法师可怕的救命恩人身后消失。罗宁想知道自己昏迷了多久，死亡之翼又是在何处找到他的。他尤其想知道他为何还会活着。

“你想从我身上得到什么？”

“我什么也不要，罗宁法师。我只是想帮你完成任务。”

“我的任务？”除了克拉苏斯和肯瑞托内部议会之外，没有人知道他的真正任务，甚至连一些肯瑞托内部议员也不知道。大法师做事一向十分隐秘，他们的行动计划很少有人知道。不管怎样，死亡之翼应该对这件事情一无所知才对。

“没错，罗宁，你的任务。”死亡之翼微笑的嘴巴向两边延伸到人类不能及的长度，露出一排锋利的牙齿。“解放伟大的龙族皇后，神奇的阿莱克斯塔萨！”

罗宁心里一惊，不明白黑龙怎么会知道他的真正任务，但宁可相信死亡之翼是无意中发现的。死亡之翼藐视所有生灵，包括那些不属于他的族类的飞龙。他至今没听人说过黑龙和红龙女皇之间产生过爱意。

法师可以突然使出魔法，这一招在部落与联盟的战争中派上过很大的用场。他曾利用魔法杀死一个向他冲来的兽人，这个兽人手上沾满了六个骑士和一个法师的鲜血；罗宁还曾施展过弱一些的魔法，令一个兽人术士施展不开手脚。不过，罗宁没有与龙作战的经验。

死亡之翼身体四周突然出现几道金色光环——

——那个笼罩在黑影里的家伙穿过了光环的中央。

“那样做是否*真*有必要？”披风下伸出了一只手。死亡之翼指向一处。

躺在地上的罗宁附近的一块石头发出猛烈的咝咝声……随后就熔化了。熔化的石头缓缓流进地下，渗入每一处裂缝，随即消失得无影无踪。一切不过发生在顷刻之间。

“法师，如果我别无选择的话，我也会这样对你的。我已经救过你两次，难道还会再救你第三次吗？”

好汉不吃眼前亏，罗宁连忙摇了摇头。

“你还算识相，”说着死亡之翼走了过来。他又伸出了手，这一次指向了法师身体另一侧。“喝吧。你会很快恢复体力。”

罗宁低头望去，看到草地上放着一杯酒。这杯酒虽刚出现不久，他却毫不犹豫地拿起，喝了起来。他已是饥渴难耐，不顾不上那么多了，而且他若不喝的话，黑龙也会视其为违抗的行为。此时此刻，罗宁所能做的只有合作……祈祷自己好运。

一身黑衣的死亡之翼又动了起来，身体突然变得模糊不清，如幻影一般。死亡之翼能够扮成人形，让法师心烦不已。谁知道有如此神力的家伙会对罗宁的同胞们做些什么？说不定死亡之翼凭借此法已经将黑暗传遍了四方。

如果这样，他为什么会将这样一个惊世之谜告诉罗宁，除非他打算最终杀死法师？

"你太不了解我们了。"

罗宁眼睛猛地睁大。死亡之翼难道还能读出别人的心思？

死亡之翼坐在罗宁左边，就好像是坐在椅子或巨石之上，罗宁却并没有看到他的长袍后面有座位。在额前乌黑的发尖下，黝黑的眼睛一眨不眨地盯着罗宁的双眼，与罗宁四目交视，罗宁最终还是低下了头。

就在法师把目光瞥向别处的时候，死亡之翼又重复了刚才的那句话。"你太不了解我们了。"

"关于——关于龙族的资料传下来的不多。多数研究龙的人都被龙吃了。"

虽然罗宁没有刻意追求幽默的效果，但死亡之翼还是觉得他的话十分好笑。他纵声大笑起来，带着几分癫狂。

"想不到你们种族竟会如此可笑，小朋友！太滑稽了！"说完又咧嘴大笑起来，声音充满了邪恶的气息。"是的，你说的也许有理。"

罗宁觉得躺在黑龙旁边已不再有丝毫快感，便坐了起来，上身直挺。他也许还想站起身来，但死亡之翼看了他一眼，似乎在警告这个时候做出这种举动也许并不明智。

“你想让我做什么?”罗宁又问道,“我对你有何价值?”

“你是实现目的的手段,你能帮我实现一个难以企及的目标——一个绝望之人的孤注一掷……”

罗宁起初还没有明白他的意思。这时,他看到黑龙脸上出现沮丧的表情。“你——现在*感到绝望*?”

死亡之翼站了起来,展开双臂,像是要飞翔一样。“你看到了什么,凡人?”

“一个笼罩在黑影中的人。死亡之翼的化身。”

“说的没错,但难道你没有看到更多的东西,小朋友?难道你没有看到忠诚的黑龙族?你是否看到许多黑龙,以及许多红龙在人类、精灵来到这个世界之前在空中的身影?”

罗宁仍然不懂死亡之翼什么意思,脑袋摇个不停。不过有一点他确信无疑——这个家伙仍然有些疯癫。

“你没有见过他们,”黑龙说,这时他的皮肤和体形变得更像是爬行动物。他的眼睛眯了起来,牙齿也变得更长更锋利,似乎翅膀也要从长袍里挣脱出来。笼罩在死亡之翼身上的阴影越来越浓,他也愈加缺乏实体性。

“你没有见过他们,”他又说道,眼睛闭了一下。翅膀、眼睛和牙齿都变回一分钟之前的样子。死亡之翼重新恢复了实体和人的样子。“……因为他们已经不再*存在*。”

他坐了下来,伸出一只手,手掌朝上。手上突然浮现出很多图像。在一个绿色的世界里许多微小的飞龙飞来飞去。空中挂着彩虹,小龙鼓动着双翼,在彩虹里尽情地飞翔。空气中弥漫着快乐的气氛,连罗宁也受到了感染。

“这个世界属于我们,我们也管理得很好。魔法属于我们,我们守护得很好。生命也属于我们……我们尽情享受。”

但不久有新的生灵出现在这幅影像中。法师看了半天才认出他们是一些精灵,但不是温蕾萨那种精灵。这些精灵有他们独特的美丽,不过是一种冷酷傲慢的美,看到最后罗宁都感到一阵反感。

“可是后来,突然出现了其他人,他们长着小巧的身体,寿命不长。他们轻率鲁莽,投身于一些极为危险的事情。”死亡之翼的声音变得几乎与那些暗夜精灵的美丽一样冷酷。“他们愚蠢至极,给我们带来了那些*恶魔*。”

罗宁不假思索把身体凑了上去。每个法师都读过关于那只恶魔部队(或称*燃烧军团*)的故事,但他没有找到证据能证明这些狰狞的怪物真的存在过。大多数声称抗击过他们的人最终都被发现大脑有问题。

但法师刚想仔细看清其中的恶魔,死亡之翼却突然将手握了起来,图像也随之消失。

“若不是龙族,这个世界就早已不复存在。一千只兽人部队也比不过我们当时所面对的那些家伙！当时,我们众志成城,如同一人！我们在将恶魔们赶出我们的世界的时候也血洒沙场……”黑龙闭了一下眼睛,片刻之后,又睁眼说道,“……在那个过程里,我们失去了对我们想要保护的东西的控制。我们的时代已经过去。精灵,然后是矮人,最后还有人类都声称未来属于他们。我们的数量急遽减少,更糟的是,我们内部也开始尔虞我诈,相互争斗,甚至相互*残杀*。”

这些事情罗宁都知道。五个现存的龙族之间互有敌意,红龙族和黑龙族之间的仇恨尤甚,这是世人皆知。巨龙间仇恨的缘起已经随着时间的流逝已经被人遗忘，不过也许现在黑龙会把事实的真相告诉法师。“但为何一起做出如此大的牺牲之后，还会相互争斗呢？”

“因为理念不合，缺乏交流……原因很多，就算我有时间解释给你听，你也不会明白。”死亡之翼叹了口气，又说道，“在所有这些因素的作用下，我们龙族现在只剩下为数不多的几条龙。”他的目光移向了别处，目光又变得强烈起来。那双眼睛似乎看到了罗宁的心底。“一切都已成为过去！我要对失去的一切进行补偿……对*我*做的事情进行补偿，凡人。我要帮你解救龙族皇后阿莱克斯塔萨。”

罗宁急忙把自己想说的话收了回去。虽然死亡之翼态度温和，又化身为人，但他还是坐在龙族中最可怕的一条龙前面。死亡之翼也许会假装友善，但倘若说错一个字，罗宁可能还是会死得很惨。

“但是——”他小心地选择措辞，“——你和她是敌人啊。”

“我们种族之间也因此争斗了这么久。凡人，我们曾经犯过错误，但我现在会努力改正。”他的眼睛死死地盯着法师，“阿莱克斯塔萨和我不应该是敌人。”

罗宁只好应合着说：“当然不是。”

“我们曾经是最伟大的盟友，最亲密的朋友。这一幕还会发生，你说是吧？”

法师眼里只看到对方目光锐利的眼睛。“是的。”

“而你只身前去救她。”

这时，罗宁心里突然涌起一种奇怪的感觉，在死亡之翼的盯视下他突然有些不舒服。“你怎么——怎么知道这件事的？”

“这并不重要，是吧？”黑龙的眼睛又紧紧盯着法师的眼睛。

不适的感觉慢慢褪去。在黑龙目光的盯视下，一切想法都消失不见了。“是的，我想是的。”

“只靠自己，你肯定失败。这一点毋庸置疑。你能走到今天，我真是难以置信！不过，现在，在我的帮助下，你*就可以*完成这项不可能完成的任务，我的朋友。你将救出龙族女皇！”

话音刚落，死亡之翼伸出一只手，手心上放着一个小巧的银色魔法缀饰。罗宁不由自主地伸出手，抓住那个缀饰，拿到眼前。他低头望去，端详着刻在缀饰边上的神秘咒语，还有中央的黑色水晶。他理解了其中一些咒语的意思，但其他咒语他却从未见过，但他能感受到其中蕴含的力量。

“你会救出阿莱克斯塔萨的，可爱的法师，”黑龙笑着的嘴巴咧到了极点，“带上这个东西，我就可以*全程*对你进行指导……”

怎么会跟丢了那条龙呢？

这个问题温蕾萨和同伴不止一次地问过自己，但一直没有想出一个满意的答案。更糟糕的是，夜幕已经降临卡兹莫丹，而他们的狮鹫早已筋疲力尽，无法继续前进。

追踪死亡之翼的路上，黑龙几乎一直都在他们的视线之内，只是距离比较远而已。甚至视力不如温蕾萨的福斯泰德都能看到飞向内陆的黑龙。只有在穿越云团的时候，死亡之翼才会消失不见，不过片刻之后他还是又会出现。

直到一个小时之后。

巨龙抓着手中的东西，跟之前一样又飞进一片云团里。福斯泰德一直让狮鹫紧紧跟着目标，温蕾萨和他等着巨龙从云团另一端飞出来。那片云团孤零零地飘在天上，最近的云也要与它相隔几英里。游侠和矮人几乎能看到整片云的全貌。死亡之翼出来的时候，他们肯定不会错过。

黑龙却迟迟没有出现。

他们焦急地等待着，最终再也等不下去，福斯泰德驾着狮鹫向云团飞去，如果死亡之翼藏在里面的话，他们可能会有性命之忧。但他们并没有发现黑龙的身影。龙族之中最为硕大、最为阴险的黑龙竟然消失得无影无踪。

“一切都徒劳无益，精灵女士，”狮鹫骑士最终叫道，“我们必须着陆！我们和我可怜的坐骑不能再飞下去了！”

她虽不死心，还想追上去，也只好同意。“好吧！”游侠望着身下。海岸和森林早已不见，已变成扑满岩石的陆地，显得更为冷漠，她知道他们已经接近格瑞姆巴托的峭壁了。地上虽有一小片树林，却显得十分稀疏。他们只能藏在山冈之中，以免被骑着飞龙的兽人看到。“那个地方怎么样？”

福斯泰德随着她的手指望去。“那些粗糙的山冈看起来就像我的祖母！嗯，是个不错的选择！就到那儿去！”

疲倦不堪的狮鹫感激地飞了过去。福斯泰德驾着狮鹫飞向最密的山冈间，更确切的说，是山冈之间的一个小山谷里。狮鹫降落的时候，温蕾萨紧紧抓着坐骑，而眼睛已经在寻找任何可能存在的威胁。深入格瑞姆巴托的腹地，兽人肯定在周围设有前哨。

“艾瑞峰保佑！”在从狮鹫身上爬下的时候，矮人声音低沉地说道，“虽然我享受天空的自由，但我们再天上待得时间也太久了！”他摸了摸狮鹫的头上的鬃毛。“你是好样的，去喝水吃饭吧！”

“我看到附近有一条小溪，”温蕾萨说，“里面也许会有鱼。”

“如果他想吃的话，他会找到的，”福斯泰德取下狮鹫头上的笼头和其他装备，“而且亲自找到。”他轻轻地拍了拍狮鹫的屁股，狮鹫随即跳到空中，身上的负担已经卸下，立刻变得精力充沛起来。

“这样做是否妥当？”

“亲爱的精灵女士，对他这样的动物来说，不一定只能吃鱼！还是让他自己去找他喜欢吃的东西。吃饱了自然就会回来的，要是有人看到了他……别忘了，卡兹莫丹也有一些野生的狮鹫。”看到她还是有些神情不安，福斯泰德又安慰道：“他去去就来，正好我们可以吃一顿饭。”

他们随身带着食物，矮人很快就把食物分好。附近有条小溪，两人才敢将水袋里剩下的水一饮而尽。在这个兽人统治的地区，生火太危险，好在这里的夜晚并不是十分寒冷。

果不其然，狮鹫很快就飞了回来，肚子吃得鼓鼓的。狮鹫依偎在福斯泰德的身旁，矮人一边吃着东西一边用手轻轻地抚摸狮鹫的头。

“我没有看到天上有人，”他说，“但我们不能就此断定兽人离我们很远。”

“我们是不是应该轮流站岗放哨？”

“最好这样。我们俩谁先来？”

温蕾萨一路上兴奋过度，难以入睡，因此她主动请缨先来站岗。福斯泰德没有跟她客气，尽管现在处境并不安全，但他躺下之后，没多久就酣然入睡。温蕾萨十分羡慕福斯泰德迅速睡着的本事，希望自己能像他一样就好了。

与她孩提时代生活的森林相比，这里的夜晚太过安静，但游侠又提醒自己，兽人在这里生活了多年，早已把这片土地抢掠一空。

这里还有野生动物，狮鹫吃饱的肚子就是明证，但卡兹莫丹的大多数生灵比起奎尔撒拉斯的生灵要更为警觉谨慎。兽人和飞龙都喜欢吃新鲜的肉。

夜空只有几颗星星点缀，若不是温蕾萨有非凡的夜视能力，她现在肯定是什么也看不见。假如罗宁还活着的话，她想知道罗宁正在做什么。他是否也在这里与格瑞姆巴托之间的荒野上漫步，还是被死亡之翼带到了一个游侠不知道的地方。

她不相信罗宁与黑龙结成了盟友，但如果不是这样，他对死亡之翼又有什么利用价值呢？难道是她一厢情愿，迫使福斯泰德拼命地追在龙的后面，而巨龙手里拿的那个东西却不是罗宁？

她脑子里一下子冒出了很多问题，却没有任何答案。沮丧中，游侠从矮人和他的坐骑身边离开，想看看夜幕下的山丘和树木。虽然她视力不错，但夜晚的景物大都是一些黑色的物体。这只会使她感到更为压抑，感到危机四伏，就算方圆百里之内也没有什么兽人。

温蕾萨继续向深处走去，并没有拔出佩剑。她遇到了两株扭曲的大树，虽还活着，却已经奄奄一息。轮流摸过两棵树之后，精灵可以感受到它们的疲倦，知道它们很想一死了之。她还能感知到它们的历史，在部落来到这里之前就已经开始。温蕾萨知道，卡兹莫丹曾经生机盎然，是山地矮人和其他生灵的家。但是在兽人大军猛攻之下，矮人只好逃走，发誓总有一天再打回来。

可是，这里的树木想逃也逃不掉。

对山地矮人来说，返回家乡的时间已经指日可待，但对这些大树和其他植物而言，那一天可能就盼不到了。卡兹莫丹若要重焕生机，还需要很多年的时间。

“一定要勇敢，”她对两棵树轻声说道，“春天终会来到，我向你们保证。”在树木和其他植物的语言里，春天不仅仅只是代表一个季节，它还象征着希望，象征新生命的开始。

精灵向后退了一步，发现两棵树都挺直了一些，也变高了一些。看到她的话产生了效果，温蕾萨由衷地露出了微笑。高大的植物能够相互传递信息，这远远超出了精灵的知识范围。也许她对这两课树鼓励的话会传递给其他的植物。也许一些植物最终还是能活下来。她只能希望如此。

她与两棵树之间的短暂的友谊减轻了她心中的重负。遍地石头的山冈不再那么阴森可怖。精灵现在前进的脚步更加轻快，她相信一切会变得更好，罗宁也会没事的。

很快该换矮人站岗了，她没想到时间竟然过得这么快。温蕾萨很想让福斯泰德多睡一会儿，他鼾声如雷，睡得很沉，但她知道自己如果缺少休息，很可能会在战斗中萎靡不振，这样的话她只会拖累矮人。精灵极不情愿地回头向福斯泰德走去——

她突然停住了脚步，因为她听到一个干枯的树枝裂开的声音，附近应该有什么东西或人走近。

温蕾萨怕打草惊蛇，不敢叫醒福斯泰德，她从睡梦中的狮鹫骑士和他的坐骑身边走过，装作对远处的风景感兴趣。还是从同一个方向，她听到更多细微的运动的声音。只有一个入侵者吗？也许是，也许不是。那个声音也许是想把她引到那个方向，为了不让温蕾萨发现还有一些敌人正在静静地等待。

这时，又传来了微小的活动的声音，接着是一声刺耳的尖叫，一个巨大的身体从她附近的地方跳了出来。

温蕾萨立刻拔剑出鞘，这才发现对方不是什么可怕的怪兽，而是福斯泰德的狮鹫。狮鹫也听到了那个微弱的声音,但与精灵不同的是,狮鹫却不需要权衡利弊。出于多年培养的本能,狮鹫作出了反应。

"发生了什么?"福斯泰德大声喝道,一个旱地拔葱,跳了起来。他已经拿出暴风之锤,准备大干一场。

"那些古树之间有什么东西!你的坐骑追过去了!"

"好的,他最好不要吃下去,好让我们有机会看看那是什么东西!"

黑暗中,温蕾萨只能看到狮鹫的黑乎乎的轮廓,却没有看到敌人的身影。不过游侠却听到了一个声音盖过了狮鹫的叫声,听起来不像是挑衅的声音。

"不要!不要!走开!走开!别碰我!别把我当成你的食物!"

两人疾步向传来声音的地方走去。不管狮鹫抓住了什么,对方的声音听起来不像是能对他们构成什么威胁。这个声音使精灵想起了某个人,但她却想不起那人究竟是谁。

"退后!"福斯泰德对他的坐骑高声叫道,"退后!快点!"

狮鹫起初似乎不想听他的,好像认为他抓的东西应该就属于他。这时,狮鹫前方的黑暗中传来了哭泣的声音。号啕大哭。

难道会是哪个孩子独自一人在卡兹莫丹游荡?这根本不可能。兽人已经占领了这里很多年!怎么会出现一个孩子呢?

"求你,噢,求你了!不要让这个怪物伤害我这个倒霉蛋——啊!它的嘴真臭!"

精灵突然怔了一下。孩子绝不会说出这种话。

"退后,该死!"福斯泰德猛击狮鹫的屁股。狮鹫又一次展开了翅膀，发出一声沙哑的尖叫，只好离开了他的猎物。

一个干瘦矮小的家伙跳了起来，急忙向相反的方向走去。然而游侠移动得更为快速，她一个箭步冲了上去，一把抓住他的长耳朵。

“哎哟！请不要伤害我！请不要伤害我！”

“你抓到了什么东西？”狮鹫骑士说着来到她的身旁，“我还从来没听过有人能发出这种尖叫。给我闭嘴，不然就宰了你！你是不是想让每个兽人都听到！”

“听到了没有，”精灵对着扭动不停的家伙喝道，“给我安静！”

不速之客终于安静了下来。

福斯泰德一只手伸进口袋里。“我这儿有点火的东西，精灵女士，但我想我已经知道我们抓到了什么东西！”

他将暴风锤放在一边，然后掏出一个小东西，将那个东西在他两个厚厚的手掌间摩擦不停。渐渐地，掌间的物体开始发出微光。几秒钟之后，光芒越来越强，最终变得像是块水晶。

“这是一个死去的战友给我的礼物，”福斯泰德解释说。他将放光的水晶凑近被捕获的那个家伙。“现在我们看看我想的是否正确——啊哈，*果然没错*！”

温蕾萨也是这么想的。她和矮人逮住了一个世界上最靠不住的家伙。一个地精。

“想监视我们是吧？”矮人低声道，“也许我们应该现在宰了你！”

“不！不！求你了！我绝不是间谍！也不是兽人的朋友！我只是按命令行事！”

“那么你在这里鬼鬼祟祟地干什么？”

“藏起来！藏起来！我看到了一条黑夜一般的龙！龙总是吃地精，你知道的！”这个面目丑陋、皮肤呈浅绿色的地精说最后一句话的样子就好像每个人都能理解这件事一样。

一条黑夜一般的龙？“你是说一条黑龙？”温蕾萨将地精拽到身前。“你看到了这条龙？什么时候？”

“没多久！就在天黑之前！”

“是在天上，还是地上？”

“地上！他——”

福斯泰德望着她，说道：“你不能相信地精的话，精灵女士！他们只会撒谎！”

“如果他能回答一个问题，我就相信他！地精，这条龙是不是独自一人，如果不是，他身边还有谁？”

“我不想谈论吃地精的龙！”温蕾萨随即用剑戳了他一下，他只好乖乖地说道，“不是独自一人！不是独自一人！他身边还有一个人！也许龙要吃他，但先说了几句话！没听到他们讲什么！当时只想离开！不喜欢飞龙，也不喜欢法师——”

“法师？”精灵和福斯泰德一起喊道。温蕾萨接着随口问道：“这个法师看起来怎样？没受伤吧？”

“是的——”

“描述一下他的样子。”

地精扭动着身子，挥舞着细瘦的胳膊和腿。游侠没有被他的瘦小的身体迷惑。地精打起架来十分凶残，他们瘦弱的体格掩盖了他们巨大的力量和狡猾的头脑。

“红色的头发，骄傲自大！身材高挑，穿着深蓝色的衣服！我不知道他的名字！也没听到他的名字！”

这番描述虽然简单,但已经足以说明问题。有多少高大的红发法师会穿着深蓝色的长袍,而且还是在死亡之翼身边?

“听起来像是你的朋友,”福斯泰德哼了一声说,“看起来你说的没错。”

“我们要追上他。”

“现在？首先,精灵女士,你根本没有休息;其次,尽管黑夜给了我们掩护,但我们也很难看到其他东西——甚至是飞龙!”

虽然温蕾萨很想现在继续找下去,但她知道矮人说得有道理。但她还是不能等到天明。现在的时间十分宝贵。“我只要几个小时就可以,福斯泰德。只要几个小时,然后我们就可以上路了。”

“那还不是在天黑的时候……对了,给你提个醒,死亡之翼虽然十分庞大,但他却是通体乌黑——如同黑夜!”

“但我们不用自己找他,”她突然笑道,“我们至少知道他落脚的地方,或确切的说,我们中有人知道。”

两人一齐看向地精,地精的样子显然是不想再去那个地方。

“那我们怎么能相信他呢？大家都知道,这些绿色的小偷都是臭名昭著的骗子!”

游侠用锋利宝剑抵着地精的喉咙。“因为他只有两个选择。领我们去死亡之翼和罗宁出现的地方,不然我就把他砍成两半做龙的诱饵。”

福斯泰德轻声笑道:“你认为死亡之翼喜欢吃他的同类啊?”

地精的身体不禁瑟瑟发抖,没有瞳孔的黄色眼睛瞪得溜圆。尽管宝剑就在眼前,地精却疯狂地一阵乱跳。“很高兴领你们去!真的很高兴!我不怕这里的龙!我会带你们找到你们的朋友!”

“你给我冷静一下!”游侠用力地抓着地精。“你想让我把你的舌头切下来?”

“对不起,对不起,对不起……”地精不停地说道,他接着又低声说:“不要伤害我这个可怜的……”

“哼!从没听到过这么差劲的借口!”

“只要他能领我们去那里。”

“我这个可怜鬼一定会给您带好路的,女士!真的!”

温蕾萨思忖了片刻,说:“我们现在要把他绑起来——”

“我要把他绑到我的坐骑上。这样这个邪恶的小家伙就跑不掉了。”

听到这个建议,地精显得更加恐惧不安,游侠甚至都对这个绿色家伙生出一些怜悯。“好吧,但要保证你的坐骑不会伤害他。”

“只要他行为规矩一些,”福斯泰德瞅着地精说。

“我这个可怜鬼一定规规矩矩,而且真正地……”

温蕾萨将宝剑从地精的喉咙移开,希望他的心情能平静一些。或许对他礼貌一些,他们会从地精的嘴里得到更多的信息。“带我们去我们想去的地方,然后我们就把你放了,绝不会让黑龙吃掉你。相信我。”她顿了顿,接着说道,“你叫什么名字,地精?”

“谢谢,女士,谢谢!”地精不停地点着他的大脑袋。“我叫*克瑞尔*,女士,*克瑞尔!*”

“好吧,克瑞尔,就照我说的办,这样大家都相安无事,明白吗?”

地精上蹿下跳地叫道:“噢,好的,好的,明白了,女士!我向你保证,我这个可怜鬼一定会带你们去你们想去的地方!”他咧着嘴,大笑道,“我向你保证……”

11

耐克鲁斯手里把玩着*恶魔之魂*,思忖着下一步怎么办。兽人指挥官这几天晚上一直辗转反侧,夜不能寐,托格斯没能及时赶回让耐克鲁斯困扰不已。他失败了吗?两条龙都死了吗?如果是这样,人类究竟派出了什么部队营救阿莱克斯塔萨?难道是狮鹫骑士与法师组成的队伍吗?联盟不可能派出如此强大的队伍,他们除了要对卡兹莫丹北部发动战争之外,还要解决内部的矛盾……

他试图与祖赫德联系,将心中的忧虑向他倾诉,但萨满没有对他的信件作出任何回应。耐克鲁斯知道这意味着什么:祖赫德现在肯定忙得焦头烂额,没时间理会他的信,他或许认为这种恐惧完全是耐克鲁斯凭空想像出来的。萨满希望耐克鲁斯能像兽人战士那样当机立断,果敢自信……因此,耐克鲁斯只好靠自己了。

有了*恶魔之魂*在手,他就能够驾驭巨大的力量,但耐克鲁斯知道自己对它的了解还远远不够,不过是冰山一角。认识到自己的无知,他才不能确定自己是否敢进一步挖掘神器的潜力。祖赫德还没有认识到,他传给耐克鲁斯的这个东西究竟有着何种奥秘。就耐克鲁斯自己了解的有限情况而言,*恶魔之魂*蕴藏着无情的力量,使用得当的话,它会把在卡兹莫丹北部地区集结的联盟势力消灭干净。

问题是,如果稍有疏忽,它也可以将整个格瑞姆巴托夷为平地。

"要是有一把利斧和一双好腿,我就会把你扔进离这儿最近的火山……"他朝着金灿灿的神器喃喃说道。

这时,一名满面愁容的战士冲进了营帐,指挥官虽然已是怒容满面,他还是大声禀告道:"托格斯回来了!"

终于听到好消息了!指挥官长吁了一口气。托格斯能够回来,就意味着至少有一个威胁已经解决。耐克鲁斯几乎是从长椅上跳了起来。他希望托格斯能带回来一两个俘虏,祖赫德看到会很高兴的。一番痛苦折磨之后,惨叫连连的俘虏肯定会向他们交代联盟入侵北部的所有行动计划。"终于回来了!还要多久?"

"几分钟。用不了很久。"兽人士兵丑陋的脸上有些神色不安,但耐克鲁斯没有注意到,迫不及待地想迎接伟大的龙骑士的归来。托格斯总算没让他失望。

他将*恶魔之魂*放起来,急忙向专供龙骑士用来着陆的巨大山洞赶去。报信的兽人紧跟其后,不知为何一声不吭。不过现在,耐克鲁斯也不想听他罗嗦。他只想听托格斯的声音,听他讲述战胜外族侵略者的传奇故事。

其他兽人,包括大多数幸存下来的龙骑士,已经在山洞的入口处驻足等待。看着眼前乱糟糟的一团,耐克鲁斯不由皱起了眉头,但他理解他们的心情,他们都焦急地等着这位勇士的胜利归来。

"让开!让开!"他吆喝着从人群中挤过,接着抬头望向昏暗的天空。起初,他并没有看到空中有龙的身影;发现龙的那个哨兵一定是兽人中视力最好的一个。然后……渐渐地,耐克鲁斯注意到远方出现了一个黑影，不断地向他们接近，变得也越来越大。

怎么只有一条龙？耐克鲁斯咕哝了一句。又损失了一条龙，但令他稍感欣慰的是威胁已经被铲除。耐克鲁斯还不清楚归来的是哪条龙，但跟其他人一样，他希望是托格斯的坐骑。没有人能够打败格瑞姆巴托最伟大的战士。

可是……可是……随着巨龙轮廓变得渐渐清晰，耐克鲁斯发现飞龙在空中摇摇晃晃，双翼有多处撕伤，尾巴无力地耷拉着。他眯着眼睛看到有个兽人正在指挥那条飞龙，但那个兽人几乎是瘫坐在座位上，似乎有些神志不清。

看到这一幕，耐克鲁斯突然感到一阵浑身不自在。

"让开！"他大叫，"都给我让开！降落需要很大一块地方！"

就在耐克鲁斯躲到一旁的那一刻，他认识到托格斯的坐骑降落需要山洞的大部分空间。巨龙飞得越来越近，摇摆不定的样子也愈加明显。耐克鲁斯甚至还想，如果龙骑士指挥不当，红龙也许会一头撞上高山的一侧。只是在最后一刻，在兽人的控制下，红龙才准确地飞进了洞里。

伴着"嘭"的一声巨响，红龙猛地落在众兽人的身旁。

伤痕累累的巨龙落地之后止不住冲量，继续向前滑行，旁观的兽人顿时发出一阵惊恐的叫声。一个兽人被龙的翅膀扫到，随即飞出去老远。龙尾来回摇摆不停，狠狠地砸在山洞两侧的墙上，大块的岩石纷纷从洞顶落了下来。耐克鲁斯紧贴着墙边站着，紧紧地咬住牙齿。四周一片尘土飞扬。

房间里突然一阵安静，奋力躲过飞龙的指挥官和其他人这才意识到眼前的这条巨龙终于回到了老巢……只是已经死了。

不过，骑在上面的兽人还活着。那个魁梧的兽人从死去的巨龙身体一侧滑下，落下来之后几乎是跪在了地上。他在尘土中摇摇晃晃地站了起来，先将嘴里的污血和尘土吐出，然后费力地四下张望，寻找……寻找……

寻找耐克鲁斯。

“我们失利了！”龙骑士中最勇敢、最强壮的托格斯大声吼道，“我们失利了，耐克鲁斯！”

托格斯的傲气现在已经消磨殆尽，指挥官这才明白他已经向命运低下了高傲的头颅。托格斯总是誓称战斗到底，而现在却显得毫无斗志。

*不！这不是他！*年迈的耐克鲁斯阴沉着脸，一瘸一拐地走到他的爱将身前。“什么也别说了！我不想听你这样说！你是我们氏族的耻辱！不要再给我丢人现眼了！”

托格斯费力地靠在他的坐骑的身上。“耻辱？我没给你丢脸，大哥！我只是看到了真相——事情的真相是我们现在没有希望！这里已经没有希望！”

尽管托格斯人高马大，比指挥官魁梧许多，但耐克鲁斯还是一把抓住他的肩膀，不停地摇晃着喊道：“告诉我！你为什么说出如此大逆不道的话？”

“瞧我现在的样子，耐克鲁斯！再看看我的坐骑！你知道这是谁干的吗？你知道我们的对手是谁吗？”

“是一只狮鹫队伍吗？是不是遇到了许多法师？”

托格斯胸前的荣誉勋章上已满是血污。托格斯想要大笑，却突然一阵咳嗽。耐克鲁斯颇不耐烦地等他说话。

“如果真像你说的那样，就是势均力敌的对抗了！但事实并非如此，我们只遇到几只狮鹫——也许只是诱饵！情况就是这样！

他们太小了，对我们构不成任何威胁——”

“我不管这些！到底是谁打败了你们？”

“是谁干的？”托格斯眼睛看向指挥官身后他的战友们。“死神——这个死神是一条黑龙！”

话音刚落，兽人们无不惊恐万状，耐克鲁斯听到一下子怔住了。“死亡之翼？”

“他站在人类一边！在我正与一只狮鹫战斗的时候，他突然从云团中出现！我们差点就回不来了！”

怎么会是他……但……也只能是他。托格斯不会凭空编造如此简单的谎言。如果他说是死亡之翼干的——红龙尸体上的伤口使他的话更加令人信服——那么肯定就是死亡之翼干的。

“告诉我更多的信息！不要漏掉任何一个细节！”

托格斯忍着剧痛，一五一十地讲述了他的经历，讲述他和另一个兽人如何遇上一只不起眼的队伍。也许是联盟的侦察兵。托格斯看到了几个矮人、一个精灵，至少还有一个法师。这些人都不难对付，除了有个人类勇士出人意料地杀死了另一条龙而最终牺牲了自己的生命。

那个时候，托格斯还以为不会遇到什么大麻烦。法师给他们造成了一定的麻烦，却在战斗中途神秘消失了，很可能是坠海而亡。托格斯向这帮人逼近，准备把他们全部消灭。

就是在那个时候，死亡之翼发动了突袭。他对付托格斯的坐骑轻而易举，而他的龙最初没有听从托格斯的指令，急着投入到战斗中。虽然并不懦弱胆小，但托格斯很快就明白与一身铠甲的黑龙战斗是徒劳无益的。在战斗中，他多次大声命令他的坐骑回去。只有在红龙遍体鳞伤的时候，他才听从了兽人的命令逃走了。

随着一切变得明朗起来，耐克鲁斯发现自己最担心的事情终于发生了。克瑞尔说的没错，联盟确实打算使龙族皇后脱离兽人的控制，但那个阴险的地精也许不知道，或许是忘记告诉他的主人，联盟为了此事集结起一只部队。不管怎样，人类已经完成一项难以想象的任务——与一个双方都敬畏不已的家伙达成了一致。

“死亡之翼……”他喃喃地说。

可是他们为何大材小用，让一身铠甲的巨龙执行这样一个任务呢？托格斯没说错，他发现的那一伙人应该是侦察兵或者是诱饵。肯定会有一支大部队随后赶到。

突然，耐克鲁斯明白了下面会发生什么事情。

他转身面向其他兽人，竭力使自己的声音保持镇定。“敌人已经开始行动，但不是从北部入侵。人类及其盟友的首要目标是我们！”

兽人们无不面面相觑，明白他们面对的威胁远远超出部落能够想像的。英勇地战死沙场是一回事，知道自己将惨被杀戮则是另一回事。

耐克鲁斯十分清楚自己的结论意味着什么。联盟出其不意地从西部进军，占领卡兹莫丹的南部，解救或屠杀龙族皇后——将部落的残余兵力困在北部和丹奥加斯附近，切断他们的主要支持，然后再从格瑞姆巴托进兵。在北上的敌人和来自丹莫德的敌人两股力量的夹攻之下，兽人种族的最后一丝希望就破灭了，幸存的兽人最后会被送进戒备森严的看守所里。

祖赫德派他负责格瑞姆巴托和被因的巨龙的事务。萨满对耐克鲁斯的信没有回应，就是说他认为耐克鲁斯值得信赖，可以将此事托付给他。那么好吧，耐克鲁斯就按照自己的意愿处理此事。

“托格斯！你处理一下身上的伤，休息一下！后面我还需要你的帮助！”

“耐克鲁斯——”

“服从命令！”

看到他眼中射出的怒火，托格斯吓得不由后退一步。托格斯点了一下头，在战友的搀扶下离开了。耐克鲁斯把目光转向其他人。“找出重要的东西，放在货车上！将所有龙蛋都放在垫着干草的箱子里，将箱子的温度保持在温暖的水平！”他顿了一下，想了想，接着说，“仍然无法驯服的幼龙格杀勿论！”

听到这句话，托格斯停了下来。他和其他兽人惊恐地望着他们的指挥官。“*杀死*那些幼龙？我们需要——”

“我们需要任何方便带走的东西——以防万一！”

托格斯盯着他问道：“避免什么？”

“避免我们打不过死亡之翼……”

这时，在场的兽人无不瞪大眼睛看着他，好像他又长出了一个脑袋，变成了恶魔。

“与死亡之翼战斗？”一个龙骑士吼道。

耐克鲁斯寻找他手下一员干将，这位兽人在对付龙族皇后的时候帮了他很大的忙。“你！跟我来！我们要想办法把龙族皇后搬走！”

托格斯终于明白将会发生什么事情。“你要抛弃格瑞姆巴托！你还要将所有物资都带到北部前线！”

“是的……”

“他们会跟上来的！死亡之翼会跟上来的！”

耐克鲁斯哼着鼻子说：“你就照我说的去做……我可不想看到

身边都是哭哭啼啼的苦工,而威猛的战士战亡沙场!"

这句话顿时起到了作用。托格斯等人身体一下子变站直了。耐克鲁斯虽然身体残疾,但他还是指挥官。不管在他们眼里,他的计划有多么的不可思议,他们也只能服从命令。

耐克鲁斯从身负重伤的托格斯和其他兽人身边挤过,脑子里已经开始飞速地思考。把龙族女皇搬到户外将至关重要,就算只能把她弄到洞口也可以。这是关键的一步。

他会像人类那样,放出诱饵——但倘若最后失败的话,至少要把龙蛋送到祖赫德那里。即使只有*龙蛋*幸存下来,这对部落也是有用的……如果耐克鲁斯能够成功,就算他付出了生命的代价,兽人还是有获胜的可能。

他的手滑到放着死亡之翼的口袋。耐克鲁斯·碎颅者曾考虑到这个神秘的神器的局限——他现在终于有机会挖掘它的潜力了。

淡淡的晨光洒在罗宁的脸上,把睡得正香的罗宁从睡梦中惊醒。他竭力坐起身来,四下张望,想知道自已身在何处。四周绿树葱葱,不是他梦中的那个小酒馆,也没有温蕾萨坐在一起聊天——

你醒了……好……

这些话突然在他脑海中响起,吓得他魂飞魄散。罗宁一个鲤鱼打挺,跳起身来,原地转圈寻找说话之人,最终才意识到声音出现在脑袋里。

他一把攥住挂在脖子上的缀饰,死亡之翼前一天晚上将它送给了他。

缀饰中央墨黑的水晶发出一阵微光,罗宁盯着它看的时候,脑子里想起晚上发生的所有事情,包括黑龙许下的诺言。巨龙当时对他说,*我会引导你走完整条路*。

“你在哪儿?”法师张口问道。

另一个地方,死亡之翼答道。*也在你身边……*

一想到这点,罗宁不禁打了个寒噤,他想不通自己最后为何会答应巨龙的要求。也许是因为他真的没有其他选择。

“发生了什么事情?”

天已经亮了。你必须要上路了……

机警的法师扭头向东面望去。树林后面怪石嶙峋,显得十分荒凉,他从地图上得知,一直沿着这条路走下去,他会走到格瑞姆巴托和兽人囚禁龙族女皇的大山。罗宁估计死亡之翼把他带到这里,他可以少走几天的路。只要再走两三天,他就能赶到格瑞姆巴托了,前提是他加紧赶路,一刻不停。

他抬脚向这个方向前进,不过死亡之翼立刻拦住了他。

你不能往那个方向去。

“为什么不行?这条路能直接通往格瑞姆巴托。”

这样你就落入了兽人的铁爪,凡人。你还不至于蠢到这个地步吧?

听到侮辱的话,罗宁心里十分不快,却没有反唇相讥。他转而问道:“那怎么走?”

瞧……

这时,罗宁的脑海里闪现出他所在位置的图像。还没等他看清楚,脑中的图像就开始*移动*。图像沿着一条小路移动,开始时十分缓慢,接着越来越快,飞速穿过一片树林,进入多石的地区。在那里,图像转了一个弯,改变了方向,以令人晕眩的速度继续飞速前进。峭壁和溪谷飞快地掠过，大片的树木掠过的时候变得一片模糊。罗宁必须要紧紧抓住近旁的树干，才能不被脑海中闪现的情景弄晕。

山丘越来越高，也更加险峻，最终出现了连绵的高山。这个时候，脑中的图像还是没有放慢速度，最后图像定格在一道山峰上。法师虽有一些犹豫，但还是被那座山峰所吸引。

图像从山脚陡然转向天空，视角变化速度之快，他险些失去了平衡。图像沿着山峰不断向上，显示出一些突起或可供手抓的地方。图像不断上升，最终来到一个狭窄的洞口——

——然后像开始的时候一样，图像猛地停了下来，头晕目眩的罗宁又一次发现自己站在一片树林中。

这就是你要走的路，只有走这条路你才能实现我们的目标……

“但是走这条路要花更长的时间，经过更多危险地区！”攀爬那座山峰，他甚至想都不敢想。这条路在黑龙看来十分简单，但对凡人而言则是困难重重，即使这人身怀绝技，精通法术。

会有人帮你的。我又没说要你走完全程……

“但是——”

该上路了，那个声音坚持说。

罗宁走了起来……更准确的说，是罗宁的双腿走了起来。

黑龙的魔法持续了几秒钟，不过足以证明它能驱使法师前进。不久之后，魔法消失了，他的四肢重新归他使用，但罗宁丝毫不敢怠慢，奋力大步向前，不想再受到魔法的折磨。死亡之翼轻而易举地向他展示了两人之间的联系是如何紧密。

黑龙没有再说话，但罗宁知道死亡之翼就潜藏在他大脑深处某个地方。不过尽管黑色巨龙神通广大，但他似乎不能将罗宁完全控制住。至少，罗宁的思想受到了保护，藏得十分隐蔽而无法被巨龙发现。否则，死亡之翼此时不会对法师感到满意，因为罗宁一直都努力想办法摆脱黑龙的影响。

奇怪的是，那一天晚上，他竟然毫无保留地相信了死亡之翼说的大部分事情，连黑龙解救阿莱克斯塔萨的愿望他都笃信无疑。不过，现在他变得更加现实。在所有生灵之中，死亡之翼肯定最不希望自己的最强大的对手能够重获自由。战争期间他不是一直都想毁灭红龙族吗？

他这时也想到死亡之翼在他们对话快要结束的时候回答了这个问题。

“阿莱克斯塔萨的孩子是由兽人养大的，凡人。在经过兽人的训练之后，他们与所有其他生灵为敌。她的自由不会改变他们的本性。他们仍然会服从他们主人的命令。我之所以要杀他们是因为我别无选择——你明白吗？”

当时，罗宁是明白了。昨天晚上黑龙讲的所有事情听起来都是那么有说服力，但在太阳底下，法师开始怀疑这些话又有几分可信。也许，死亡之翼说的都是真话，但这不能表明他的行为背后没有包藏其他险恶的用心。

罗宁思忖着将挂在脖子上的缀饰扔掉。但这样做肯定会引起邪恶的黑龙的注意，死亡之翼要想找到他真是易如反掌。黑龙已经向他展示了他的反应速度会是多么的迅速。罗宁也怀疑，如果死亡之翼不得已再次找他的话，他是否还会像对待战友那样待他。

现在，他只能是沿着这条选定的路继续走下去。罗宁忽然想到自己身上没带任何食物，连个水袋都没有，食物和水现在已经与莫洛克和狮鹫沉入大海。死亡之翼都没有想过给他什么吃的,昨晚巨龙给他吃的那些东西是法师所能得到的唯一的食物。

罗宁毫不气馁,继续向前赶路。死亡之翼想让他赶到大山那里,法师已经表示同意。不管怎样,罗宁终会赶到那里的。

他在一片险峻的土地上攀爬着,脑子里不由想到了温蕾萨。这个精灵十分顽强,表现出可贵的敬业精神,但她现在肯定已经回去了……只要她在途中幸免遇难。想到游侠可能已经牺牲,罗宁不由哽咽起来,有些站立不稳。这不可能,她肯定还活着,按照常识推理,她已经回到洛丹伦,与同族姐妹聚在一起。

肯定是这样……

罗宁停下了脚步,突然特别想转身向后走。他怀疑温蕾萨很可能失去了理智,说服自以为是的福斯泰德带着她飞向格瑞姆巴托。假如她现在还没有遭遇不测,温蕾萨很可能已经朝他追来,慢慢地向他靠近。

法师向西面迈了一步——

凡人……

大脑里顿时充满了死亡之翼的声音,罗宁恨不得大骂几句,最后还是强忍住心中的愤怒。黑龙怎么这么快就知道了?难道他能看出法师的心思?

凡人……你该吃点东西,补充一下体力……

“什么——你什么意思?”

你刚才停了下来。你不是在寻找水和食物吗?

“是的,”他绝不能告诉黑龙自己的真实想法。

你离食物已经不远了。向东转,走上几分钟的路程。我会给你指路的。

罗宁丧失了一个好机会,他只好照他说的做。他跌跌撞撞地在弯弯曲曲的路上前进,最终来到一处偏僻的小树林前,看到卡兹莫丹最荒凉的地方竟然会有如此顽强的生命存在,法师感叹不已。如果能在树荫下乘凉,罗宁已经非常感激黑龙了。

在树林中央你会找到你想要的东西……

肯定不包括他想要的所有东西,但法师不能把他的想法告诉死亡之翼。他还是快步赶了过去。食物和水越来越对他有吸引力。休息几分钟也肯定是有好处的。

周围的树木不高,只有十二英尺高,却留下了一片完整的树荫。罗宁走进小树林,四下张望个不停。这里应该有一条小溪,也许还有一些水果。相隔遥远的死亡之翼还能提供什么食物?

竟然是一场*盛宴*。树林的正中央,摆着一小堆食物和水,这是罗宁做梦也没有想到的。烤兔肉、新鲜的面包、切好的水果,还有——他好奇地碰了碰水瓶——清凉的水。

吃吧,黑龙低声道。

罗宁随即狼吞虎咽大吃起来。兔肉是刚刚烧过的,精心烹制而成,味道十分鲜美;面包带有烤箱香醇的味道。他也顾不上什么礼节了,嘴巴直接对着水瓶喝了起来……却发现喝下半瓶水之后瓶子还是满满当当。这之后,罗宁开怀畅饮起来,知道死亡之翼希望他尽快恢复体力……要是在他到达格瑞姆巴托之后黑龙也这样对他就好了。

凭借魔法,罗宁自己也能变出一些食物,但那会耗掉他很多精力,而他需要保存体力来应付更为困难的时刻。而且,罗宁怀疑就算他能变出如此丰盛的饭菜,他还是要用掉不少力气。

没过多久,死亡之翼的声音又一次传了过来。*你吃饱了吗?*

“是……是的，我吃饱了。谢谢。”

该继续赶路了。你知道路的。

罗宁确实知道怎么走。实际上，他的脑子里能够勾勒出黑龙向他展示的整条路线。死亡之翼显然想确认罗宁不会走错路。

法师别无选择，只好照办。他站在原地又回头看了一眼，希望看到远方出现他熟悉的银色长发，但同时心里也不希望温蕾萨和福斯泰德跟着他。邓肯和莫洛克已经为他牺牲了；太多人的死都与罗宁有关，他已经有些不堪重负。

天色渐渐变黑，太阳几乎落到了天际处，罗宁开始对死亡之翼选的这个路线产生了怀疑。他还没有见到一个兽人哨兵，更不用说与他们对峙，但格瑞姆巴托肯定安插了很多哨兵，而他竟然还没有看到一条龙。也许他们不在这里的天空巡逻，抑或是他还远在他们守护的范围之外。

太阳西沉。就算死亡之翼再变出一顿饭也不能安抚罗宁的心。伴随着天空最后一道霞光的消失，他停了下来，想看清前方的地形。直到现在，他唯一能看到的群山仍然屹立在远方。赶到那里要花几天的时间，到达兽人看守红龙的那座大山还要更久。

不过，是死亡之翼让他走到今天这一步；死亡之翼现在应该解释罗宁怎么样才能赶到他的目的地。

罗宁抓着缀饰，眼睛仍然望着远方的群山，自言自语道：“我要跟你谈谈。

说……

他起初并不相信这个方法能够见效，之前都是黑龙跟他联系，他从没有主动联系过黑龙。“你说过这条路直通那座大山，但如果是这样，那要花去很长时间。我想知道我怎么能在如此短的时间里徒步赶到那里。”

正如我之前所说的，你用不着以如此原始的方法走完全程。我把路线图展示给你看是为了让你知道你没有迷路。

“那么我怎么才能到那儿呢？”

耐心。他们马上就会找到你了。

他们？

待在原地不动。这才是明智之举。

“可是——”罗宁发现死亡之翼已经不再对他讲话。法师又想将缀饰从他脖子上扯掉，扔到石头堆里，但这又有什么用呢？罗宁还是要赶到兽人的老巢。

死亡之翼提到的他们会是谁呢？

就在那时，他听到了一个声音，一个他从未听到过的声音。他起初以为也许天上飞来了一条龙，但如果是这样，就会是一条严重消化不良的龙。罗宁望着黝黑的天空，什么也没看到。

突然空中的一道亮光引起了他的注意。

罗宁心里暗骂，以为死亡之翼陷害了他，让他落入兽人的圈套。那亮光应该是来自一个龙骑士手里的火把或水晶。法师心里默念咒语，他绝不会束手就擒，就算他的咒语不起任何作用。

这时，又有一道光闪了一下，持续的时间比上次长了一些。罗宁发现亮光竟然倏地一下投到他的身上，他暴露在灯光之下，很容易受到潜伏在空中的恶魔的攻击。

“我就说嘛他在这儿！”

“我早就知道了！我只想检验一下你说的对不对！”

“你撒谎！我知道，你不知道！我知道，你不知道！”

年轻的法师皱起了嘴角。究竟是什么飞龙会傻到与自己大声争辩？

“小心那盏灯！”一个声音骂道。

那道光突然从罗宁身上离开，然后飞速升上了天空。微弱的灯光猛地照在一个巨大的椭圆形的东西身上，先是照在前头，接着闪到了后面。法师这才看到一个冒着烟的椭圆的东西，它的后面有个推进器正在旋转。

热气球！ 罗宁明白了。*是飞艇！*

他曾在战争最惨烈的时候亲眼见过这种设计巧妙的飞行器。飞艇上装着巨大的气袋，里面充满了气，气袋下面挂着一个敞开的车厢，里面足足能装下两三个人。在战争期间，飞艇被用来侦察陆地和海上的敌情，但让罗宁感到不可思议的是，除了它的存在之外，飞艇竟然是受汽油和水等资源驱动前进的，而不是靠魔法的力量。一个既非魔法所建也不靠魔法驱动的机器使汽艇飞在天上，这个机器设计精巧，没有人力的帮助也能使推进器旋转。

灯光又回到他的身上，这一次似乎存心对准罗宁。飞艇里的人现在看他看得很清楚，显然不想再把他漏掉。突然，惊叹于眼前景象的法师这才想起哪个种族会聪明绝顶，疯狂地建造这样一个东西。

地精——地精是站在部落一边的。

他猛地冲向一块大岩石，希望暂时躲过地精，想出一个对付飞艇的咒语，但就在那时，一个熟悉的声音又在他脑海里响了起来。

待那儿别动！

“不行！天上有地精！我已经被他们发现！他们会叫来兽人的！”

你不能动！

这时，罗宁的双脚好似生根一般，如何也迈不出去，转而迫使他转身面向骇人的飞艇，以及更加可怕的地精。飞艇缓缓降落，最终停在倒霉的法师的头顶。监视舱的边上掉下一个绳梯，险些击中罗宁。

你的交通工具到了，死亡之翼对他说道。

12

“普瑞斯托领主的即位似乎已经不可阻挡，”绿球里一个人影对克拉苏斯说，“他能言善辩，没有人不被他的花言巧语打动。你说的没错，他*肯定*是个法师。”

坐在密室中央，克拉苏斯注视着圆球。“要使那些国王相信需要有足够的证据。他们对肯瑞托的不信任与日俱增……这也都是这个未来的国王一手造成的。”

议会里的年迈的女法师点头称是：“我们已经开始监视他。只是这个普瑞斯托狡猾过人。他能自由出入住所，却不被我们发现。”

克拉苏斯竭力掩盖内心的震惊。“怎么会这样？”

“我们也不知道。更可怕的是，他的房子周围设置了一些非常可怕的魔法。让我们惊讶的是，德兰登险些为此丢掉性命。”

大胡子德兰登法师差一点就落入死亡之翼的陷阱，这让克拉苏斯感到非常沮丧。尽管德兰登有些咄咄逼人，但克拉苏斯还是十分敬佩他的法术。如果这个节骨眼上失去德兰登，那将是极大的代价。

“我们必须小心行事，”他提醒说，“我会很快再与你联系。”

“你有什么打算,克拉苏斯?”

“了解这位年轻贵族的过去。”

“你相信自己能有所发现吗?”

法师耸了耸肩,说:“只能希望如此。”

说完他一挥手,她的形象随即消失不见。他靠在椅子上陷入了沉思。克拉苏斯后悔自己误导了同伴,但这只是为了他们好。至少,他们介入“普瑞斯托”的事最终会分散死亡之翼的注意,这样就给克拉苏斯争取了更多的时间。他只能暗自祈祷不要再有人像德兰登一样有生命之忧。如果其他王国联手对付他们,肯瑞托需要战友们拥有强大的战斗力。

他对玛利苟斯的造访最终不欢而散。玛利苟斯只是答应考虑一下他的请求。克拉苏斯怀疑玛利苟斯相信自己毫不费力就能对付死亡之翼。这头蓝色巨龙没有认识到巨龙时代已经一去不复返了。如果现在不能阻止死亡之翼,那将永远也不能成功。

克拉苏斯现在只剩下一个选择。

“我必须这样做……”他必须找到其他守护巨龙。如果能说服他们中一个,他最后可能还会获得玛利苟斯的帮助。

但是,梦幻之龙最为捉摸不定……也就是说克拉苏斯最后的宝就押在与时间之龙的联系,而时间之龙的仆从已经多次拒绝法师的请求。

但是,除了再次尝试,他还能做什么呢?

克拉苏斯站起身,快步走到一张长桌前,桌上摆放着他工作时会用的各种瓶瓶罐罐。他的目光飞快地从一排又一排装满化学制剂和魔水的瓶子上掠过。肯瑞托的法师们要是看到这些东西,肯定会妒忌不已,他们一定很想知道他从哪里弄到这么多好东西。

如果他们知道他花了很长时间收集这些东西的话……

找到了！他在一个装着一朵已经枯萎的花的小瓶前停住了脚步。

永世玫瑰。世界上只有一个地方有这种玫瑰。这一朵是克拉苏斯亲手摘下送他的皇后的。令他难以置信的是，后来一大批兽人冲进他的洞穴，将她和其他龙一起抓走囚禁了起来，而克拉苏斯幸运地将这朵玫瑰保存了下来。

永世玫瑰。五朵颜色各异的花瓣环绕在一个金色球体周围。在克拉苏斯将瓶塞拔下的时候，一股淡淡的幽香顿时飘入鼻中，令他不禁想起美好的青春年华。几分犹豫之后，他手伸进瓶中，抓向那朵已经褪色的玫瑰花……

——在他细长的手指轻轻碰到玫瑰花的时候，玫瑰花突然恢复了往日的光华，让他惊叹不已。

火一样的红。翡翠一般的绿。雪一样的白。深海一般的蓝。黑夜一样的黑。每一片花瓣都散发出艺术家在梦里才能想到的瑰丽之美。没有东西能超越它内在的美丽，也没有鲜花能像它一样如此芳香四溢。

屏住呼吸片刻之后，克拉苏斯*弄碎*了这朵奇异的玫瑰花。

花瓣的碎片落入他另一只手里。一阵刺痛的感觉从手掌传到指尖，但龙族法师并不在意。法师将花瓣碎片高高举过头顶，嘴里开始咕念咒语，然后将玫瑰碎片洒在了地上。

就在碎片落到地上的时候，它们突然化成了沙子，撒向整个房间，流到所有地方，吞噬了所有东西……

——克拉苏斯一下子身处在无边无际、不停旋转的沙漠中央。

没有人见过这种沙漠，克拉苏斯也是第一次看到。目光所及，沙漠上零零散散地堆放着残破的墙壁、满是裂缝的雕塑、生锈的兵器，令法师目瞪口呆的是，沙漠上竟然还有一具一半埋在沙下的巨龙骨架，体积要比别的龙大上许多。沙漠里也立着几幢房屋，乍一看人们会以为这些房子及周围的古迹应该来自同一个文明城市，但走近一看就发现这些建筑之间其实没有任何关系。一个可能是洛丹伦王国建造的塔楼已经摇摇欲坠，与之相比，一幢由矮人建造的带有穹顶的建筑则落了下风。远处，一座带有拱顶的庙宇的房顶已经塌陷，像是来自失陷的艾泽拉斯王国。离克拉苏斯近一些的地方有一座阴森森的房子，那是某个兽人长官住的地方。

一艘能装下十几个人的大船伫立在沙丘上，船的后半部分埋在了沙下面。另一处小一些的沙丘上凌乱地摆放着一些铠甲，这些铠甲出自斯托姆加德的第一任国王统治时期。一个精灵牧师的雕像斜着插在地上，似乎在对大船和铠甲进行最后的祈祷。

整个场面令人叹为观止，克拉苏斯不由停住了脚步。实际上，法师眼前的景象就像是某位巨神疯狂收集来的古董……一切简直恍如梦中。

没有一样东西属于沙漠；实际上，这里从未出现过任何种族和文明。法师面前所有这些不可思议的东西都是从世界各地历经上千年的时间，细心收集而成。克拉苏斯简直不敢相信自己的眼睛，光是搜集这些东西耗费的精力已经超过了他的想像。将如此多或大或小的历史遗迹带到这个地方……

尽管眼前的景象有些匪夷所思，但随着等待的时间越来越长，克拉苏斯也越来越不耐烦。他只能等待。他等了很久，却没有任何人出现。

经历了过去几个星期的是是非非，他的耐心已经消磨殆尽，他终于爆发了。

沙漠里有一尊半人半牛的巨大雕像，这个雕像的左臂伸向前方，似乎是命令克拉苏斯赶快离开。他盯着雕像头部，大声叫道：“我知道你在这里，诺兹多姆！你骗不了我！我要跟你说话！”

龙族法师话音刚落，忽地刮起一阵强风，一时间沙子飞得漫天都是，挡住了他的视线。突然一阵猛烈的沙尘暴向他刮去，克拉苏斯站在原地一动不动。大风在他身边厉声呼啸着，他只好捂住耳朵。风暴似乎一心要把他卷到空中，刮到很远的地方，但法师利用魔法和身体的力量硬撑着留在原处。他不会轻易放弃，一定要当着巨龙的面把事情讲清楚。

最后，沙暴似乎认识到他不会被吓倒。暴风从他身边掠过，转而飞向不远处的一个沙丘。大片的沙子飞起，汇成一个漩涡，高高地飞上了天。

漩涡慢慢呈现出一个形状……一个龙的形状。沙子形成的龙即使不比玛利苟斯大多少，也是和他一般大小。沙龙开始移动身体，展开褐色的翅膀。仍然不断有沙子向巨龙涌去，但看上去好像与金子混在一起，因为克拉苏斯面前的巨龙闪耀出沙漠里的太阳的耀眼光芒。

风突然停了，却没有一粒沙子或金子从巨龙身上落下。龙猛烈地拍打着双翼，脖子也扬了起来，眼睛也跟着张开，露出了一对熠熠生辉的宝石，闪着太阳的颜色。

“克莱奥斯特拉兹兹兹兹……”沙龙几乎是在咆哮，“你竟敢打扰我休息？胆敢不让我有片刻的宁静？”

“我之所以要冒犯您是因为我必须这样做，伟大的时间之龙！”

“这个头衔并不能平息我的怒火……你最好给我走开……”龙

眼闪烁着一阵强光。“……现在就走!”

“不！你要先听我说完龙族将要面临的一个危险！所有生灵已经危在旦夕!”

诺兹多姆鼻子哼了一声。一团沙子猛一下子向克拉苏斯射去,但法师随即施加了魔法,沙子无法伤害到他。没人知道,在诺兹多姆的地盘上,每一粒沙子里到底蕴藏着什么魔法。也许一丁点儿沙子就足以将一条名叫克莱奥斯特拉兹的龙从历史中完全抹掉。克拉苏斯可能就此从世间消失,他至爱的情人可能也会最终把他忘记。

“你说所有龙？这跟你有什么关系？我只看到这里有一条龙,他绝不是那个人类法师克拉苏斯,永远也不是！快滚吧！我还要收集古董！你已经浪费了我太多宝贵时间!”说着一只翅膀罩在了半人半牛雕塑上,“有太多的东西要收集,有太多的东西要记录在册……”

闻听此言,克拉苏斯不禁火冒三丈。诺兹多姆穿行于时间的长河,是五条守护巨龙中最伟大的一条,但他却对现在或将来的事情不闻不问,心里只想着收集过去的宝物。他派出许多仆从,收集可以找到的任何东西,为的是让他们的主人坐拥过去的一切。

他同样也像玛利苟斯一样,对他们族类的生死全然不顾。

“诺兹多姆!”他大叫,想要引起闪闪发亮的沙龙的注意。“死亡之翼还活着!”

让他大吃一惊的是,诺兹多姆对这个恐怖的消息竟然毫无反应。巨龙又哼了一下鼻子,喷出一大团沙子,又一次袭击渺小的克拉苏斯。“是的……那又怎样?”

克拉苏斯不由后退一步,怔了半天才说:“你——知道了?”

“这个问题根本不值得回答。若没有其他事情,恕不挽留。”巨龙抬起了脑袋,宝石镶成的眼睛闪烁着耀眼的光芒。

“等等!”法师顾不了那么多,用力地前后挥着胳膊。让他感到欣慰的是,诺兹多姆停了下来,不再施加任何咒语。“你要是知道黑龙还活着的话,你就应该知道他有何企图!你怎么能对此漠不关心呢?”

“世间万物都有始有终,死亡之翼也是如此……他最终也会成为……我的收藏品……”

“可要是你变成——”

“已经给了你说话的机会,”通身发亮的沙龙飞上了天,整个沙漠也跟着飞了起来,使他显得更加高大壮观。诺兹多姆的一些微小的藏品也随着风沙飘上了天,霎时间变成了巨龙的一部分。“不要再打扰我……”

这时,克拉苏斯身边刮起了一阵飓风——完全是冲着克拉苏斯去的。他虽然拼尽全力,但最终还是不能牢牢地站在原地。他向后一个趔趄,大风猛烈地吹打着他的身体。

“我来这儿是为了我们*所有人*!”克拉苏斯竭力喊道。

“你本不应该打扰我休息。你就不应该来这儿……”龙的眼睛猛地一闪,“实际上,你只需要管好自己……”

地上突然升起一个沙柱,将无助的法师吞噬了。克拉苏斯的眼睛什么也看不到,呼吸越来越困难。他想用魔法保护自己,虽然他法力不弱,但与时间之王对抗,那真是小巫见大巫了。

没有空气可以呼吸,克拉苏斯最终放弃了挣扎。他的意识越来越弱,猛地一头倒向前方——

结果,他惊讶地发现“永世玫瑰”的花瓣落在密室的地板上,没有产生任何效果。

这个咒语本应该管用的。他应该被转移到时间之王诺兹多姆的领地里。玛利苟斯代表魔法,诺兹多姆则代表时间和永恒。他是五条守护巨龙中最强大的一个,他可以成为克拉苏斯的强大的盟友,特别是如果玛利苟斯突然决定陷入疯癫的状态。没有诺兹多姆,克拉苏斯成功的希望变得十分渺茫。

法师跪在地上,捡起了花瓣,重新念起了咒语。随之而来的只是骇人的头疼。怎么会这样?他做的一切都是正确的啊!咒语应该起作用的——除非诺兹多姆知道法师有事找他,施展咒语阻止克拉苏斯进入那个沙漠。

他心里暗骂了几句。不能与诺兹多姆见面,他毫无成功的希望。要想说服这个威力无比的巨龙加入他的计划则是难上加难。现在就剩梦幻之王没有找过了……她是守护巨龙中最捉摸不定的一个,他也从未亲眼见过她。克拉苏斯甚至都不知道如何能联系上她,因为人们常说耶瑟拉不完全生活在现实世界里。对她而言,梦境才是现实。

*梦境才是现实?*法师突然想到了一个疯狂的计划。要是之前某个法师对他提出这个建议的话,克拉苏斯一定会放声大笑。这简直太荒谬了!根本没有希望!

既然诺兹多姆不合作,他还有什么选择呢?

转身面对他的药水、古怪玩意和魔法粉末,克拉苏斯开始寻找一个黑色的小瓶。他很快就找到了,不过他有一个多世纪没碰过这个瓶子。他上一次用它将一个似乎不可战胜的家伙杀死了。不过这一次,他只想借用此物最邪恶的特点之一,希望自己把剂量调整好。

他曾用一枝箭蘸了三滴这种药水，杀死了深海巨怪——鳐鱼。三滴药水就能杀死体积和力量十倍于龙的生灵。就像死亡之翼一样，几乎所有人都相信鳐鱼是不可战胜的。

现在，克拉苏斯想要喝下毒药。

“最深的睡眠，最深的梦……”他取下瓶子的时候咕哝道，“她一定就在那里，她也只能在那里。”

他从另一个架子上取下一个杯子和一小瓶纯净的水。龙族法师将能一口咽下的水倒进杯子里，随后打开了小瓶。他小心翼翼地将水瓶对准杯子。

三滴毒药转眼间就能杀死一头鳐鱼。那么，克拉苏斯要想踏上世上最危险的旅途又需要多少滴毒药呢？

睡眠和死亡……两者本质上是相似的，比大多数人想像的还要真实。他肯定会在梦里找到耶瑟拉。

他小心翼翼地滴下小小的一滴，静静地落入水里。克拉苏斯重新把瓶子塞好，拿起杯子。

“长椅，”他喃喃道，“最好有张长椅。”

他的身后立刻出现了一个长椅，柔软舒适，洛丹伦的国王也会很开心地躺在上面睡上一觉。克拉苏斯也想在上面睡个好觉……也许永远不会再醒来。

他坐了下去，将杯子举到嘴边。在他将可能是最后一次喝到的水喝下之前，龙族法师说出了最后一句祝酒词。

“这杯敬你，我的阿莱克斯塔萨，永远祝福你。”

“嗯，这里有人走过，”温蕾萨盯着地面低声说道，“其中一个是人类……另一个我就说不准了。”

“我的天,你是如何看出它们之间的区别?”福斯泰德斜着眼睛问。他分不清这些痕迹间的区别。事实上,他甚至都看不到那些脚印在哪里。

“瞧这儿。这是靴子留下的,”她指向地上一个弯曲的印记。“这是人类穿的靴子留下的,紧身却不舒服。”

“我相信你说的。那么另一个痕迹,你认不出来吗?”

游侠站直了身体。“周围并没有飞龙留下的痕迹,这里有几行足迹,但我看不出是谁留下的。”

她知道福斯泰德还是看不出那些诡异的足迹。但矮人十分认真地审视着地上的道道沟痕。“你是说这里,精灵女士?”

这些痕迹似乎是向那人(肯定是罗宁)曾经站过的地方延伸。但它们既不是足印,也不是爪子留下的。在她看来,似乎是什么东西飘过来,后面还拖着个东西。

“这里与绿色小畜生带我们去的第一个地方很近!”福斯泰德一把抓住克瑞尔的颈背,叫道。地精两只手都被绑在身后,腰间缠着一根绳子,绳子另一端绑在狮鹫的脖子上。即使这样,温蕾萨和福斯泰德都不相信被俘的地精不会逃脱。福斯泰德双眼盯着克瑞尔。“我说,你现在要带我们去哪?我已经看穿了,你是在带着我们兜圈子!我怀疑你根本都没见到什么法师!”

“我见过,真的,没骗你,我真的见过!”克瑞尔咧着大嘴笑道,还想改变两个人对他的想法,但地精的笑容很难令其他族类产生好感。“我不是描述过他的样子了吗?你知道我见过他的,对吧?”

温蕾萨注意到狮鹫正在用力地嗅着鼻子,好像树丛后面藏着什么。她用佩剑朝那个地方捅了几下,然后拖出什么东西。

佩剑的尖端挂着一个装酒用的水袋,水袋不大,里面空空如也。精灵将袋子凑到鼻边,随即飘过一阵醇美的酒香。精灵闭了一下眼睛。

福斯泰德误解了她脸上的表情。“味道很糟糕? 里面装的一定是矮人的酒!”

“恰恰相反,我从没有闻到过如此美妙的芳香,即使在奎尔撒拉斯我的领主的酒桌上! 不管这个酒袋里装的是什么酒都要好过他收藏的最好的酒。”

“也就是说——?”

温蕾萨将酒袋扔到地上,摇头说道:“我不知道,但我心里有种感觉,罗宁来过这里,可能时间不长。”

她的同伴满腹狐疑地望着她。“精灵女士,你是不是希望如此才这么说?”

“你能告诉我,还有谁会来这里,饮下国王才才会喝到的美酒?”

“对了! 是那条黑龙,在他吸干你的法师的骨髓之后!”

听了,她不禁打了个寒噤,但她依然相信自己的观点。“不可能。死亡之翼把他带到这么远的地方,难道就是为了吃他而已!”

“我想有此可能。”福斯泰德手里仍然抓着地精不放,他抬头望了一眼昏暗的天空。“如果想在天黑前走得更远,最好马上出发。”

温蕾萨用宝剑抵着克瑞尔的喉咙。“我们要先对付这个家伙。”

“有什么好对付的? 我们或者将他带在身边,或者一剑杀了他,让这个世界少一个令人心烦的地精!”

“不行。我答应过会放过他。”

矮人厚实的额头出现了几道皱纹。“我认为这样做并不明智。”

“不管怎样，我已经许下诺言。”她狠狠地盯着他，知道如果他了解精灵的话，福斯泰德就不会再与她争论。

狮鹫骑士点了点头，只是有些不大情愿。“好吧，你说的有理。你已经许下了诺言，我不会改变你的意思。”

温蕾萨对他的回答感到满意，随即麻利地砍断了绑在克瑞尔手腕上的锁链，接着解开了绑在他腰间的绳子。地精随即四处乱跳，因为重获自由而欣喜若狂。

“谢谢你，好心的女士，谢谢！”

游侠又将剑尖抵着地精的喉咙。“在你离开之前，我还有几个问题问你。你知道通往格瑞姆巴托的路吗？”

福斯泰德不明白她为何会问这个问题。他眉头紧蹙，低声问道：“你想干什么？”

她故意没有理他，又问：“知道吗？”

听到她的问题，克瑞尔的眼睛一下子瞪得溜圆，脸色煞白。“我们不能去格瑞姆巴托，好心的女士！那里有兽人，还有龙！龙吃地精！”

“回答我的问题。”

他用力咽下口水，点了点他的大脑袋。“是的，女士，我知道那条路，你认为法师会在那儿？”

“你不是开玩笑吧，温蕾萨，”福斯泰德怒道，他心里十分不快，所以第一次直呼其名。“如果你的罗宁在格瑞姆巴托的话，那么我们肯定找不到他了！”

“也许是……也许不是。福斯泰德，我知道他一心想要去那个地方，绝不是侦察兽人这么简单。我觉得他此行肯定另有原因……但我不知道这跟死亡之翼有什么关系。”

“没准他想单枪匹马解救龙族皇后!”狮鹫骑士鼻子轻蔑地哼了一声,答道。“别忘了,他是法师,大家都知道,他们是疯子!”

这个想法十分荒谬。温蕾萨听了说道:“不……他们不是这样。”

与此同时,克瑞尔似乎在绞尽脑汁地想着什么,好像有什么烦心事。最后,他露出一副痛苦的表情,低声问道:“您真想去格瑞姆巴托?”

游侠考虑了一下。她并没有许诺去那里,但她必须要坚持走下去。“是的,我要去那儿。”

“好的,听我说,我的——”

“如果你不想去就不必跟着去,福斯泰德。十分感谢你一路上照顾我,我自己一人能继续前进。”

矮人拨浪鼓一般猛摇头。“把你一人撇在兽人老巢的腹地,身边剩下这个狡猾的小东西?这怎么可以,精灵女士!福斯泰德绝不会丢下漂亮的姑娘不管,就算她骁勇善战!我们一起走!”

其实,她非常希望他能留在她的身边。“但你要记住,你随时都可以原路返回。”

“我只要在你身边。”

她又把目光投向克瑞尔。“想好了吗?能告诉我怎么走了吧?”

“几句话说不清楚,女士,”地精的脸色阴沉下来。“最好……最好是我领你去。”

她听到这话惊了一下,说:“我已经给你自由了,克瑞尔——”

“能够获得自由,我终身会感激您的,女士……但通向格瑞姆巴托的路只有一条,如果没有我,”他这时显得有些洋洋自得,“精灵和矮人都甭想找到。”

“我们有坐骑,你这个混蛋！我们只要飞过——”

“在一个到处都是飞龙的土地?”地精格格地笑道,“还不如直接飞进他们嘴里,终结此生,然后……不行,要想进入格瑞姆巴托,精灵女士真想去那儿的话,你们必须跟我走。”

福斯泰德不喜欢他说话的口气,随即表示反对,但温蕾萨明白除了照地精说的去做别无他法。克瑞尔一路上领着他们来到这里,虽然她对他还是并不信任,但她相信如果地精将他们引入歧途,她肯定立刻就能知道。另外,地精跟格瑞姆巴托没有丝毫关系,要不然他们为何会找到他?侍奉兽人的地精一定都留在堡垒里,而不会在卡兹莫丹危险四伏的荒郊野外闲逛。

说不定他还能带她找到罗宁……

温蕾萨相信自己的决定正确,遂转向矮人。“我跟他走,福斯泰德。这是最佳选择,也是唯一的选择。”

福斯泰德肩膀猛地耷拉下去,叹了口气,说:“换作是我,我才不会这样做的,可是好吧,我跟你走——我要好好盯着这个家伙,要是我的判断没错的话,我会一斧头把他的狗脑袋砍下来。”

“克瑞尔,我们路上必须徒步而行吗?”

丑陋的地精想了想,说:“不用。我们可以先骑着狮鹫走一段路。”他露出满嘴的牙齿对她笑道,“我知道狮鹫应该在哪里落脚!”

虽然还是满脸的不信任,福斯泰德还是向狮鹫走去。“告诉我们去哪里就行了,小东西。我们一到那里,你就可以回家了。”

地精身材矮小,对于高大的狮鹫根本不算什么负担,狮鹫很快就上路了。福斯泰德自然是坐在最前面,从而更好地控制狮鹫。

温蕾萨坐在最后,克瑞尔坐在两人中间。精灵的佩剑已经收好,她现在手持匕首,以防地精图谋不轨。

虽然地精指的路并不是十分清楚,但温蕾萨并没有看出他想欺骗他们。地精让他们贴近地面飞行,告诉他们沿着小路飞行,避开开阔地。格瑞姆巴托所在的群山伫立在远方,离他们越来越近。在游侠意识到自己正在接近目标的时候,她全身突然不安起来,但一想到至今为止她还没有发现罗宁和黑龙任何痕迹,心里便释然了许多。与格瑞姆巴托城堡这么近,兽人肯定会发现这样一条巨大的怪物。

就在这时,福斯泰德突然指向东方,只见东边一个巨大的身体突然升入空中。

“好大!”他叫道,“身体硕大,血红的颜色! 是格瑞姆巴托的哨兵!”

克瑞尔立刻作出反应。“落到那里!”地精指向一个山谷。“那儿有很多地方可以藏身,也有狮鹫藏身的地方!”

矮人别无选择,听从了他的建议,指挥着坐骑飞向地面。巨龙的身体越来越大,但温蕾萨发现那条红龙是在向北部飞去,也许要飞到卡兹莫丹北边的边境,部落孤注一掷,将最后一只部队派到北部边境地带,想要阻止联盟的进攻。她很想知道那里的战局如何。人类已经发起最后的总攻了吗? 联盟会不会已经在赶往格瑞姆巴托的路上了?

即使这样,这对她而言仍然还是太迟了。不过,如果兽人把精力都用在对付联盟,而疏忽防守的话,联盟的逼近对他们也许还是有利的。

狮鹫落在山谷中,接着本能地寻找阴暗处。狮鹫绝不胆小懦弱,它头脑清醒,知道何时进行战斗。

大伙儿从狮鹫上跳下,各自找了个地方藏起来。克瑞尔紧紧抱着一面石头垒起的墙,一脸的不安。游侠心里不由对他生出几分怜悯。

他们等了几分钟,红龙却迟迟没有飞来。似乎过了很长的时间,游侠沉不住气了,决定亲自察看红龙是否改变了方向。她抓着岩石,爬了上去。

精灵没有看到阴暗的天空里有什么东西,连个小点都没有。温蕾萨猜想要是早有人出去看一下的话,他们早就可以离开山谷。

“有没有发现什么?”福斯泰德爬到她身旁,低声说到。在矮人当中,他攀爬岩石算是麻利的了。

“危险已经解除。就是这样。”

“太好了！跟山地矮人不一样,我不喜欢地下的洞穴！”他说着开始往下爬。“没事了,克瑞尔！我们已经脱离危险！你可以——”

他的声音突然停了下来,温蕾萨连忙看向四周。“发生了什么?”

“那个狗崽子不见了！”他骂着爬了下去。“神不知鬼不觉地就消失了！”

游侠小心翼翼地从岩石上跳下,和福斯泰德一起在四周找了起来。他们本应该能看到克瑞尔逃跑的身影,却没发现他的任何踪影。甚至连狮鹫也有些摸不着头脑,好像他根本都没看到瘦长的地精跑开一样。

“他怎么会就这样消失了呢?”

“我也想知道啊,亲爱的精灵女士！狡猾的伎俩！”

“难道你的狮鹫就不能把他找出来?”

“放他走算了！没他我们更好!”

“因为我——”

突然,她脚下的土地变得送送软软,一下子裂开了。转眼间,精灵的长靴已经深深陷了进去。

她以为自己走进泥地里,拼命开始挣脱。结果,温蕾萨只是陷得更深了,下沉速度快得惊人,就好像被人*拉了下去*。

“以艾瑞峰的名义,到底是什么——?”话没说完,福斯泰德也开始陷了进去。他身材矮小,所以膝盖以下的部分很快就陷入了土里。同游侠一样,他也死命地挣扎想要脱身,却是徒劳无益。

温蕾萨伸手向近旁的岩石抓去,想要紧紧抓牢石头。起初还取得了一定的效果,她放慢了自己下陷的速度。这时,一个力大无比的东西似乎抓住她的脚踝,向下猛拽,游侠一下子松开了手。

她突然听到头顶传来一声惊恐的尖叫。与温蕾萨和矮人不同的是,狮鹫及时飞上天,躲过了被拉下去的厄运。狮鹫在福斯泰德的头顶盘旋,似乎想抓住主人。然而,就在狮鹫往下降落的时候,温蕾萨发现,几根柱状的泥土猛地射了上去,想要抓住狮鹫。狮鹫险些就被抓住,无奈之下只好高高地飞到天上,它现在谁也帮不了。

至此,温蕾萨实在也想不出来还有什么逃生之法。

她腰部以下已经完全陷了进去。一想到自己要被活埋,精灵顿时变得六神无主,但与福斯泰德比起来,她的情况还好一些。五短身材的矮人已经很难把脑袋留在地面以上。狮鹫骑士使出了浑身解数,但身上的蛮力现在却不能派上任何用场。他不顾一切的抓着松软的泥土,抓起一把泥土,结果只是徒劳无益。

绝望中，游侠把手伸向他。“福斯泰德！我的手！抓住我的手！”

他奋力伸出他的手。两人都努力把手伸向对方。但两人之间的距离越拉越大。温蕾萨惊恐地看着矮人就这样被拽了下去。

“我的——”他在消失之前最后说道。

此时，泥土已经没到她的胸部，她的身体僵在那里，傻傻地看着矮人没下去的地上的一堆土。那里的土没有任何变化。没有手伸出来，土下面也没有挣扎的迹象。

“福斯泰德……”她喃喃地说道。

地下的力量不停地拽着她的脚踝，使她陷得更深了。与矮人一样，温蕾萨不顾一切地抓着周围的地面，划出道道深沟，却是无可奈何。她的肩膀开始陷了下去。她抬头看天，没有看到狮鹫，却看到另一个熟悉的身影，那人从精灵曾抓过的一处岩石裂缝里探出头。

虽然天色阴暗，她还是能看到克瑞尔狰狞的笑容。

“原谅我，女士，黑龙不想让任何人打扰他，所以他派我杀死你们！这个工作很卑鄙，让我干这件事也是大材小用，但我的主人有一嘴巨大的牙齿和锋利的巨爪！我怎敢拒绝他的要求！”他边说边笑，嘴巴咧得更大了。“我希望你能理解……”

“该死——”

这时，泥土一下子把她整个人吞了下去。精灵嘴里塞满了泥土，泥土似乎也进入了她的肺里。

她一下子昏了过去。

13

地精飞艇在云间穿行，悄无声息地驶近目的地。

罗宁站在飞艇的船头，警惕地注视着两个送他去目的地的家伙。两个地精来回飞跑，调整着大大小小的仪器，还不时小声嘀咕着什么。如此神奇的飞艇竟然是由疯狂的地精所造，实在令人匪夷所思。每一次飞艇似乎难逃一劫的时候，地精总是能在最后一刻化险为夷。

死亡之翼让他上船之后，就再没有跟罗宁通过话。法师知道，不管他愿意与否黑龙都会让他上船，他心里很不情愿但也只能乖乖地爬进飞艇里，尽量去不想飞船坠向地面的话，会发生什么事情。

两个地精一个叫佛伊德，一个叫纳莱恩，飞艇是他们造的。他们自称是伟大的发明家，伟大的死亡之翼是他们的主人。不过在提到“死亡之翼”几个字的时候，他们的语气中分明带有几分讥讽的意味。除了讥讽之外，还有恐惧。

“你们要带我去哪里?”罗宁问。

听到这个问题，两个地精不约而同地用异样的眼神看着法师，就好像他神经不正常一样。“还用说嘛，当然是去格瑞姆巴托!”一个地精叫道，露出一嘴白牙。“去格瑞姆巴托！”

法师当然知道这一点，但他想知道他们送他去的确切地点。罗宁不完全信任这两个地精，他怀疑他们可能会半途中将他放到兽人的营地里。可惜，还没等罗宁来得及问，佛伊德及同伴不得不马上应付一个突发事件——一股蒸汽从主油箱里喷了出来。地精的汽艇靠水和石油运行，如果某个零件在关键时刻坏掉的话，那么另一个与其接触的零件也会跟着坏掉。

两个地精度过了一个不眠之夜，罗宁也一宿没睡。

飞艇穿行的云团十分厚实，法师感觉自己像是穿过一片浓雾。罗宁要是不知道自己现在的高度的话，兴许会以为这个飞艇不是飞在天上，而是行驶在一片开阔的海洋中。事实上，翱翔天空和穿越海洋有很多相似之处，例如两者都有撞击岩石的危险。罗宁不止一次发现飞艇的一侧突然出现一些山峰，有的山峰与飞艇不过咫尺之遥，情况十分危急。虽然他已经做好心理准备，等待最糟糕的事情发生，地精却还在修修补补，有时甚至还会小憩片刻，就是不多看一眼可能会撞到的山峰。

天一大早就亮了，但天空却是阴沉沉的，如同傍晚一样阴暗。佛伊德似乎在用某种罗盘判断方向，罗宁仔细看过那个罗盘，结果发现罗盘的指针随时都会发生改变。法师最终得出的结论是：两个地精毫无方向感，完全是凭运气走到今天。

起初，他估算过此行的时间，但不知为何，罗宁感觉他们应该已经赶到敌人的堡垒，两个地精却总是说还要很久才能到达目的地。渐渐地，他开始怀疑飞艇是在兜圈子，也许是失灵的指南针的原因，也可能是地精另有企图。

罗宁虽然竭力想把心思全部放在任务上，却发现脑海里不时会浮现出温蕾萨的样子。如果她还活着的话,她会跟在他的后面。他太了解她了。想到这一点他既开心又有些沮丧。温蕾萨怎么可能知道他在飞艇里?她也许还在卡兹莫丹漫无目的地走着,更可怕的是,如果猜的没错的话,她现在正在向格瑞姆巴托进发。

他紧紧抓住汽艇的栏杆。“不……”他喃喃自语,“不……她不会那么做……她绝不能那样做……”

他发现脑海里常会浮现出邓肯的面孔,就像之前牺牲的战友的鬼魂时常萦绕在他心头一样。连莫洛克也与这些死人站到了一边,恶狠狠地瞪着法师。罗宁想像着温蕾萨和福斯泰德也已经加入他们的行列,两双空洞洞的眼睛正在盯着他,想知道为什么他们牺牲之后法师还活着。

对于这个问题,罗宁也常会问自己。

“人类?”

他抬头看到纳莱恩站在一旁,相距不过一臂多长的距离。“怎么了?”

“准备下飞艇,”纳莱恩咧着大嘴开心地笑道。

“已经到了?”罗宁摆脱心中阴暗的想法,向雾里望去。到处都是雾气,他什么也看不清。“我什么也没看到。”

离他远一些的佛伊德也是开心地笑着,抓起绳梯,将一端从飞艇侧面扔了下去。法师听到绳梯打在船体上的撞击声。很显然,绳梯并没有碰到地面。

“就是这儿。相信我,就是这个地方,大法师!”佛伊德说着指向栏杆,“不信你自己看!”

罗宁小心翼翼地向栏杆外面望去。两个地精若是不顾死亡之翼的命令,合力将他掀下去的话,他不会感到丝毫意外。“我还是什么也没看到。”

纳莱恩声音中充满了歉意。“那是云啊，大法师！人类无法看到云层之外的东西！我们地精的视力则好多了。下面是一处松软、安全的岩石架！我向你保证，你从梯子上爬下去，我们会轻轻地把你放下去！”

法师有些犹豫。他很想离开飞艇和两个地精，但要是相信地精的话，他不知道下面是否真的会有地面——

就在这时，罗宁突然伸出左手，冷不防地抓住纳莱恩。法师紧紧扼住地精的喉咙，虽然他想住手却还是紧抓着不放。

接着，忽地传来一阵咝咝声，那不是他的声音，听起来却是十分耳熟。*“我命令过你们不要耍花招，不要有任何叛逆的举动，你们两个臭家伙。”*

“求一求饶，伟大而又光一光荣的主一主人！”纳莱恩上气不接下气地说，“只是个游戏而已！只是个游——”他已经说不出话来，因为罗宁的手抓得越来越紧。

法师使劲望向下面，看到缀饰中央的黑宝石散发着微弱的光芒。死亡之翼又一次利用缀饰控制了他的人类“盟友”。

“游戏？”罗宁低声说，“你喜欢游戏是不是？我和你玩个游戏，臭家伙……”

罗宁毫不费力地就把拼命挣扎的纳莱恩拉向栏杆。

佛伊德发出一声尖叫，急忙赶到发动机那里。罗宁努力想挣脱死亡之翼的控制，他知道黑色巨龙想要把纳莱恩扔出去摔死。虽然法师跟这个地精没有任何感情，但他不想让他死在自己的手上，就算黑龙现在利用了他们。

“死亡之翼！”他厉声说，这才发现自己现在可以控制嘴巴了，

"死亡之翼！不要这样！"

*难道你就愿意落入他们的圈套，凡人？*黑龙的声音出现在他的脑中。*对于无法飞翔的人来说，从高空落下可不是好玩的……*

"我还没蠢到那种地步！我不会轻信地精的话翻过栏杆！你用不着救我，除非你认为我糊涂透顶！"

说得没错……

"我也会施魔法，"罗宁举起另一只手。法师咕念了几句咒语，食指上忽地出现了一团火焰，他将火焰指向已经吓了个半死的纳莱恩的脸部。"让地精知道诚实守信的重要性可以有很多方法。"

纳莱恩睁大双眼，吓得屏住了呼吸，全身瘫在那里。"手—手下留情！只想开—开个玩笑！绝没有恶—恶意！"

"但你本来是要把我送到目的地的，不是吗？一个我和死亡之翼都同意的地方！"

纳莱恩说不上话来，只是发出一声尖叫。

"我可以让火焰烧得更猛些，"说完火焰顿时膨胀到原来两倍大小。"足能将整艘船烧成灰烬，没准我还会点燃汽油……"

"绝—绝不再耍花招了！我发誓！"

"看到了吗？"红发法师对隐身的黑龙说，"用不着把他扔下去。而且，你肯定还想利用他。"

作为回应，罗宁那只被黑龙控制的手最终放开了纳莱恩，地精砰的一声落在甲板上。纳莱恩躺在地上，拼命想喘上气来。

这是你的选择……法师。

人类长吁了一口气，瞥了一眼佛伊德——他仍然蜷缩在发动机旁——叫道："感觉怎么样？现在送我们去那座大山！"

佛伊德立刻表示同意，手忙脚乱地转动杠杆，检查仪器。纳莱恩最终恢复过来,随即加入到他的同伴中,还不时会回头张望。

罗宁熄灭手上的魔法的火焰,向栅栏外面望去。现在他终于能看到大山的部分轮廓,希望是格瑞姆巴托的悬崖峭壁。他从死亡之翼的话里听出,黑龙还是想让他直接落在山峰上面,最好在洞口附近着陆。地精当然也知道这些。他们若不这样做的话,那就意味着,他们还没有从欺骗遥远的主人和法师的愚蠢行动里获取教训。罗宁祈祷一切都能顺利进行。他猜想死亡之翼肯定不会再让两个地精轻易逃脱惩罚。

他们开始飞近一座山峰,尽管罗宁从未去过格瑞姆巴托,但他还是对那里有些模糊的印象。他迫不及待地把身体探向外面,想要看个清楚。这应该就是死亡之翼在他大脑里展示给他看的那座山峰。他希望能找到一些标志证明他的想法——一块见过的岩石,或是一条熟悉的裂缝。

在那儿!下面有个狭小的洞口,那个洞口曾出现在令他大脑眩晕的那次旅程里。洞口不大,可能刚好够一个人站在里面,但他要先爬上几百英尺高陡峭的岩石才能抵达洞口。不过,这还是能办到的。罗宁已经等不及了,急着想摆脱两个捣乱的地精,以及他们恐怖的飞行器。

绳梯仍然悬在船外,随时都可以使用。法师等着佛伊德和同伴驾驶飞艇不断地靠近洞口。不管罗宁之前对飞艇有何不满,他必须承认地精现在十分精确地掌控着飞艇。

绳梯轻轻地碰到了山洞左边的墙上。

“你能不能使飞艇在这个位置保持稳定?”他对纳莱恩叫道。

惊魂未定的纳莱恩什么也没说,只是点了一下头,但罗宁已经十分满意了。他们没有再耍花招。就算他们不怕他,他们肯定还是害怕死亡之翼无所不在的魔法。

罗宁深吸了一口气,从船的一侧爬了下去。绳梯摇晃得厉害,十分危险,不止一次将他撞在山坡上。顾不上疼痛,法师飞快爬到梯子最底下的一格。

山洞的岩石架就在下面不远的地方。尽管地精费劲全力将飞艇稳定在适当的位置,但山顶的大风总是使罗宁身处险境。他连着三次试图找出落脚点,但三次都被大风刮到一旁,双脚悬在几百英尺高的空中。

更糟糕的是,随着风力不断变强,飞艇也开始移动起来,有时离开山峰向外移动几英寸。两个地精大声乱叫着,但在梯子上挣扎的法师什么也听不到。

他现在只能冒险跳下去。在这种条件下,施念咒语会冒很大的风险。纵身跳下去虽然不是首选,但他也只能如此。

飞艇突然改变了方向,他又一次狠狠撞在岩石上,撞得他喘不上气来,险些从梯子上掉下去。如果他不赶快离开绳梯,下一次碰撞就可能会把他撞晕,最终坠地而亡。

深吸了一口气,法师目测了自己与岩石架之间的距离。绳梯来回地晃动,他随时都有可能再次撞到岩石。

罗宁耐心等着绳梯摆动到岩石架附近的地方,接着纵身向山洞跳去。

他"嘭"的一声落在岩石架上。他没有站稳,双脚突然滑了下去。法师拼尽全力往上爬,终于止住了下滑的趋势。

等罗宁最终爬到安全的地方的时候,他一下子趴在地上,大口喘着粗气。几秒钟之后,他的呼吸才恢复正常,然后翻了个身,仰面朝天。

飞艇里,纳莱恩和佛伊德显然已经知道他们终于摆脱了这个不受欢迎的乘客。地精飞艇开始飞离大山,不过绳梯仍然还悬在外面。

罗宁的手突然伸向天空,食指对准离开的飞艇。

意识到下面会发生什么,他不由失声叫道:*“不!”*

之前变出那团火焰时说的咒语又突然从他嘴里冒了出来,不过这一次不是法师本人说出来的。

一团火焰突然飞了出去,径直向飞艇和不知情的地精飞去。与上一次相比,这次火焰来势凶猛许多,法师看得是心惊胆战。

火焰将整艘飞艇吞噬了。罗宁听到了地精的尖叫声。

随着船上储存的汽油被点燃,整个飞艇轰的一声爆炸了。

飞艇的残骸从天上落下,罗宁的胳膊也落了下来。

喘了口气,法师厉声说道:“你怎么会做出这种事情!”

*风声很大,爆炸声是不会被听到的,*一个冰冷的声音答道,*飞艇的碎片会落到一个鲜有人迹的深谷里。而且,兽人已经对地精实验时不幸身亡的事情习惯了。你用不着怕被人发现……我的朋友。*

那一刻,罗宁并没有担心自己的安全,而是为地精的死感到深深的惋惜。战死沙场是一回事,而黑龙对这两个叛逆的仆人进行惩罚则是另一回事。

*你最好现在进入山洞,*死亡之翼又说,*外面的大风对你没有任何好处。*

尽管没有被巨龙关心的话语打动,但罗宁还是乖乖地照办了。他可不想被大风从岩石上刮进山底。不管怎样,黑龙已经把他带到离目标如此近的地方,他承认自己一个人永远不会做到这一点。

在内心深处，法师一直都以为自己会死在半路上——但希望自己能做出补偿后再死。不过现在，他也许还有机会……

就在这时，耳边突然传来一个恐怖的声音，他一下子就听出了这个声音。是一条龙的声音，是一条年轻而健康的龙的声音。是几条龙和兽人的声音。他们在山的深处等着他，等待独自一人的法师。

正如他最初设想的那样，他可能还是难逃一死……

这个人十分强悍，比我想像的厉害得多。

死亡之翼重新变成普瑞斯托领主，心里对他选的法师评价道。肯瑞托派出罗宁执行这项荒谬而又不可能的任务，利用这个法师似乎是最简单的事情。他会将肯瑞托这个愚蠢的决定转化成胜利——不过是*他的*胜利。罗宁会帮他取得成功，而不是这个凡人想要的结果。

罗宁表现出的反叛却是死亡之翼始料未及的。这个家伙有着坚强的意志。他最好在半途死掉；如此强大的意志孕育了强悍的法师，就像麦迪文一样。人类当中只有一个人的名字黑龙真心表示钦佩，那就是麦迪文。他像地精一样疯狂，性格难以捉摸，他的力量不可思议地强大。连死亡之翼都不愿意与他对峙。

不过麦迪文已经死了，尽管有传言说他还活着，但黑色巨龙相信那是不可能的。再也没有法师具备疯狂的麦迪文的惊世绝技。如果死亡之翼一统天下，就永远也不会有这种人出现了。

罗宁不像联盟各国君主那样盲目地服从他的命令，但他知道黑龙每时每刻都在关注着他的举动。两个不识趣的地精已经给他上了一课。也许他们只是想吓唬法师一下，但死亡之翼却没时间陪他们瞎胡闹。他已经提醒克瑞尔给他找两个听话的地精完成他的任务。等地精首领执行完任务之后,死亡之翼会跟他讲这件事情。黑龙对他选的人十分不满。

“你最好不要失败,小东西,”他咝咝地说,“不然飞艇上的地精会庆幸自己没有像你那样死去……”

他脑子里不再想地精。普瑞斯托领主与泰若纳斯国王有个重要的会议……商讨关于佳莉亚公主的事情。

穿着世间贵族从未穿过的最华美的衣服,死亡之翼站在他的住处前面长廊里的长镜前欣赏自己。是的,他现在已经完全有国王的样子。如果人类具备半点他的威严和力量,黑龙也许会饶他们不死。但在死亡之翼看来,镜子里的人代表了凡人永远也无法企及的完美形象。杀死可怜的凡人是他对他们的恩宠。

“不用很久了,”他喃喃说道,“就快了。”

他的马车直接把他送到宫殿门口,皇宫的警卫向他敬礼,随即请他进去。在前厅,一个仆人赶来迎接死亡之翼,希望他能原谅国王不能亲自迎接。普瑞斯托已经完全将自己的角色转换成希望各国和平相处的贵族,因此装作毫不在意的样子,笑着让那人领他去泰若纳斯想要与他见面的地方。他早就料到国王不会立刻见他,特别是泰若纳斯还要对他年轻的女儿解释她要选择的未来。

反对他登上王位的声音已经消除,距离他登上王位只有几天的时间。死亡之翼这时又心生一计,他的计划会因此而更加完美。如果他能与联盟最强大的国王的女儿结为连理的话,他的地位岂不是会更加不可撼动?当然,并不是所有在位的国王都有合适的女儿供他选择。眼下,只有泰若纳斯和戴林·普罗德摩尔的女儿既已成人,又是单身。吉安娜·普罗德摩尔年纪尚小,而且就黑龙对她的了解，她生性叛逆，难以控制，不然他可能会等着与她成婚。泰若纳斯的女儿刚好符合他的要求。

佳莉亚还要再过两年才到婚嫁年龄，但两年的时间对长生不老的黑龙来说不算什么，不过是弹指一挥间。等到那时，不仅其他飞龙必须听命于他不然只有死路一条，而且死亡之翼还会获得举足轻重的政治地位，这样他就可以真正开始破坏联盟的基础。野蛮的兽人没能做成的事情将由他完成。

仆人打开门，说："大人，请里面稍等片刻，国王大人马上就到。"

"谢谢，"死亡之翼满脑子都是对未来的憧憬，门在他身后关上，死亡之翼这才发现屋里还有两个人在等他。

这两人身穿披风，头戴兜帽，脸上笼罩着一片阴影，微微地向他点了一下头。

"您好，普瑞斯托大人，"蓄着胡须的人声音低沉地说道。

死亡之翼刚想皱一下嘴角，但还是忍了回去。他想过与肯瑞托的法师碰面，却没想到会是在泰若纳斯的宫殿里。黑龙利用魔法使各国统治者对达拉然的法师产生很深的敌意，这些法师本不应该冒险造访。

"你们好，先生和女士。"

另一个法师是位年迈的女性。她答道："大人，我们很早就希望能见到你。你的大名已经传遍大江南北，联盟各国无人不知……达拉然更是久闻你的大名。"

两个法师用魔法将自己的面孔遮掩起来，虽然死亡之翼只要略施小计就能揭穿他们的真面目，但他并没有那样做。虽然他叫不上两人的名字，但他已经知道他们的身份。大胡子法师身上有种似层相识的感觉，就好像死亡之翼和法师最近打过交道一样。有人两次试图闯过他的住所外的防护咒语，普瑞斯托怀疑，至少有一次是这个法师干的。想到那些法力强大的咒语，死亡之翼不免有些诧异：这个人竟然还活着，而且现在就站在他面前。

“肯瑞托的大名也是众人皆知，”他回答。

“是越来越出名……但不是我们想像的那样。”

她在暗示是普瑞斯托在从中作梗，不过黑龙并没有听出威胁的口气。到现在为止，他们只是怀疑他是个狡诈的法师，法力强大，却还没有意识到他会对他们构成真正的威胁。

“我本以为在这里单独与国王陛下见面，”他说，将话题转向对他有利的一面。“达拉然与洛丹伦也有事情商讨吗？”

“达拉然想知道对联盟所有王国都很重要的事情，”女法师答道，“因为没人通知我们参加各国首脑参加的峰会，所以最近有件事情比较棘手。”

死亡之翼镇定地走到靠墙的桌子旁边，泰若纳斯总是将几瓶上等美酒放在那里供等待的客人饮用。在他看来，洛丹伦酒是该国唯一值得出口的产品。他朝一个镶有珠宝的高脚杯里倒了些酒。“我对国王陛下说过，让他请你们一起商讨奥特兰克危机，但他这人十分固执，坚持不让你们加入。”

“我们已经知道结果了，”大胡子法师愤愤地说道，“祝贺你，普瑞斯托领主。”

他们没有自报家门，黑龙也从未提起过自己的名字。是的，他们确实在留心他的行动，不过是在死亡之翼允许的范围内。

“我必须要跟你说，听到这个消息我也倍感惊讶。我只是想在佩瑞诺德领主作出那种事情之后，能为联盟的团结出一份力。”

“是的,这件事情确实可怕。谁会想到佩瑞诺德会作出这种事情。他小的时候我就认识他了。他有点儿胆小,但还不至于大逆不道。”

女法师这时突然开口道:“你的祖国离奥特兰克并不远,是吧,普瑞斯托领主?”

死亡之翼第一次感到有些心烦。他已经不觉得这个游戏好玩了,难道她感觉不到?

他还未来得及回答,入口对面装饰华丽的大门突然开了,泰若纳斯国王大步走了进来,一脸的不快。他身后跟着一个小男孩,他一头金发,长着一个胖乎乎的脸蛋,刚学会走路没几天,显然是想引起父亲的注意。泰若纳斯看了一眼两个法师,额头上的皱纹陷得更深了。

他转向男孩说:“阿尔萨斯,去你姐姐那儿,安慰安慰她。我答应你很快就回去陪你。”

阿尔萨斯点点头,好奇地看了一眼父亲的客人,接着转身回去了。

看着儿子走出房门,泰若纳斯随手将门关上,然后快步走到法师面前。“我还以为主管已经告诉你们我今天没时间伺候你们!如果达拉然对我处理联盟事务有何申诉或抗议的话,你们可以将一份正式的文书交给我们在贵国的大使馆!好了,*再见吧!*”

两个法师似乎无动于衷。死亡之翼本来想笑,但见此情景还是忍住没笑。他对泰若纳斯国王的控制仍然很强,即使他还要分心处理其他事情,比如说控制罗宁。

死亡之翼希望两个法师能接受泰若纳斯的逐客令,赶快离开。他们走得越早,他就可以尽早回去查看罗宁的进展情况。

“我们会走的，陛下，”男法师声音洪亮地说道，“但肯瑞托让我们转告你，议会希望你能尽快恢复理智。达拉然一直都是坚定而忠诚的盟友。”

“不过是一厢情愿。”

两个法师没有理睬国王刻薄的话。女法师转向死亡之翼，说：“普瑞斯托领主，很荣幸能与您见面。我相信这是第一次，但不会是最后一次。”

“我们还会见面的，”他不想伸手与她道别，女法师也没有这个意思。他们是在对他发出警告：他们还会继续监视他。肯瑞托肯定以为这样会使他行事更加小心，不敢轻举妄动，但黑龙只觉得他们的威胁十分可笑。他们躲在魔法水晶球后面，或者努力想说服联盟各国首领恢复理智，随他们去吧。他们的努力只会使其他人更加敌视他们，这正中死亡之翼的下怀。

鞠了一躬，两位法师从房间里退了出去。出于对泰若纳斯国王的尊敬，两人并没有突然消失，而国王知道他们有这个本事。他们会先退回到他们的大使馆，避开一双双不信任的眼睛之后，再利用魔法消失不见。这个年代，连肯瑞托都很注意自己在别人面前的表现。

从长远来看，这就没那么重要了。

在法师离开之后，泰若纳斯国王说道：“普瑞斯托，我为刚才的事情向你表示深深的歉意！他们真是胆大包天！竟然旁若无人地冲进宫里，好像这里说的算的是达拉然，而不是洛丹伦！他们这次太过分了——”

还没等他说完，死亡之翼向他举起一只手，他随即僵住不动。死亡之翼迅速瞥了一眼两个大门，确定不会有人闯进来发现国王被施了魔法，便走到一张能够俯瞰宫殿大院和外面的风景的窗户跟前。死亡之翼耐心地等待着，注视着供客人进出的皇宫的大门。

这时，两个法师正向门外走去，出现在他的视野内。他们的脑袋凑在一起，显然是在暗自谈论着什么。

黑龙用食指碰了一下窗户上高档的玻璃窗，描了两个圈，两个圆圈顿时变成深红的颜色。他默默地说了一句咒语。

一个圆圈中的玻璃随即发生了变化，变成了一个嘴巴的样子。

“——什么也没有！他是一张白纸，莫德拉！感觉不到他身上有何特别之处！”第二个圆圈也变成嘴巴，更显小巧一些。“也许你的身体还没恢复过来，德兰登。你经历了那场灾难——”

“我已经好了！想杀死我没门！另外，我知道你也在试探他！你有什么发现吗？”

女法师皱起了眉头。“没有……也就是说，他非常非常强大，没准和麦迪文不分上下。”

“他一定是用了某个强大的咒符！没人有那么厉害，克拉苏斯也不行！”

莫德拉的口气陡然一变。“我们是否真的知道克拉苏斯有多么强大？他比我们任何人都老。这一点就很说明问题。”

“这意味着他谨小慎微……但他是我们当中最棒的法师，虽然他不是议会的首领。”

“那是他的选择。”

死亡之翼脑袋凑向前，心里愈加感到好奇。

“他到底在做什么？他为何如此神秘？”

“他说他想了解普瑞斯托的过去，但我觉得事情没这么简单。

克拉苏斯总是有很多想法。”

“嗯,我希望他能尽快查出点什么,因为现在的局势——怎么了?”

“我感到脖子上有些刺痛!是不是——”

黑龙连忙朝两个玻璃变成的嘴巴挥了一下手。窗玻璃随即恢复平整,不留任何痕迹。死亡之翼离开了窗户。

女法师最后还是感到了他的魔法,但她不可能循着魔法踪迹,一路找回去。不管这两个法师本领有多大,他毫不惧怕他们,但死亡之翼现在不想与他们大干一场。这个游戏又多了一个因素,黑龙也由此陷入了沉思。

他重新转向泰若纳斯。国王仍然站在原地,嘴巴张着,手举在半空中。

黑龙打了一个响指。

“——我对此无法容忍!我想立刻与他们断绝所有外交关系!到底是谁在洛丹伦说的算?随肯瑞托怎么想,绝不是他们!”

“是的,明智之举,陛下,但先别急。等他们表示抗议之后,再与他们断绝关系。我相信,其他国家肯定会纷纷效仿您,与他们断交的。”

泰若纳斯疲惫地对他笑了一下。“你是个非常耐心的年轻人,普瑞斯托!我一直在这里喋喋不休,而你却站在那里用心在听!我们应该谈谈未来的联姻了!结婚还要再过两年,但婚姻是件大事,我们要从长计议!”他耸耸肩,“皇族里的事情就是这样!”

死亡之翼对他微微鞠了一躬。“我能理解,陛下。”

洛丹伦国王开始跟他讲述他未来的女婿要在随后几个月里参加的一些仪式。除了接管奥特兰克之外,年轻的普瑞斯托必须出席每一次重要场合,目的是加强他和佳莉亚之间的关系,让他的人民和其他国王接受他。他们要让全世界知道,这次联姻将是联盟光辉的未来的开始。

“等我们从兽人手里夺回卡兹莫丹和格瑞姆巴托之后,我们就可以筹划举行仪式,将那里的土地还给山地矮人!到时候,由你来主持仪式,我亲爱的孩子,因为是你将联盟团结起来直到胜利……”

泰若纳斯呶呶不休地说着,而死亡之翼却想着其他事情。他知道这个老家伙会说什么,因为死亡之翼已经将一切刻入他的脑海里。普瑞斯托领主将会名利全收,然后缓慢而又有条不紊地消灭低等种族。

此时此刻,黑龙更感兴趣的是两个法师之间的那段对话,特别很想认识他们提及的另一位肯瑞托法师,一个名叫克拉苏斯的人。死亡之翼对他很感兴趣。他知道曾有人想绕过他的住所周围的魔法,其中一次激活了“无尽的渴望”,它是魔法师设计过的最古老、最完善的魔法。黑龙也知道“无尽的渴望”最终失败了。

克拉苏斯……难道他就是那个躲过与死亡之翼一样古老的魔咒的法师?

也许我应该对你多一些了解,黑龙一面想着,一面目无表情地点头回应泰若纳斯的话。*是的,我应该多了解一些*……

14

克拉苏斯睡着了,睡得比哪一次都沉,就像一只刚刚孵化的小鸡。他的睡眠介于梦境和其他状态之间,是那种最强大的战胜者也无法唤醒的永恒的睡眠。他陷入沉睡,但他心里知道,随着时间的流逝他越来越接近甜美的梦境。

渐渐地,他开始做梦了。

最初浮现在脑际的是来自潜意识里的一些模糊而又简单的图像。随后就出现了清楚一些的幽灵图像。飞龙和其他带翼的生灵飞来飞去,似乎在惊恐地逃亡。一个黑衣人从远处森然逼近,对他讥笑不已。一个孩子在一道蜿蜒曲折、阳光充足的山丘上奔跑……突然一下子变成了身体扭曲的狰狞的怪物。

法师对这些梦境的含义感到困惑不解,只好不安地离开那里。他随之睡得更深了,进入一个完全笼罩在黑暗之中的空间,他在那里既感到宽慰又感到窒息。

这个时候,一个轻柔而又威严的声音对龙族法师说话了。

你愿意为她牺牲一切,对吧,克莱奥斯特拉兹?

躺在密室里的克拉苏斯嘴唇微微动了一下,他是在回答对方的问题。*只要能让她自由,我愿意牺牲自己……*

忠诚而又可怜的克莱奥斯特拉兹……黑暗中出现了一个黑影，随着克拉苏斯的每一次呼吸，黑影时隐时现。在梦里，浮在空中的克拉苏斯伸手想抓住黑影，但就在快要抓住的瞬间，黑影一下子消失不见了。

在他看来，那个黑影就是阿莱克斯塔萨。

你即将开始永世的安息，勇敢的克拉苏斯。在死之前，有没有什么需要我帮忙？

他的嘴唇又开始动了起来。*我只要你帮她*……

难道你就不为自己想想？你就不想想你自己即将陨灭的生命？那些敢于喝酒而死的人应该奖励一杯世上最好的美酒……

黑暗似乎把他往里猛拽。克拉苏斯感觉自己呼吸急促起来，大脑也很难思考问题。他是多么想停止最后的挣扎，一死了之。

但他还是努力作出回答。*她。我只想求你救救她。*

忽然，他感到自己被人拉了上去，进入一个充满色彩和光明的地方，他在那里可以自由地呼吸和思考。

很多影像扑面而来，这些影像不是来自他的梦里，而是来自别人的梦里。他看到了人类、矮人、精灵，乃至兽人和地精的梦想和需求。他忍受着他们的噩梦，也体味着他们美好的感受。袭来的影像纷繁复杂，但在每个影像从脑里飘过之后，克拉苏斯很快发现自己接着就忘得一干二净，就像回忆自己做过的梦一样难。

在不断流动的画面中，出现了另一个影像。虽然这个影像如薄雾一般飘忽不定，但它还是具有一个形状。不管怎样，这个形象越来越大，已经超过克拉苏斯小巧的身材。

一个优雅的龙的身体，半是实体，半是虚幻，展开了翅膀，好像刚刚醒来一样。这个庞然大物的躯干上浮现出一层淡淡的绿色，如同夜幕降临前森林的颜色。克拉苏斯抬头向龙的双眼看去，却发现龙眼是闭着的，好像还没有睡醒。不过，他知道梦境女神看他看得十分真切。

我不会让你作出这种牺牲，克莱奥斯特拉兹，你总是一个非常有趣的梦想者……巨龙的嘴角微微向上翘起，一个非常迷人的梦想者……

克拉苏斯想找一个安稳的落脚点，或随便什么落脚点都行，但四周的地面总是柔软异常，几乎就像液体一样。他只能飘在空中，这个姿势让他感到有些难堪。*谢谢你，耶瑟拉……*

你彬彬有礼，极富外交手段，甚至对我的配偶也是如此，而他们以我的名义不止一次地拒绝了你的请求。

他们对眼下的局势的认识还远远不够，他答道。

*你是想说，我还不够了解现在的局势。*耶瑟拉向后飘去，她的脖子和翅膀起了阵阵波纹，好像是在一片涟漪的池塘里留下的倒影。她虽然还是紧闭双眼，但她巨大的脸庞显然是在盯着克拉苏斯。*解救你心爱的阿莱克斯塔萨可不是闹着玩的，连我都不敢说为此付出的代价是否值得。为何不让这个世界自行运转，我们并不干涉？如果生命之王能够获得自由，难道还非要我们出手不可？*

她的冷漠，确切地说，他拜访的这三条守护巨龙表现出的冷漠之情，让龙族法师不由怒火中烧。*照你这么说，死亡之翼是否必将改变世界的历史轨道？如果你们袖手不管，只顾做自己的白日梦的话，他肯定会得逞的！*

巨龙收起了翅膀。*不要再提那条龙！*

克拉苏斯不依不饶地说道。*为什么，梦幻之龙？他是不是使你经历了很多噩梦？*

尽管对方双眼紧闭，但他还是能看出耶瑟拉的眼睛带有一些可怕的情绪。*我不会再进入他的梦里了。他睡着的时候比醒着的时候还要可怕。*

法师对她最后一句话并不理解，而他也没有不懂装懂。让他感到困惑的是，这些伟大的巨龙不能一起站出来主持公道。由于*恶魔之魂*的存在，他们现在已不是从前的自己，但他们仍然具有巨大的力量。看起来，似乎三条巨龙都认为巨龙时代已经过去，就算他们*能够*改变未来，他们也不想强使自己摆脱自我陶醉的麻木的状态。

我知道你和你的龙族仍然在年轻的族类中出现，耶瑟拉。我知道你依然还再影响其他族类的梦境，比如人类、精灵和——

说到点子上了，克莱奥斯特拉兹！不过我的领域也有局限！

但你还没有完全放弃这个世界，对吧？跟玛利苟斯和诺兹多姆不一样，你既没有装疯卖傻，也没有痴迷于收藏历史遗迹！但话又说回来，难道梦就不是未来了吗？

梦也是过去；记住这一点很重要！

一位怀抱新生婴儿的女子隐约从他眼前浮现。他又瞥见一个小男孩与他想像出的愚蠢的怪物短兵相接，进行英勇的战斗，整个情景忽隐忽现。克拉苏斯看了一眼身边不断浮现出的各种梦境。有光明的景象，也有不少阴暗场面，但世界就是这个样子。

但是在他看来，龙族女皇长期被囚，以及死亡之翼决心从年轻种族手里夺走天下的做法，破坏了世界的平衡。这种局势如果不得到改变的话，世界将不会再有梦想和希望。

不管你是否帮我，耶瑟拉，我都会坚持到底。我一定会的！

*当然欢迎你这样做……*耶瑟拉的身体恍惚不定起来。

克拉苏斯转身背对着她，没去理睬身后难以捉摸的图像。*你或是把我送回我的密室，要不就把我打入地狱！也许我死了，不再看到世界的命运最好，也用不着再管女皇的生死！*

他等着耶瑟拉把他送入永世的长眠，这样他就不用再老是对她和其他守护巨龙提起阿莱克斯塔萨这个话题。但他却感到有人轻轻碰了一下他的肩膀，几乎是试探性的触碰。

克拉苏斯猛转过身，发现面前出现了一位身材纤细、脸色苍白的女子，浑身散发着一种超凡脱俗之美。她身穿一件飘逸轻柔的浅绿色长衫，脸上罩着面纱，挡住了下半边脸。这个女人虽然不是他的女皇，却使他想起了阿莱克斯塔萨。

她的双眼是闭着的。

*可怜的克莱奥斯特拉兹。*她的嘴巴没有动，但克拉苏斯知道这是她的声音。是耶瑟拉的声音。她苍白的面孔显得有些忧伤。*你会为了她做一切。*

他不明白她为何会重复他俩都知道的事情。克拉苏斯又一次转身背对梦想之龙，寻找能够逃离这个虚幻世界的通路。

先不要走，克莱奥斯特拉兹。

*为什么不让我走？*他转过身问道——

耶瑟拉望着他，眼睛已经完全张开。克拉苏斯顿时愣在那里，不由自主地望着她的眼睛。那是一双他认识和爱过的所有人的眼睛。那双眼睛也认识他，对他了如指掌。她的眼睛闪现出蓝色、绿色、红色、黑色和金色——是眼睛所有可能出现的颜色。

他甚至还能看到他自己的眼睛。

我会考虑你的话。

他几乎难以相信自己的耳朵。*你会——*

她举起一只手，让他安静。*我会考虑你说的话。我现在只能跟你说这么多。*

那么——假如你发现自己赞同我的看法呢？

那样的话，我会尽全力说服玛利苟斯和诺兹多姆支持你……但他们是否答应，我就不能保证了。

这已经远远超过了克拉苏斯的期望值。也许最终还是没有任何结果，但这至少给了他继续战斗的勇气。

我——我谢谢你。

*我还没有为你做什么事呢……不过是不让你的梦想之火熄灭而已。*耶瑟拉脸上掠过一丝微笑，笑容中带着几分遗憾。

他刚要开口再次表示感谢，想让她知道这寥寥几句话也会给他继续前进的力量，耶瑟拉却突然从他身边离开了。克拉苏斯伸手去抓，但她已经飞出去老远，当他向前迈出一步，她向远处移动的速度更快了。

这时他突然明白，其实梦想之龙并没有移动，移动的是他。

睡个好觉，多多保重，可怜的克莱奥斯特拉兹，传来了她的声音。耶瑟拉苗条而苍白的身影变得摇曳不定，接着消失不见。*好好休息，后面的战斗你需要充足的体力和更多的……*

他想说话，但梦中的他却如何也张不开口。黑暗降临在龙族法师身上，他坠入了甜蜜的梦乡。

不要低估你眼里那些无名小辈的作用……

兽人的格瑞姆巴托城堡比罗宁想像得大很多，而且复杂得让人摸不着头脑。他穿过几条隧道，本以为隧道能直接通往他要去的地方，隧道却常会突然改变方向，甚至还会一路走高，而不是向下延伸。有几条隧道走到最后就是死路,对此他也无法解释。碰上这种隧道,他只能原路折回,这会花去一个多小时的时间,这不仅使他丧失了很多宝贵的时间,还进一步消耗了他本已虚弱的身体。

这期间死亡之翼没有跟他讲过一句话,这只是使事情变得更糟。罗宁虽然不相信黑龙,但他知道死亡之翼起码可以指引他找到被俘的龙族女皇。是什么东西分散了黑龙的注意力呢?

在一条黑暗的走廊里,疲惫的法师终于坚持不住,坐下休息。他随身带着一个不大的水袋,是那两个短命的地精给他的。罗宁喝了一小口,然后靠在后面,想休息几分钟,理一理脑中的思绪,使自己后面能更顺利地穿越这些隧道。

他真能解救龙族女皇吗?当他在山中奋力前行的时候,他心中的这种疑虑也变得愈加强烈。他来这儿难道只是为了壮烈地牺牲吗?他的生命不会让那些死去的战友死而复生,其实他们的命运掌握在他们自己手里。

他怎么会想要承担如此疯狂的任务呢?回想往事,罗宁不由想起了第一次提出这个方案的情景。罗宁上一次任务失败之后,肯瑞托禁止罗宁再参加任何活动,年轻的法师在那些日子里整日闭门思过,不见任何人,吃的也很少。赎罪的时候,他不能与任何人见面,所以当克拉苏斯在他面前出现,表示支持罗宁重回议会的时候,他感到万分惊讶。

罗宁一直认为自己不需要任何人的帮助,但克拉苏斯让他改变了这个想法。克拉苏斯跟罗宁认真分析了他所处的困境,最后罗宁直接向克拉苏斯寻求帮助。谈着谈着,两人就转到了龙的话题,说起阿莱克斯塔萨是如何被兽人囚禁,为了部落的荣耀而生育飞龙。部落的主力已经被歼灭，但只要阿莱克斯塔萨还囚禁在牢中，卡兹莫丹的兽人就仍然还会对联盟造成伤害，杀死无数的无辜平民。

就是在那个时候，罗宁脑子里冒出了解救红龙的念头。这个想法简直妙极了，在他看来整个世界只有他才能想出来。当时产生这个想法是可以理解的。救赎自己，或者在执行任务中牺牲而被同族广为传颂。

克拉苏斯对这个建议十分赞赏。罗宁回忆起当时克拉苏斯与他彻夜长谈，制定出方案的细节，还对红发法师说了很多鼓励的话。罗宁现在必须承认，要不是当时克拉苏斯的一再鼓励，他也许会放弃这个念头。从某种程度上说，这似乎应该是克拉苏斯的任务，而不应该由他完成。话又说回来，派罗宁执行这样一项任务，一直没有露脸的克拉苏斯能获得什么呢？如果罗宁成功了，大家会称赞那个相信他的人，但如果他失败了……克拉苏斯又有什么好处呢？

罗宁摇了摇头。如果他老是问自己这种问题的话，他很快就会相信克拉苏斯实际上是这次任务背后的真正力量，他利用他的法力，迫使年轻的法师踏上兽人的这片土地。

太荒谬了……

这时，耳边突然传来一个声音，吓得罗宁差一点跳了起来，他这才发现自己在回想往事的时候竟然睡着了。法师身体抵着墙，等着看谁将经过这段阴暗的长廊。兽人肯定知道这条隧道走不通。难道他们来这儿是为了找他吗？

但是这个声音——声音很低的谈话声——却慢慢地消失了。法师恍然大悟，刚才的声音是山洞的复杂音响效果造成的。他听到的兽人的声音很可能是来自离他几个层面之外的地方。

他为何不循着这些声音找过去呢？想到这一点，罗宁顿时信心大增，小心翼翼地向声音传来的地方摸了过去。即使声音不是传自那个地方，至少回声会最终引导他去他想去的地方。

罗宁不清楚自己刚才睡了多久，但在往前走的路上，他听到越来越多的声音，就好像格瑞姆巴托刚刚睡醒一样。兽人们似乎忙乱不堪，这给法师出了个不大不小的难题。他现在听到了很多声音，声音来自不同的方向。罗宁可不想一不留神踏进兽人战士的练兵场，或闯进他们的食堂。他只想去龙族女皇被囚的房间。

就在这时，忽地传来一声龙的狂吼，盖过了所有其他的声音，接着很快消失了。罗宁听到过不少这种吼叫，都没有把它们当回事。现在他暗骂自己是个傻瓜；难道所有龙都会出现在同一个地方吗？运气最不济，循着这些吼声去，他至少可以接近某条龙，也许然后他就能从那儿找到通向龙族女皇的房间。

有一段时间，他在隧道间穿行无阻，大多数兽人似乎都离他很远，忙着一项浩大的工程。法师曾以为格瑞姆巴托是在备战。如今，联盟应该已经逼近驻扎在卡兹莫丹北部的兽人部队。如果部落想将人类和他们的盟军击退，格瑞姆巴托必须出兵支援。

如果是这样的话，兽人现在的活动对罗宁有利。不仅兽人没有心思去想其他事情，而且他们的数量也会减少很多。飞龙和兽人主人肯定不久就会飞上天，赶往北部。

罗宁心里倍受鼓舞，大胆而坚定地向前走，但没过多久他险些一个趔趄，自投罗网，摔进两个魁梧的兽人战士的怀里。

不过，两个兽人看到他的惊讶程度比他还要厉害。罗宁立刻举起了左手，低声念起咒语，这个咒语一直没用，就是为了后面遇到紧急情况时候再用。

离他最近的丑陋的兽人顿时勃然大怒，伸手去取挂在背上的战斧。罗宁的咒语正好集中他的胸口，将兽人狠狠地砸在石墙上。

在撞到墙壁的一刹那，兽人开始与石头融成一体。起初还能看到他的身体轮廓，以及张大的嘴巴，但很快嘴巴也消失在了墙里……没有留下一丝痕迹。

“人渣！”第二个兽人吼道，战斧已经拿在手上。他奋力向罗宁砍去，法师连忙一低头，斧头击中法师身后的墙壁，砸下了一些小石头。兽人向前挪动着笨重的身体，壮硕的暗绿色身躯塞满了狭窄的通道。兽人胸前有一串项链在罗宁眼前摇摆，这串项链是由满是皱纹的干瘪的手指串成，有人类、精灵等族类的手指，兽人肯定也想将他的手指添入项链中。兽人又挥斧砍来，这一斧来势汹汹，险些将法师砍成两半。

罗宁又瞅了一眼那串项链，脑子里突然冒出一个可怕的想法。他用手指着项链，作了一个手势。

看到他施展咒语，兽人猛地停了下来，但发现咒语没有起任何效果，他不屑地嘲笑可怜的罗宁。“来吧！我会让你痛快地死去，法师！”

但就在他举斧要砍的时候，身上突然出现搔痒的感觉，他随即低头向胸部看去。

只见，项链上二十多根手指爬向他的脖子。

他扔下斧头，想要把项链从脖子上扯开，但手指抓得很紧，很难拉开。众手指变成了一只可怕的大手，紧紧扼住他的喉咙，兽人不由咳嗽起来。

兽人开始疯狂地扭动身体，想竭力扯开复仇的手指，罗宁见此连忙向后退了几步。法师本来只想借此咒语分散对方的注意力，好使自己有时间使出更致命的咒语，但那些被切断的手指似乎充分利用了这个机会。是要复仇吗？作为一名法师，罗宁也很难相信那些被兽人杀害的战士的灵魂还会驱使他们的手指进行报复。这应该是咒语本身的威力。

肯定是这样……

不管是复仇心切的灵魂，还是强大的魔法，这些被施法的手指迫不及待地作着恐怖的事情。手指的指甲抓进兽人柔软的咽喉，兽人胸膛很多地方都沾满了鲜血。面目可憎的兽人嘭的一声跪在地上，眼睛充满了绝望，罗宁都不忍心再看，把头扭向一边。

几秒钟之后，他听到兽人大口喘气的声音，然后他笨重的身躯就倒在了地上。

兽人躺在血泊中，手指还是牢牢地掐着他的喉咙。罗宁鼓足勇气，碰了一下手指，发现手指已经不动了。就像他的咒语打算的那样，这些手指已经完成任务，现在又复归原样。

可是……

罗宁打消这些念头，疾步从尸体边走过。他没地方将尸体藏起来，也没时间考虑这件事。不用多久，尸体就会被人发现，但法师对此无能为力。罗宁必须把所有心思都放在寻找龙族皇后上面。如果他最后能把她救出来，她就可以将他送到安全的地方。只有这样，他才可能逃出去。

他随后连续穿过了几个隧道，没有遇上任何阻碍，但不久之后，他发现前面的通道灯光明亮，含糊不清的说话声也变得越来越响。罗宁只好小心行事，慢慢地挪着步子来到交叉口，向角落另一端望去。

他本以为看到的会是一条通道,没想到竟发现一个巨大的山洞的洞口,洞口通向右边,里面有几十个兽人,或是卖力地往货车里装东西,或是在准备拉车的马匹,整个场面给人的感觉就好像他们要开始一次长途旅行,很久之后才会回来。

难道他们真的是去支援北部的兽人吗?真是这样的话,为什么看起来每个兽人都要离开?为什么不只是飞龙和兽人骑士?马车赶到丹奥加斯可要花很长的时间。

这时,两个兽人进入了他的视野,他们一起提着一件重物。他们显然很想将手里提的东西放下,却不知为何不敢这样做。事实上,罗宁觉得他们对重物太过谨小慎微,就好像箱子里装的是由金子一样。

法师看到没人朝他的方向看过来,便向前挪了一步,想看清兽人视若生命的究竟为何物。它是圆的——不,是椭圆形——外表有些粗糙,好像长着鳞片。事实上,罗宁现在脑子里只想到一样东西——

一颗*蛋*

更准确的说,是一颗龙蛋。

他把目光飞快地转向其他一些马车。他终于明白过来,马车上装了一些处在不同发育阶段的龙蛋,有光滑、几乎呈圆形的蛋,还有已经长有鳞片、即将孵化的蛋。

龙是希望渺茫的兽人的最后一根稻草,但他们为什么要让如此珍贵的龙蛋经历长途跋涉呢?

凡人。

脑海中冒出的这个声音差点吓得罗宁发出惊声尖叫。他身体紧紧贴在墙面,迅速溜进了隧道。确信没有兽人能看到他之后,罗宁抓起脖子上的缀饰,望着缀饰中心的黑色水晶。

水晶发出了微微的光芒。

凡人……罗宁……你在哪儿?

死亡之翼怎么会不知道?“我现在在兽人城堡里,”他低声说道,“正在寻找龙族女皇被囚的房间。”

但你找到了其他什么东西。我只看到了一点。那是什么?

罗宁并不想告诉死亡之翼真相。“兽人们在进行军事训练,仅此而已。我险些被他们发现。”

随之而来是一阵长时间的沉默,黑龙迟迟没有回应,法师还以为死亡之翼切断了链接。沉默了好一阵之后,黑龙声音淡淡地道,*我要看一看。*

“没什么——”

一语未了,他的身体突然不听他的使唤,兀自转身面向山洞,以及洞里许多兽人。法师怒火中烧,想要大声抗议,却发现嘴巴都不再听他使唤。

死亡之翼用法力迫使他走到他刚才站过的地方,让法师用右手举起缀饰。罗宁猜想死亡之翼是通过黑色水晶来观察一切。

在进行军事训练……我明白了……这就是他们如何训练撤退?

他无法回答巨龙的反问,他也知道死亡之翼并不关心他是否真会辩驳。黑龙迫使他站在了空旷处,用缀饰观察了洞里的一切。

噢,我明白了……你现在可以退回隧道。

他的身体突然又变成他自己的了,罗宁赶忙溜了回去,庆幸兽人都在忙着手上的事情,而没有机会抬头看他。他靠在墙上,大口喘着气,感觉怕被别人发现的恐惧感远远超过自己想像的程度。

显然，罗宁其实并不像他之前想象的那样很想一死了之。

你走错路了。必须往回走，回到前面那个岔路口。

死亡之翼没有对罗宁撒谎的事情说什么，这更让法师感到担心。死亡之翼肯定也想过兽人移动龙蛋的事情，难道他已经对此有所耳闻？但这怎么可能呢？这里不会有人将这个消息告诉他。兽人对黑龙充满了恐惧和蔑视，就像他们对洛丹伦联盟的态度一样。

虽然心里充满了顾虑，他还是立刻按照死亡之翼的命令沿着长廊原路返回，最终来到那个岔路口。罗宁之前并没有理会这个岔路口，还以为这个一片黑暗的狭窄的通道无足轻重。兽人肯定会用火把将重要的隧道照亮。

“走这条路？”他咕哝说。

是的。

黑龙对整个山洞体系了如指掌，这一点仍然让罗宁感到有些不解。死亡之翼肯定没有亲自走过这些隧道。难道他会扮成兽人来过这里？也许吧，但这也不过是猜测而已。

你左边第二个隧道。这是你下一个要走的隧道。

死亡之翼的命令近乎完美。罗宁等待着黑龙犯错误，只要犯一个错误就至少表明黑龙可能是猜的。结果没有出现任何错误。死亡之翼对兽人密室周围的道路的了解丝毫不逊于那些野蛮的兽人。

大约几个小时之后，黑龙的声音突然命令道，*停下来。*

罗宁不知道死亡之翼为何让他停下，但他还是停住了脚步。

等一下。

片刻之后，隧道下方传来了几个人的声音。

“——关于你刚才去的地方！我要问你几个问题！”

“非常抱歉，英明的指挥官，非常抱歉！我无能为力！我——”

罗宁竖起耳朵想要听到更多话的时候，声音突然戛然而止。他知道其中一个是兽人的声音，这个兽人应该统治着整个堡垒，但另一个说话的人则属于另一个族类。地精。

死亡之翼利用了地精。这难道就是他对这个巨大巢穴如此了解的原因吗？难道这里的地精也为黑龙提供服务？

他很想跟在他们后面，听他们说些什么，黑龙却立刻命他继续前进。罗宁明白如果他不服从的话，死亡之翼也能让他走下去。至少在罗宁能够控制四肢的时候，他还可以作出自己的决定。

穿过兽人指挥官和地精刚刚走过的隧道之后，罗宁走过一条深邃的隧道，似乎进入高山的最深处。毫无疑问，他现在应该离龙族皇后不远了。事实上，他几乎可以肯定自己听到一个硕大的生灵的呼吸声，因为格瑞姆巴托没有真正的巨人，这种呼吸声只能是巨龙发出来的。

前方有两条通道。向右转，一直走，直到看到左边有一个洞口为止。

死亡之翼没有继续说下去。罗宁还是照他说的做了，飞快地向前走去。他现在已经有些烦躁不安。还要走多久才能穿过这座山呢？

他转向右侧，沿着下一个通道不停地走着。黑龙的指令十分简单，罗宁以为他很快就能到达那个洞口，但已经过去了半个小时，他还是什么也没看到，连个岔路口都没见到。他问了死亡之翼两次他是否马上就到，但这位隐身的向导一直没有吭声。

就在法师想要放弃的时候，他突然发现了一丝亮光。光线十分黯淡，但肯定是亮光……来自通道的左边。

罗宁顿时信心大增，随即悄无声息地快步走了过去。据他所知，龙族女皇身边有十多个兽人看守。他已经准备好咒语，但他希望这些咒语能留着用在其他更紧急的时候。

停下来！

死亡之翼的声音在他头脑中回响不绝，差点使罗宁撞到墙上。他全身贴在墙上，以为一定是有哨兵发现了他。

但什么也没发生。通道里除他之外，依然空无一人。

“你为什么叫我停下来，”他低声对缀饰道。

你的目的地近在眼前……但守护这里的家伙可能并不是血肉之躯。

“难道会是魔法？”他早就想过这一点，但黑龙没有给他机会验证。

魔法哨兵。有个方法能很快查明真相。在你向出口移动的时候，将缀饰举到你胸前。

“要是碰到有生命的守卫怎么办？我还是对他们有一些顾虑。”

他从黑龙的话里听出他越来越不耐烦。*一切都将揭晓，凡人……*

罗宁相信死亡之翼肯定希望他找到阿莱克斯塔萨，遂将缀饰持于胸前，缓慢地向前走去。

我发现前面只有一些微小的咒语——对我而言，它们微不足道，黑龙在他走近的时候告诉他。*让我对付吧。*

黑色水晶突然射出一道强光，吓了法师一跳，缀饰险些从他手中滑落。

*那些保护性咒语已经消除。*沉默了一会儿，黑龙又说，*里面没有哨兵。就算没有魔咒，兽人也不需要哨兵。阿莱克斯塔萨完全被囚在密室里。兽人们十分能干。她十分安全。*

“我现在进去吗？

你如果不进去的话，我会感到失望的。

罗宁觉得死亡之翼的措辞有些奇怪，但他也没多想，脑子想的都是最后能够面对龙族皇后。他多希望温蕾萨现在也在这里，却纳闷自己这样想为什么会这么开心。也许——

在他进入洞口第一次看到硕大的红色巨龙阿莱克斯塔萨的时候，对那个银发精灵的想念也顿时消失了。

他发现她正望着他，眼睛里似乎充满了类似于恐惧的感情——但这种恐惧不是对她自己的。

“不！”她大声吼道，“*退后！*”

与此同时，传来了死亡之翼的得意的声音，*太好了！*

法师周身突然出现了一道光。他浑身上下一阵颤抖，就好像某种恐怖的力量在他体内肆虐。缀饰从他无力的手上滑落。

就在他倒地的瞬间，他听到死亡之翼一阵大笑，又重复了一遍刚才说过的话。

太好了……

15

温蕾萨大口地喘着气。被活埋的噩梦已经慢慢散去。她逐渐复归平静,终于睁开了眼睛,看她又将迎来什么新的噩梦。

她发现自己身处一个不大的山洞,山洞中央燃着一堆不旺的火,有三个人围坐在火堆旁。在火焰的映照下,他们丑陋的外表显得更加阴森恐怖,她能看到他们皮肤下的肋骨,还有颜色斑驳、长满鳞片的肌肉松弛地堆在身上。更可怕的是,她能清楚看到他们瘦长的面孔,如死尸一般,还长着鸟喙一般的鼻子和尖尖的下巴。游侠看得最清楚的是他们都长着双细长的眼睛,眼睛里暗露凶光,还有一嘴锋利无比的牙齿。

三人穿着破旧的短裙,身边放着各自的飞斧,温蕾萨知道飞斧在这些家伙手里可以运用地流畅自如。

她虽然竭力保持安静,但她的细小动作的声音一定是传到他们又尖又长的耳朵里(他们的耳朵使游侠想起了地精),其中一人立即扭头向她看去。

“晚餐醒了,”他咝咝地说,左眼上戴着眼罩。

“对我而言,她更像是一道甜点,”另一个人答道。其他两人长着蓬乱的长发,而此人却是秃顶。

“肯定是甜点，”第三个人咧嘴笑道，他戴着一条破烂不堪的围巾，围巾原来的主人应该是温蕾萨的同族。他似乎比另外两人更显瘦长，说话的口气像是没人敢顶撞他。也就是说，他是这几个人的头儿。

两个饥饿难耐的巨怪的头儿。

“最近猎物不多，”裹着围巾的巨怪又说，“不过，现在终于可以大吃一顿了。”

突然，游侠右侧一个东西发出了声响，若不是有东西堵在那人的嘴里，听起来应该是在骂娘。身上虽已是五花大绑，温蕾萨还是强把脑袋扭向一边，结果发现原来福斯泰德还活着，但她不知道他是什么时候醒过来的。有个说法流传已久，在巨怪战争发生之前，除了自己人之外，其他所有生灵都是这些面相丑陋的巨怪的盘中餐。据说，甚至于将巨怪视为盟友的兽人也不得不提防这些狡猾灵活的恶魔。

令人庆幸的是，随着巨魔战争和联盟对部落的战争的爆发，巨怪的数量急遽减少。温蕾萨之前从未见过巨怪，只是通过图画和传说对他们有所了解。她倒希望自己能永远不要真的见到巨怪。

“耐心，要有耐心，”裹着围巾的巨怪带着可怜又嘲讽的口吻低声说道，“到时候你先吃，小矮子！你先吃！”

“难道不能现在就开始，格利？”独眼巨怪央求着，“干吗不能现在开始？”

“这是命令，施耐尔！”格利说着一拳恶狠狠地砸向施耐尔的下巴，打得他在地上连滚了几圈。

第三个地精跳将起来，不停地挑唆两个同伴进行格斗。格利狠狠地瞪着他，在他的目光的逼视下，秃顶的巨怪只好重新坐了回去。施耐尔这时连滚带爬地回到火堆旁，乖乖地坐在原来的位置。

“这里只有我说得算！”格利用一只骨瘦如柴、长着尖爪的手拍了拍自己的胸口，叫道，“是吧，施耐尔？”

“是的，格利！是的！”

“瓦什，你说呢？”

秃顶的巨怪捣蒜般点头应道：“是的，当然，格利！你是头儿！你是头儿！”

与精灵、矮人、特别是人类一样，巨怪也分很多种类。有的巨怪的语言与精灵语言一样复杂——即使在他们想要杀人的时候也是如此。还有的巨怪野蛮残忍，常常出没于地洞和其他地下空间。温蕾萨怀疑是否还有比这三个逮住她和福斯泰德的卑鄙家伙更为低级的巨怪，他们一定还有不可告人的阴谋。

三个巨怪这时围在火堆旁压低声音，悄声嘀咕着什么。温蕾萨又向矮人看去，矮人也回望了她一眼。她挑了一下眉毛，而他摇了一下头作为回应。尽管他力大无比，但还是无法摆脱捆在身上的绳索。她也对他摇了摇头。巨怪蛮横粗野，但他们却是捆绑绳索的专家。

鼓足勇气，游侠打量了一下四周的环境。他们似乎是在一个粗糙砍就的长长的隧道里，隧道很可能是这些巨怪自己开凿而成。温蕾萨想起了那几根长有尖爪的瘦长手指，这些手指非常适合挖掘岩石和泥土。这里很适合这些巨怪生活。

虽然知道挣扎无济于事，但精灵还是想找到身上绳子的松软处。她十分小心地扭动着身体，不停摩擦手腕处的绳子，手腕都快磨破皮了，却还是没有任何进展。

这时忽地传来一阵毛骨悚然的讥笑声，她知道三个地精已经发现她在挣扎。

“甜点在活动,”格利说,“应该是不错的猎物!”

“其他人都到哪去了?”施耐尔抱怨道,“他们怎么还不到!”

巨怪首领点点头,说:“赫尔格知道违抗命令会有什么下场!也许他——”话音未落,格利猛地抓起自己的飞斧。“*有矮人!*”

飞斧旋转着飞了出去,穿过隧道,擦着温蕾萨的头皮飞驰而过。

片刻之后,远处有人发出一声惨叫。

突然,隧道的石墙里蹦出一些矮小强壮的家伙,发出战斗的吼叫,挥舞着短短的战斧和刀剑。

格利又抽出一把长一些的斧头,这柄战斧显然是用于近身肉搏。施耐尔和瓦什蹲在那里,纷纷抛出各自的飞斧。一个矮墩墩的矮人被施耐尔的斧头击中,应声倒地,但瓦什的飞斧却没击中任何目标。矮人们很快就将他们团团包围,两个巨怪也像头儿一样,迅速拿出粗大有力的战斧。

温蕾萨大约数了一下,洞里共有十几个矮人,他们都穿着破破烂烂的毛皮大衣,身前戴着已是锈迹斑斑的护胸甲。他们头上戴着圆形头盔,上面没有任何角状物或其他不必要的装饰。与福斯泰德一样的是,多数矮人都蓄着胡须,长度适中,显然是受到了精心地修剪。

矮人们熟练地挥舞着手中的战斧和刀剑。三个巨怪被矮人们逼得站到了一起。先是施耐尔倒了下去,因为这个单眼巨怪没有看到从他瞎的眼睛一边杀来的矮人。瓦什大叫让他小心,但已经太迟了。施耐尔狠狠地一斧子向攻击他的矮人劈去,却没有击中。

矮人随即一刀刺进了施耐尔的肚腹。

格利打得最为勇猛。他砍中一个矮人,矮人随之仰天倒地,接着他又差点砍下另一个矮人的脑袋。倒霉的是,他的斧头在与一个矮人更长、更坚固的战斧撞在一起以后,他的斧头居然断了。他不顾一切地抓住矮人战斧上面的把手,奋力将斧头从矮人手里夺了过来。

而就在这时,另一把锋利的斧头击中了他的后背。

见此情景,温蕾萨不禁对巨怪产生了一些怜悯。瓦什睁大双眼,知道自己已经不行了,似乎随时都可能发出哀嚎。他仍然向离他最近的矮人挥舞着战斧,差一点击中对方。矮人们的包围圈越收越紧,斧头和刀剑随时都会刺上来,他已无力阻挡不断冲来的矮人。

最后,几个矮人一冲而上,乱斧把瓦什砍死。

温蕾萨不忍心再看下去,赶紧把脸扭了过去。他突然听到一个平和的声音,声音有些沙哑。“噢,难怪这些巨怪会打得如此拼命!吉姆!快来瞧瞧这个!”

“啊,罗姆!这可比我在这里找到的巨怪好看多了!”

一只厚实的大手拉她坐了起来。“让我们瞧瞧怎么样帮你解开绳子,同时又不会伤害你美妙的身体!”

她抬头看到一个矮人的红润的脸颊,他至少要比福斯泰德矮六英寸,不过身材却要魁梧许多。尽管外表十分粗壮,他却十分麻利地解开了她身上的绳子。游侠突然意识到自己不应该认为所有矮人都是笨手笨脚,特别是在看到他们杀死那三个巨怪之后。

这两个矮人身上的衣服更为破烂,这早在温蕾萨意料之中,她并没感到什么惊讶的,因为他们是靠从兽人那里偷东西过活。矮人身上也冒着一股强烈的怪味,说明他们已经很久没有洗过澡了。

“搞定!”

温蕾萨身上的绳子顿时全部松开。她立刻取出塞在嘴里的东西,矮人并没有顺手帮她做这件事。与此同时,她听到身边有人开始大骂起来,说明福斯泰德身上的绳索也被解开了。

“闭嘴,否则我就再把你的嘴堵上!”吉姆向他喝道。

“要想把艾瑞峰的矮人打败,你们山地矮人先留下一只手!”

双方你一句我一句,大声吵了起来,如果福斯泰德不安静下来的话,赶来营救他俩的人肯定又会把他们抓起来。挣扎着站起来——起来之后才想起这里的隧道并不是和她一样高——焦急的游侠厉声说道:“福斯泰德!对我们的同伴礼貌一些!他们可是我们的救命恩人!”

“嗯,你说的没错,”罗姆回答,“那些该死的巨怪,只要是长肉的东西都吃,死活都吃!”

“他们提到自己还有一些同伴,”她突然想起来,说道,“也许我们最好在他们赶来之前离开这儿——”

罗姆举起手。他满脸都是皱纹,这不由使温蕾萨联想到一条剽悍的老狗。“用不着担心他们。我们就是这么发现这三个巨怪的!”他想了一下,又说,“不过也许你是正确的!这里并不只有这一帮巨怪。在兽人的操控下,巨怪就像是他们的猎狗!任何人踏上这片土地,只要不是兽人,都会是巨怪的猎物,他们甚至还有一次杀死了一个兽人盟友!”

温蕾萨脑海里一下子浮现出被捕者遭受的命运的图像。“太可恶了!感谢你能及时赶到!”

“要是我知道我们救的是你的话,我就会让这帮慢腾腾的家伙动作再快一些!”

吉姆的目光不时地移向精灵，这时开口说道："乔治已经死了。他的尸体仍然还放在洞外。纳恩伤势很重，需要治疗。其他受伤的人都还可以走路！"

"那么我们出发吧！当然也包括你，花蝴蝶！"最后一句指的是福斯泰德，这显然是对艾瑞峰矮人进行侮辱，福斯泰德一听这话顿时火冒三丈。

温蕾萨一只手轻轻搭在他的肩膀上，把他火气压了下去。在众人开始撤出隧道的时候，福斯泰德仍然是怒容满面。精灵注意到山地矮人不仅把巨怪身上有用的东西统统拿走，还把死去的同伴身上的东西也一同带走。他们根本没有将同伴尸体一起带走的意思，当看到她的神情的时候，罗姆有些羞愧地耸了耸肩。

"因为战争的需要，有些时候我们必须要撇下一些东西，精灵女士。乔治是会理解的。我们保证他的遗物平分给他的亲人，他们还会得到额外一份巨怪的物品……但我抱歉说这些东西没有多少。"

"我原本不知道你们还留在卡兹莫丹。据说，在无法抵御部落的进攻之后，所有矮人都撤离了这里。"

罗姆的脸顿时变得神情严峻起来。"是的，所有*能*走的都走了！但你知道不是我们所有人都走得了！部落来势汹汹，就像人所共知的瘟疫一般，切断了我们很多人的后路！我们只好藏到更深的地下！兽人来犯的时候死了很多矮人，打那之后有更多的矮人死在这里！"

她向他手下衣衫褴褛的矮人望去。"你们还有多少人？"

"我的氏族？有四十七个，我们曾经可是有几百号人啊！我们曾跟其他三个氏族谈过，其中有两个氏族要比我们庞大。我们总共有三百多人，但这不过是我们曾经数量的很小一部分！”

“三百多个已经不是个小数目了，”福斯泰德大声说，“哼，如果我有这么多人，我早就把格瑞姆巴托夺回来了！”

“也许如果我们能像小虫子一样在天上飞来飞去的话，我们可以迷惑敌人，这样似乎还有获胜的可能，但在地上或地下，我们仍然处于劣势！一条龙就能烧毁一片森林，将一切变成焦土！”

艾瑞峰矮人和山地矮人之间的矛盾似乎又要爆发。温蕾萨连忙劝道：“够了！我们的敌人是兽人和他们的盟友，不是吗？你们要是互相残杀，那不合他们意了吗？”

福斯泰德和罗姆低声对她表示抱歉。精灵不希望事情就这么解决。“这还不够！转身面向对方，互相发誓你们只为我们大家的利益而战！发誓你们会永远记得是兽人杀死了你们的兄弟，是兽人杀死了你们所爱的人！”

她对矮人的过去并不了解，但她利用了大家共有的感情，即每个参加这次战争的人都失去了珍贵的人或物。罗姆肯定失去了很多他爱的人，福斯泰德大胆无畏，但他也肯定经历了同样的痛苦。

狮鹫骑士先伸出了手。“是的，说的没错。我要与你握手和好。”

“既然这样，我答应。”

在两人双手紧握的瞬间，其他矮人开始低声私语起来。要不是情况紧急，双方这么快就能妥协是不可能的事情。

一伙人开始出发。在路上，罗姆先开口问道：“精灵女士，既然现在巨怪已经不能威胁我们，你该告诉我们你和他怎么会来到我们这片被战火蹂躏的土地。难道就像我们期望的那样，胜利的天平开始向我们倾斜，卡兹莫丹很快就会重获自由？”

“战局开始对部落不利，这确实没错，”精灵话音刚落，一些矮人长呼一口气，低声叫好。“部落的主力军几个月前被打散了，毁灭之锤也销声匿迹。”

罗姆停了下来，问：“那么为什么兽人还控制着格瑞姆巴托呢？”

“这个问题问得好，”福斯泰德打断道，“首先，兽人仍然占领着丹奥加斯周围的北部地区。据说他们已经快撑不住了，但他们绝不会束手就擒。”

“那第二个原因呢，兄弟？”

“你没发现他们有飞龙吗？”福斯泰德问道，脸上带着讥笑的神情。

吉姆哼了一声。罗姆瞪了他的副官一眼，然后无奈地点点头。“是的，还有巨龙。我们矮人不是龙的对手。我们曾在地上抓到过一条小龙，迅速把它杀了——遗憾的是，我们也损失了两员大将——但他们更多时候呆在天上，我们被迫藏在地下。”

“但你们一直在与巨怪战斗啊，”温蕾萨说，“当然还有兽人。”

“是的，我们偶尔会在这里巡视一圈。我们确实也杀死了一些巨怪，但如果我们的家园还在兽人的控制下的话，一切都毫无意义！”他盯着她的眼睛，“我再问你一遍。告诉我你们是谁，来这里做什么！倘若卡兹莫丹还是兽人的地盘，那么你们来格瑞姆巴托无异于是自杀！”

“我名叫温蕾萨·风行者，职业游侠，这位是来自艾瑞峰的福斯泰德。我们来这儿是为了寻找一个人类，他是个法师，高大年轻，一头火红的头发。我最后一次看到他的时候，他是朝这个方向走的。”她决定暂时不说黑龙出现的事情，她很高兴福斯泰德也没提此事。

“法师都很愚蠢，人类法师更是这样，他来格瑞姆巴托干什么？”罗姆打量着他俩，眼神中充满了怀疑，温蕾萨的话对他来说显得有些牵强附会。

“我不知道，”她直言不讳，“但我想是跟巨龙有关。”

听到她的话，矮人首领不禁大笑起来。“巨龙？他想做什么？解救红龙女皇？她会十分感激，兴奋得一口把他吞进肚里！”

山地矮人都觉得这个事情十分可笑，可精灵却不这么想。福斯泰德没有跟他们一起开怀大笑，但他知道死亡之翼也插手此事，他怀疑罗宁可能早已被“吞进肚里”。

“我发过誓，所以我会继续走下去。我必须赶到格瑞姆巴托，看是否能找到他。”

矮人立刻不再大笑，面露惊异之色。吉姆摇了摇头，好像以为自己听错了。

“温蕾萨女士，我对你的职业表示尊敬，但你明白此事是多么的疯狂！”

她细细地打量这一群坚强的矮人。虽然天色已暗，但她还是能看到他们的疲倦和对命运的无奈之情。他们战斗不息，渴望重归家园，但大多数人会认为在他们有生之年这个愿望无法实现。与其他矮人那样，他们钦佩勇敢的精神，但在他们眼里精灵的任务近乎疯狂。

“你和你的人民救了我们，罗姆，为此感谢你们所有人。但我还想请你们帮一件事，那就是领我到通向山中堡垒最近的隧道。我要独自一人穿过那条隧道。”

“你不会一人上路的，精灵女士，”福斯泰德表示反对，“我跟你走了这么久,已经无法回头了……我想找个地精,把他的皮剥下来做双靴子!”

“你们两个脑子都有问题!”罗姆看到两人毫不动摇,不禁说道。他耸了耸肩,又说:“但如果你只想知道通往格瑞姆巴托的路的话,我不会派别人领你们去。我亲自领路!”

“你不能独自行动啊,罗姆!”吉姆突然叫道,“那里可是常有巨怪和兽人出没!我要跟你一起去,保护你的安全!”

这时,其他矮人都表示愿意跟他一起走,保护首领的安全。罗姆和吉姆竭力想说服他们不去,但矮人的脾气都很倔,罗姆最后想出了一个两全其美的计策。

“受伤的人必须回家,他们也需要一些人保护——纳恩,不要再争了,你自己都快站不住了!最好还是通过掷骰子决定,数字大的人跟我走!好了,谁有骰子?”

温蕾萨可不想等这帮矮人丢骰子来决定谁去谁留,发现自己也没有其他更好的选择。她和福斯泰德看着矮人们——纳恩和其他伤员除外——轮流掷骰子。多数山地矮人都用他们自己的骰子,罗姆话音刚落矮人们纷纷举起了胳膊。

看到这一幕,福斯泰德吃吃地笑道:“艾瑞峰的矮人和山地矮人也许存在很多差别,但有一点是相通的,很少有矮人不随身带着骰子!”说着拍了拍腰间的口袋,“可见巨怪有多么野蛮;他们竟然没有把我的骰子拿走!据说兽人们喜欢扔骨头赌博,看起来他们也要比巨怪文明很多,你说是吧?”

温蕾萨感觉过了很久,罗姆和吉姆才走了过来,身边还带着七个矮人,脸上都带着坚毅的神情。望着他们,精灵可以发誓他们现在都是兄弟了,但实际上至少有两个姐妹。女矮人也留着浓密的胡须,胡须在矮人族里是美丽的象征。

“这些都是要帮你的自愿者,温蕾萨女士!大家都十分强壮,随时随地都可以加入战斗!我们领你到山脚下的山洞口,之后你就靠自己了。”

“谢谢你们——但你的意思是不是说你还知道通往山峰里面的通道?”

“是的,但那条路并不好走……而且兽人并不单独在里面巡逻。”

“你这是什么意思?”福斯泰德突然问道。

罗姆对他露出真诚的微笑,就像福斯泰德之前对他笑的那样。“你没听说他们还有飞龙吗?”

克拉苏斯的密室建在一簇古老的树丛之上,这片树丛甚至比巨龙还要古老。密室是由一个精灵所建,后来被一个人类法师夺去,之后又遭遗弃,最后被克拉苏斯找到。他最初感受到密室下面残留的力量,但他很少从中吸取力量。有一天这个龙族法师惊讶地发现在他密室最遥远的部分有一个十分隐蔽的入口,从出口进去能看到一个闪闪发光的池塘,池塘底部中央镶着一块金色宝石。

每一次进入那里,一种少有的敬畏之感就会从他心底油然而生。那里弥漫的魔法让他感到自己就像一个第一次看到别人施法的新手。克拉苏斯知道自己只是感触过水塘魔法力量的一丝痕迹,但这足以使他想要获得更多的魔法。贪恋魔法的人往往最终会被魔法所吞噬。

当然,死亡之翼成功地逃避了这样的命运。

尽管池塘很深,里面却不缺少生命,或接近于生命的东西。尽管这个世界再没有哪里的水比这里的水更干净,但不管克拉苏斯如此努力,他怎么也看不清池塘里游来游去的细小的东西,这些东西在宝石周围最多。有时,他确信它们只不过是些闪着光的小银鱼,但龙族法师总是相信自己看到了胳膊、人的躯干,甚至还有几条腿。

今天,他没有理睬寄居在池塘里的生物。他与梦想之龙的见面给了他几分希望,但克拉苏斯知道他无法为此做好计划。时光飞逝,他必须随时准备就绪。

这也就是他为何现在来这里的原因,因为这个池塘似乎能够使饮用它的水的人恢复体力,至少持续一段时间。为了抵达耶瑟拉隐藏的地方克拉苏斯喝下了毒药,大伤元气,如果他现在要快速行动的话,他希望自己能随即作出反应。

法师俯下身,两个手掌合成杯形,掬起一点水。他第一次鼓起勇气想喝这里的水的时候,他试过用杯子装水,却发现这个池塘不接受任何加工过的东西。克拉苏斯身子探向池边,想让从他手掌间流走的水滴能回到原来的地方。长期以来,他对池塘里的力量已经是万分地敬畏。

即便是喝水的时候,水面上一个小小的涟漪都会引起他的注意。克拉苏斯低头看着应该出现他的倒影的水面,却发现那里根本不是他的倒影。

是罗宁年轻脸庞在望着他……也许不过是他的幻想。他随后意识到罗宁的眼睛其实是闭上的,脑袋稍稍向一侧斜着,好像……好像已经死了。

罗宁的脸上突然出现了一只兽人的绿色的大手。

克拉苏斯本能地把手伸进水里,想把那邪恶的手扯开。结果他把那个影像打乱了，激起一片浪花，当水面复归平静之后，他只看到自己的倒影。

“我的天……”水池之前从来没有展示过这种能力。为什么现在会发生这种事情？

这时，克拉苏斯猛地想起耶瑟拉与他道别时说的话。*不要低估你眼里那些无名小辈的作用……*

这句话是什么意思？他现在为何会看到罗宁的脸呢？依据大法师刚才看到的图像判断，罗宁已经被兽人俘获，或是已经被杀。如果真是这样的话，罗宁就不再对克拉苏斯有任何价值了——不过他显然已经到达山上的堡垒，他已经完成他的担保人派他执行的真正的任务。

通过前几个月克拉苏斯让格瑞姆巴托的兽人发现的一些证据，龙族法师希望他能扰乱兽人指挥官的思路，让他们误以为有人从西边偷偷发起攻击。虽然仍有大量部队驻扎在山中的堡垒，但真正的力量则是生在那里、训练有素的巨龙……但巨龙的数量已经越来越少。对山上的兽人更为不利的是，越来越多的士兵被派往北方支援部落主力，格瑞姆巴托无人防守，几乎变成一座空城。面对一只规模上与丹奥加斯周围战斗的兽人相当的坚毅之师，山上的兽人就算准备就绪，最终还是会缴械投降的，因此就没机会再为战争培养更多的飞龙。

如果没有更多的飞龙侵扰北部的联盟部队，那么部落的残余力量肯定会在对方的猛攻之下溃败。

若不是因为联盟的将领们合作上的问题，也会有这样一支队伍被召集起来，被安排从卡兹莫丹西面进攻。多数人觉得卡兹莫丹终将灭亡，为何还要冒这么大的风险呢？克拉苏斯难以置信他们不会分两路进攻,最终消灭兽人的威胁,但这又一次证明年轻种族的短浅的目光。最初,他想说服肯瑞托推动达拉然的邻国的行动进程,但随着他们对泰若纳斯国王的影响越来越小,议会里的法师转而拯救他们在联盟中的地位。

因此克拉苏斯决定虚张声势,效果取决于他是否能出其不意以及兽人指挥的多疑症。让他们相信联盟的入侵已经开始。在他和帮手四处传播谣言之外,还给他们具体的证据。等到那个时候,他们肯定会做出不可思议的事情。

到那时,他们肯定会抛弃山中的堡垒,在有人细心看护阿莱克斯塔萨的情况下,将飞龙向北部迁移。

整个计划最初只是一个简单的想法,但令克拉苏斯吃惊的是,他发现计划取得了惊人的效果。驻扎在格瑞姆巴托的兽人指挥官,一个叫耐克鲁斯·碎颅者的兽人,最近愈加笃信兽人在山上的日子已经屈指可数,没几天活头。令他难以相信的是,兽人指挥官对法师的谣言居然信以为真。

现在……现在兽人拥有罗宁这个人证。这位年轻的法师发挥了他的作用。他向耐克鲁斯证明表面上固若金汤的堡垒轻易就能被人渗透,特别是借用魔法。现在这位兽人指挥官肯定下达了遗弃格瑞姆巴托的命令。

是的,罗宁充分发挥了他的作用……克拉苏斯知道他永远也不会原谅自己这样利用他。

当他心爱的女皇得知这个情况的时候,她会怎么想呢?在所有的龙里,阿莱克斯塔萨最关心低级种族。她曾说过,他们是未来的孩子。

“我别无选择,只能这样,”他咝咝地说。

但如果池塘里的图像是为了不让他忘记罗宁的命运的话，它同样也刺激了法师。他要知道更多的情况。

克拉苏斯在池边鞠了一躬，闭上眼睛，开始集中意念。上次与他最得力的助手联系之后，已经过了很长的时间。如果那个人还活着的话，他肯定知道此刻山里的各种情况。龙族法师脑海里描绘出他要联系的人的形象，然后将自已的意念延伸出去，使出所有力量打开与那人的链接。

“现在听我说话……快听到我的声音……事情紧急我们必须说话……我们快要成功了，耐心的朋友，即将迎来自由和救赎……听我说话……罗姆……”

16

“把他拉起来，”一个野蛮的声音喝道。

粗大的双手粗鲁地抓住不省人事的罗宁的上臂，把他整个人拽了起来。冰冷的水猛地泼到他的脸上，他一下子醒了过来。

“他的手，那一只。”把法师扶起来的人拉住罗宁的左手。有人猛地抓住他的左手，紧紧地扳住他的小指——

伴随着骨头开裂的声音，罗宁发出一声惨叫。他的眼睛猛地张开，映入眼帘是一张老兽人的野蛮的面孔，脸上布满了伤疤。兽人对人类的痛苦没有表现出任何快感，却带着某种不耐烦，就好像他有更重要的事情要去处理一样。

“人类，”这句话听起来像是在骂他。“给你一次活下来的机会，你的同伴在哪儿？”

“我不——”罗宁还没说完突然一阵咳嗽。他仍然能感到伴随小指断裂而来的钻心的剧痛。“我就一人。”

“你把我当成傻瓜了？”兽人咕哝道，“你把耐克鲁斯当成傻瓜了？你还剩几根手指？”说着猛拉断裂的手指旁边一根手指。“你身上的骨头真不少，我要把它们都弄断！”

忍着剧痛，罗宁飞快地转着脑子。他已经告诉兽人他单枪匹马而来，这并没有满足兽人的好奇心。这个耐克鲁斯到底想听什么？是想听有一只军队要入侵他的山头？难道这样他就满意了吗？

当然这样说可能也会帮罗宁留条活命，留得青山在，不怕没柴烧。

他还是不清楚发生过什么，只知道自己虽然小心谨慎，最终还是被死亡之翼给耍了。显然，黑龙是想让法师*暴露目标*。但这又是为何呢？不过显而易见，耐克鲁斯以为他的堡垒里有联盟的士兵到处游荡！

罗宁现在没时间考虑死亡之翼的阴谋诡计，保住自己的小命更重要。

“不！不……求你了……其他人……我不知道他们在哪儿……我们走散了……”

“走散了？我不相信！你是来救她的吧？你来这儿肯定是要救龙族女皇！这就是你的任务，法师！我知道！”耐克鲁斯身体向他探去，呼出的气差一点令罗宁窒息昏倒。“我的间谍都听说了！对吧，克瑞尔？”

“噢，是的，是的，耐克鲁斯大人！我都听到了！”

罗宁抬头望去，想知道兽人身后说话的人究竟是谁，但耐克鲁斯挡在身前，不让他看到那人。不过，通过声音他已经知道那个间谍的身份，这个克瑞尔应该就是他曾听到过说话的那个地精。

“我再问你一遍，人类，你是来解救红龙的，对吧？”

“我们走散——”

耐克鲁斯朝他脸上就是一巴掌，打得罗宁满嘴是血。“再撒谎就再折断你一根手指！你们的军队赶到格瑞姆巴托之前，先派你来这儿解救龙族皇后！你以为这里乱成一团你就有可乘之机？”

这一次罗宁学乖了，说：“是……是的，我们是这么想的。”

“你刚才说了‘我们’！这个词你已经说过两遍了！”兽人指挥官甚为得意地身体仰向后面。负伤的法师这才注意到耐克鲁斯的腿有残疾。难怪这个残忍的兽人会下令执行饲养飞龙的计划，而不是进行一场血战。

“你瞧，伟大的耐克鲁斯？格瑞姆巴托已经不再安全，光荣的指挥官！”克瑞尔大声说道，“谁晓得还会有多少敌人潜伏在错综复杂的隧道中？谁又能知道有黑龙带路，联盟大军什么时候赶到这里？可惜的是，剩下的龙差不多都快到达丹奥加斯！兵力如此匮乏，你根本守不住这座城堡！最好敌人不会在这里找到我们，而不是浪费这么多宝贵——”

“跟我说些我不知道的事情，小混蛋！”他用一根肉乎乎的手指戳了一下罗宁的胸口。“哼，这个家伙和他的战友们来得太迟了！你不会得到龙族皇后和她的后代，人类！耐克鲁斯要先你一步！”

“我没有——”

又一巴掌打在脸上。法师脸上感觉火辣辣的，唯一的好处是让他暂时忘记手指被折断的痛苦。“我把格瑞姆巴托给你，人类，统统给你！愿这里坍塌把你埋葬！”

“耐克鲁斯——你不要……不要再胡言乱语了！”

罗宁的脑袋猛地抬了起来。他知道那个声音，虽然只听到过一次而已。

看守他的几个兽人听到声音，纷纷转过身去，罗宁因此恰好能看到那条被锁链和铁钳牢牢固定住的庞然大物。伟大的龙族皇后——阿莱克斯塔萨几乎无法移动她的身体。她的肢体、尾巴、双翼和喉咙都被牢固地定在那里。她能张开巨大的嘴巴，却无法完全张开，仅仅能用来吃饭和讲话。

她被囚期间受到了恶毒的对待。罗宁见过一些飞龙，多半是红龙，龙的鳞片都散发着金属的光泽。阿莱克斯塔萨的鳞片则显得黯淡无光，许多鳞片似乎都快要掉下来。他仔细打量着她的脸庞，她似乎身体有病。她的眼睛显得黯淡无神，还透出一种不可思议的倦意。

他只能想像她被囚禁所遭受的非人的待遇。万般无奈之下，她产下后代，这些后代接受兽人的训练，为他们的丑陋的事业服务。一旦龙蛋被拿走，她很可能永远都看不到自已的孩子。也许她还会对她的幼崽杀死的生命而惋惜不已……

“你给我闭嘴，大爬虫，”耐克鲁斯咆哮道。他将手伸向体侧一个口袋里，抓起一样东西。

洞里突然涌起一股奇大无比的魔力，罗宁顿时感到全身一阵刺痛。他不知道兽人做了什么，令龙族皇后发出阵阵惨叫，除耐克鲁斯之外所有在场的人都是心惊胆战。

忍着剧痛，阿莱克斯塔萨继续说道：“你——你在浪费能量和——和时间，耐克鲁斯！你是在为——已经——失去的东西而战！”

她发出一声呻吟，最终闭上了眼睛。她的呼吸开始比较急促，突然变得十分微弱，之后又恢复到正常的状态。

“只有祖赫德能命令我，大爬虫，”兽人低声说道，“而他现在远在千里之外。”说着他的手伸出了口袋。同时，罗宁感到的魔力也随即消失。

罗宁曾听到很多传言，讲述部落如何控制这样一个庞然大物，但没有一个版本与他刚才见到的场景吻合。显然，耐克鲁斯的口袋里装着一个具有巨大力量的器物。难道耐克鲁斯真的了解他施展的巨大力量吗？有如此神力，他甚至可以统治整个部落了！

“我们要找到其他人，”耐克鲁斯转身对站在入口的一个守卫说道，“你是在哪里找到那个守卫的尸体？”

“第五层，第三个隧道。”

耐克鲁斯皱了皱眉头，说：“在我们上面？”他盯着罗宁，好像在看一块味道鲜美的牛肉。“是法师的魔法！从第五层开始往上进行全面搜查，不要放过任何一个隧道！他们是从上面进来的！”他丑陋的脸上慢慢露出古怪的笑容。“也许根本不是魔法！托格斯见过狮鹫！没错！一定是死亡之翼赶走托格斯之后，其他人也都赶过来了！”

“死亡之翼——死亡之翼不会帮助任何人——他只关心自己！”阿莱克斯塔萨突然大声叫道，眼睛瞪得很圆，声音中充满了恐惧。罗宁不会责怪她，谁不害怕那个黑色恶魔呢？

“但他现在与人类合作了，”耐克鲁斯说，“托格斯看到他了！”说着他用手拍了拍口袋。“哼，也许我们很快就会与他见面！”

罗宁现在不住地盯着口袋和里面的东西，根据模糊的形状判断，那个东西似乎是个缀饰，或是张圆盘。它到底具有怎样的力量，会让耐克鲁斯相信自己一人就能够对付一身铠甲的巨龙？

“你们想救走所有龙……”耐克鲁斯又把脸转向罗宁，“你们也会得到飞龙……但你和黑龙高兴不了多久，人类！”他把手挥向出口。“把他带走！”

“杀了他？”一个守卫充满希望地问道。

“暂时不用杀他！后面还有话要问他……也许他还有利用价

值！你知道把他带到哪儿！我随后就到，小心他的魔法，别让他跑了。"

两个身体魁梧的兽人拉着他向前走，他们使出了骇人的力量，罗宁感觉他们能把他的胳膊从肩膀上扭下来。他瞥了一眼耐克鲁斯，隐约看到他又转向另一个兽人。

"加快速度！准备好货车！我来对付龙族女皇！一切都尽快准备妥当！"

耐克鲁斯从罗宁的视野里消失了——另一个人出现了。

被兽人称作克瑞尔的地精向罗宁眨了眨眼，就好像两人知道同一个秘密一样。法师刚要张口说话，恶毒的地精摇了摇他硕大的脑袋，笑了一下。他手里紧紧抓着一样东西，那个东西引起了罗宁的注意。

克瑞尔将手滑向背后，在这短短一瞬间，罗宁看到了他手里的东西。

是死亡之翼的缀饰。

当两个兽人守卫将法师拖出指挥官的房间的时候，他终于明白死亡之翼是如何收集了如此多关于格瑞姆巴托的信息。他也明白过来，不管耐克鲁斯有何打算，他跟罗宁一样都是在按照黑龙的*意愿*行事。

虽然对森林和丘陵了如指掌，但温蕾萨不得不承认，从陆地转到地下，她完全无法分辨隧道之间的区别。也许是由于这个原因，他与生俱来的方向感在这里也派不上用场，或许是因为她总是要低头躲闪，因而分心不少。尽管巨怪偶尔会使用这些隧道，但多数隧道还是矮人开凿而成，那是在格瑞姆巴托四周复杂的采矿体系的一部分。也就是说,卢姆、吉姆,甚至福斯泰德都能在隧道里穿行自如,但精灵身材高挑,大部分时间她只能在隧道里躬着身子。她的后背和双腿也因此酸痛不已,但她还是咬紧牙关,不甘示弱,不想让身边坚韧的勇士瞧不起。毕竟,是温蕾萨坚持说要来这里的。

她最后还是开口问道:“我们是不是快到了?”

“快了,马上就到,”罗姆答道。可是,很长一段时间里他都一直这样说。

“这个入口,”福斯泰德思忖道,“怎么又经过这里?”

“这条隧道的终点是一个将我们挖掘的金子运出去的中转站。如果兽人没有将里面的轨道熔化炼制兵器的话,兴许还能看到几条轨道。”

“循着这条路我们能进入山里吗?”

“是的,就算轨道不见了,你还是可以沿着老路回来。那里有一些兽人的守卫,所以此路并不好走。”

温蕾萨想了一下,说:“你还提到过飞龙。它们在我们上面多远的地方?”

“它们不是飞在天上的龙,温蕾萨女士,而是留在地上。这也就是事情变得棘手的地方。”

“在地上?”福斯泰德哼道。

“是的,这些龙或者是翅膀受了伤,或者是不够听话,无法让他们上天。山这一侧应该有两条龙。”

“在地上……”福斯泰德低语道,“会是一场另类的战斗……”

罗姆突然停住脚步,指向前方。“就在那儿,温蕾萨女士!洞口!”

游侠斜着眼睛看过去，虽然有着超常的夜视能力，但她根本看不清那个洞口的位置。

显然，福斯泰德看到了。“太小了。”

“是的，对兽人来说洞口太小，他们认为洞口对我们来说也太小，但里面有个小秘密。”

温蕾萨仍然什么也没看到，只好跟在矮人后面。当他们快走到一个类似死胡同的地方的时候，她才注意到一丝光从上面投了下来。走近几步，有些不解的精灵发现了一处裂缝，大小刚好够她的佩剑穿过，比她的身体小很多。

她低头望向山地矮人的首领，说：“你说这里有秘密？”

“是的！秘密就是你要将这些我们精心摆放的石头移开，才能使裂缝变得足够大，但洞外的人却拿不到石头！从外面看这里只有一块石头，那些魁梧的兽人要想挪走这些石头可要花上大力气！”

“他们知道你们在地下，是吧？”

罗姆的表情严肃起来。“是的，但地上有飞龙，他们一点儿都不怕我们。你进入大山的这条路十分危险。你可一定要先想清楚。我们离他们这么近，却不能干掉这些该死的侵略者，真是痛苦啊……”

不知为何，温蕾萨感到这个矮人首领并没有对她和盘托出。他的话从某种程度上可能是真的，但因为某种原因他的人民没有充分利用这条路线。是不是过去发生过什么，使他们极力逃避这条路？抑或外面真就这么危险？

如果是后者，难道精灵非要冒这个风险吗？

为了罗宁，她早已豁出去了。要不是因为罗宁，她又何必帮忙结束这场没完没了的战争——不过温蕾萨仍然相信自己会找到活着的法师。

“我们开始吧！要将这些岩石移开有什么方法吗?”

罗姆眨了眨眼睛,说:“精灵女士,你必须要等到天黑！要是现在进去的话,你肯定会被发现!”

“但我们可不能等这么久!”温蕾萨不知道自从自己和福斯泰德被巨怪抓住之后已经过了多久,不过可以肯定的是最多只有几小时。

“只要再等一个多小时就行了,温蕾萨女士！现在你可不能轻举妄动啊!”

只要等这么久就行了？游侠看了一眼福斯泰德。

“你已经出来这么久了,”他理解了游侠的意思,回答她道,“再多等一会儿也没关系。”

精灵努力使自己镇定。“好吧。我们就再等一下。”

“好的!”山地矮人的首领击掌叫道,“这样我们就有时间吃饭和休息了!”

温蕾萨由于过度紧张不想吃饭,但几分钟之后她还是接受了吉姆给她的食物。尽管食物不多,但这些为生存而战的矮人还是会同别人分享,这一点说明了他们同志情谊的深厚。这些矮人完全可以在杀死巨怪之后也杀死福斯泰德和她。没有一个外族人能像他们那样充满智慧。

吉姆负责确保每个人都能获得同样分量的食物。罗姆在拿到他那份食物后,慢悠悠地走开了,说查看一下周围的隧道是否有巨怪存在。

福斯泰德狼吞虎咽地吃了起来,显然干肉和晒干的水果很对他的口味。温蕾萨吃得则没有那么起劲,在精灵和人类看来,矮人族的食物并不可口。她明白他们对肉类进行了加工以使肉类保存持久,她还惊讶地发现矮人竟然能在这片贫瘠土地上找到或种植水果,但她敏感的味蕾并没有得到满足。然而,食物总是能填饱肚子,游侠也知道她现在需要能量。

吃完饭后,温蕾萨站了起来,打量了一下四周。福斯泰德和其他矮人已经坐下休息了,但不够耐心的精灵还想四处走走。她扮了一个鬼脸,又想起她的老师倘若在这儿的话,肯定又会说她太像人类了。多数精灵很早就改掉急性子的毛病,但还是有一些精灵一辈子都难改本性。没耐心的精灵最终或是客居他乡,或是执行以他们的人民为名义的差事而四处游荡。也许办完这件事情之后,她会选择两条路中的一条,没准还会造访达拉然。

值得庆幸的是,这里的隧道要比之前穿过的许多隧道都高很多。基本上,精灵不用怎么弯腰就能穿过这些石头通道,甚至有时还可以站直身子。

突然,前面某个地方传来了含糊不清的说话声,她立刻停了下来。游侠不知不觉中已经走了很长一段路,说不定已经进入巨怪的领地。温蕾萨小心谨慎,生怕弄出半点声响,她抽出佩剑,慢慢地向前挪动着步子。

声音不大像是巨怪发出来的。越往前走,她越感觉自己认识说话那人——但这是怎么回事?

“——这没用的,老大哥!我没想过你会想让他们了解你!”那人顿了一下,又说,“是的,有个面容娇美、身段不错的精灵游侠,就是她。”又顿了一下,接着说,“另一个?是来自艾瑞峰的野蛮人。他说巨怪逮住他们的时候,他的坐骑逃走了。”

温蕾萨侧耳细听，却怎么也听不到另一个说话的人的声音，但她至少已经知道说话那人是谁。是她非常熟悉的一个山地矮人。

罗姆。也就是说，他说要搜查一下隧道的话是假的。但与他说话的人到底是谁？温蕾萨又为何听不到他的声音呢？这个矮人难道疯了吗？他难道是在自言自语吗？

罗姆现在不怎么说话，偶尔会表示他明白沉默不语的同伴说什么。冒着被发现的危险，温蕾萨慢慢移向矮人的声音传来的通道。她身体探向前方，用一个眼睛向他望去。

罗姆坐在一块石头上，低头盯着他掬起来的手掌，手掌里射出淡淡的红光。温蕾萨斜着眼睛，想看清他手里拿的是什么东西。

虽然有些困难，但她还是看到一个小巧的缀饰，缀饰中央似乎是块宝石。虽然不是罗宁那样的法师，温蕾萨还是能认出那个缀饰蕴含着魔法。伟大的精灵长老常常使用类似的缀饰与其他长老或他们的仆人联络。

与罗姆说话的会是哪位法师呢？人们都知道矮人不喜欢魔法，他们自然也不喜欢法师。

如果罗姆与法师保持联系，而且还为这个法师做事，为什么他和手下的人还在地下隧道里游荡，希冀将来能在地面上自由行走呢？这个伟大的法师应该已经为他们做了什么事情。

“*什么？*”罗姆突然叫道，“在哪里？”

他飞快抬起头，目光直接转向她。

温蕾萨连忙退到后面，但她知道自己反应得太迟了。周围虽然很黑，但矮人首领还是看到了她。

“我看到你了，出来吧！”他叫道。正在她拿不定主意的时候，罗姆又说：“我知道是你，温蕾萨女士……”

知道躲下去也没用,游侠走了出来。她没有把佩剑插回鞘中,因为她不知道罗姆是否已经被判他的人民,更别说背叛她了。

他不无失望地望着她。“我走了很远,还以为在这儿能避开精灵的灵敏的耳朵!你来这儿干吗?”

“我本不想偷听,罗姆。我只想随便走走。但你却留下了很多问题……”

“这事跟你没关系——什么?”

缀饰中央的宝石突然闪了一下,两人都吓了一跳。罗姆脑袋微微撇向一边,似乎是在听那个人说话,但看得出来他并不高兴听到他的话。

“这样做是否妥当——好的,听你的……”

温蕾萨握紧手中的宝剑。“你在跟谁说话?”

出乎她的意料,罗姆伸手要把缀饰给她。“他会亲自告诉你的。”看到她没有伸手,他又说:“他是朋友,不是敌人。”

精灵一手持剑,伸出另外一只手,小心翼翼地抓着那个缀饰。她还以为缀饰会给她猛烈一击,或发出灼热的火焰,但缀饰摸起来却十分冰凉,没有对她造成任何伤害。

你好,温蕾萨·风行者。

这句话在她脑中回响不绝。温蕾萨险些没有抓住缀饰,倒不是因为声音吓了她一跳,而是说话的人竟然知道她的名字。她瞥了一眼罗姆,他的眼神似乎是在鼓励她说话。

你是谁? 游侠心里问道,将她的意念发向那个隐身的说话人。

什么也没发生。她又看了一眼矮人。

“他跟你说什么了?”

“他的话都传到我脑子里了。我也是这样回答的,但他却没有任何反应。”

“你要对着缀饰说话！他会听到你的声音。他对你说话的时候也是如此。”他的表情有些无奈。“我不知道为什么会这样，但事实就是如此……”

把目光重新转向缀饰，温蕾萨又试了一次：“你是谁？”

你认识我，是我写信给你的导师。我是肯瑞托的克拉苏斯。

克拉苏斯？就是他让精灵族派温蕾萨负责把罗宁送到海边。她对他了解不多，只知道她的导师收到他的请求之后充满敬意地进行了回复。温蕾萨知道很少有人会让精灵长老如此尊敬。

“我知道你的名字。你也是罗宁的担保人。”

对方一阵沉默。如果游侠没猜错的话，沉默中带着某种*不安*。

我对他的这次行程负有责任。

“你知道他可能会成为兽人的阶下囚？”

是的，但我不是有意如此。

不是有意为之？温蕾萨感到一股无明之火猛地蹿上心头。还说不是有意的？

毕竟他的任务不过是侦察敌情而已。

精灵早就不相信这个说法了。“在哪里侦察？格瑞姆巴托的地窖？还是你没有言明的原因，他要与山地矮人见面呢？”

又是一阵沉默，接着传来了法师的声音，*年轻人，情况远非你想得那么简单，现在变得更加复杂。比如说，你的出现并不没有列入我计划。在港口的时候你就应该原路返回。*

“我已经发过毒誓。我的誓言在洛丹伦海岸之外仍然有效。”

站在一旁的罗姆这时显得有些不解。因为无法跟法师通话，他只能凭空臆测克拉苏斯说的话，还通过温蕾萨的回答给他的暗示来判断。

罗宁是……幸运的,克拉苏斯终于说道。

“如果他还活着,”她几乎是脱口而出。

法师又陷入一阵沉默。他怎么会这样？他根本不关心罗宁的命运。温蕾萨对法师十分了解,包括人类法师和精灵法师,她很清楚如果有机会的话,他们会互相利用。她唯一感到惊讶的是,聪明老道的罗宁竟然着了克拉苏斯的道。

是的……如果他还活着……又是一阵沉默……*我们就应该商量一下怎样才能把他救出来。*

他的回答让她十分惊讶。她没想到他会这样做。

温蕾萨·风行者,听我说。因为担心更重要的事情,我在判断上有些失误,罗宁的命运就是一个例子。你想找到他,是吧？

“是的。”

就算要到兽人的堡垒里？一个飞龙横行的地方？

“是的。”

能有你这样一个战友是罗宁的福气……我希望他现在还能这么幸运。我会尽力帮你找到他,不过你可能会遇到一些危及你的生命的危险。

“当然,”精灵皱了皱眉头,答道。

请你把缀饰还给罗姆。我要跟他说几句话。

温蕾萨早就想摆脱法师的缀饰,遂立即将它还给了矮人。罗姆接了过去,盯着缀饰中间的宝石。他不时地点点头,但看得出克拉苏斯说的话让他心烦意乱。

终于,他抬头望向温蕾萨。“如果你真觉得有必要……”

她知道他这句话是说给法师听的。没多久,宝石的光芒慢慢暗了下去。一脸不快的罗姆将缀饰递给精灵。

“这是干什么?”

“他想让你保管。拿着！他有话要跟你说!”

温蕾萨将缀饰拿了回来。克拉苏斯的声音又一次出现在她的头中。*罗姆告诉你,我想让你拿着这个东西?*

“是的,但我不想——”

你还想找到罗宁吧?还想救他吧?

“是的,可——”

我是你唯一的希望。

照她原本的脾气,她肯定会与他争论几句,但游侠知道她现在需要别人的帮助。光靠福斯泰德,她成功的几率十分渺茫。

“好吧。我们怎么办呢?”

将缀饰挂在脖子上,跟罗姆回到其他人身边。我会领着你和你的矮人同伴进入大山……领你们去最可能找到罗宁的地方。

他没有把她需要的所有东西都给她,但这已经足够了。温蕾萨将缀饰的链子套在头上,把缀饰贴在胸口。

我只要想跟你通话,你都会听到我的声音,温蕾萨·风行者。

罗姆从她身边走过,开始原路折回。“走吧,不要浪费时间了,精灵女士!”

她立刻跟了上去,克拉苏斯继续对她说道,*不要向任何人谈及这枚缀饰的用途。没有我的允许,不要跟别人乱说话。现在只有罗姆和吉姆知道我的角色。*

“什么角色?”她不由低声问道。

努力为我们大家留住一个未来。

精灵想了想这句话,没有吭声。她还是不能相信法师,但她别无选择。

克拉苏斯也许知道了她的想法，随即又说，*我跟你讲，温蕾萨·风行者。你可能认为我让你做的事情并不符合你或你关心的人的最佳利益，但请相信我是出于好意。你并不明白，前方充满了艰险，你独自一人根本无法面对。*

*难道你自己已经明白了吗？*温蕾萨心里思忖道，知道克拉苏斯听不到她心里的想法。

离太阳下山还有一段不长的时间。我现在必须要处理一件重要事情。不要离开隧道，等我的命令。温蕾萨·风行者，我先说这些，再见。

还没等她来得及抗议，他的声音已经消失了。游侠低声咒骂了几句。她已经接受法师的帮助，她现在就必须听从他的指挥。温蕾萨不喜欢将自己的生命——更不用说福斯泰德的生命——让一个法师来控制，他却在安全而遥远的塔楼里发号施令。

更可怕的是，温蕾萨竟然把大家的性命交给派罗宁进行疯狂之旅的那个法师……他似乎对罗宁撒手不管，眼睁睁地看着他死去。

17

在兽人警卫送罗宁去监牢的路上，他身子一软，又一次不省人事。不可否认，一路上他都是在兽人警卫的搀扶下向前走着，但他们却利用一切机会击打他的身体，或狠狠地扭他的胳膊两下。与他昏过去的时候他们在他身上制造的疼痛相比，手指断裂之痛就算不了什么了。

法师最终还是醒了过来，睁开眼睛却看到一个燃烧着火焰的脑袋，脑袋上长着两个黑洞洞的眼窝，正不怀好意地朝他微笑。

罗宁吓得魂飞魄散，出于本能想扭过身子，躲开这个恐怖的家伙，突然感到全身一阵剧痛，这才发现自己的手腕和脚踝已经被镣铐紧紧束缚住了。不管怎么用力，他都无法摆脱不远处可怕的恶魔的逼视。

恶魔站在那里却纹丝不动。罗宁渐渐不再恐惧，开始仔细打量静静站着的怪物。怪物比罗宁高大许多，长得熊腰虎背，身上的盔甲好似燃着火焰的骨头。罗宁之所以感觉对方笑容里透着一股邪气，实际上是因为它脸上都是骨头，没长一丝肉。它身上燃着火焰，但法师却感受不到任何热度。但他怀疑如果怪物燃烧的双手碰到他的话，滋味一定很不好受。

罗宁不知如何是好，只好开口问："你是什么——谁？"

对方没有回答。除了身上摇曳的火焰之外，怪物还是一动不动。

"你听到我说话了吗？"

还是没有反应。

法师现在已经不像之前那么害怕，他心中充满了好奇。罗宁身上满是锁链，竭力向前倾斜身体。他努力前后移动一条腿。对方还是没有反应，面对他摆来摆去的腿，它的脑袋甚至动也不动。

这个外表恐怖的家伙与其说是个活物，倒不如说是尊雕像。虽然外表凶神恶煞，但它绝不是恶魔。罗宁研究过傀儡，却从未亲眼见过，更别说是裹在火焰中的傀儡了。不过，他不觉得对方有多么了不起。

法师皱了一下眉，想知道这个傀儡到底有多大本领。实际上，他只有一个办法才能查明真相……而且，法师也必须逃离这里。

忍住身上的伤痛，罗宁开始微微活动剩下的手指准备施展咒语，他祈祷咒语能干掉这个可怕的哨兵——

全身冒火的傀儡行动异常敏捷，猛地向前伸出手，紧紧抓住罗宁那只残废的手。

一股灼热的火焰吞噬了罗宁，不过是在他体内烧了起来，烧灼着他的*灵魂*。罗宁一声惨叫，接着又是一声。他惨叫连连，声嘶力竭，直到叫不出声为止。

迷迷糊糊中，他的脑袋耷拉下来，他只希望体内的火焰若不能熄灭还不如立刻了结他的生命。

这时，傀儡把手收了回去。

他体内的火焰慢慢熄灭了。喘着粗气，罗宁竭力抬起了头，看着可怕的哨兵。傀儡回望着他,脸上带着古怪的嘲讽的表情,对罗宁遭受的折磨无动于衷。

“该——该死……”

这时,远处突然传来一阵熟悉的咯咯的笑声,法师顿时感到不寒而栗。

“调皮,调皮!”那人尖声叫道,“玩火自焚!你是在玩火自焚!”

罗宁脑袋歪向一边——小心翼翼地,当他发现可怕的傀儡没有任何反应更是胆小谨慎。入口处站着被耐克鲁斯称作克瑞尔的瘦长地精,罗宁知道这个地精是死亡之翼的爪牙。

实际上,克瑞尔手里现在还拿着镶着黑色水晶的缀饰。法师对这个地精的高傲自大十分惊讶。耐克鲁斯肯定会纳闷他的奴仆为何还拿着罗宁的缀饰。

克瑞尔发现罗宁在看缀饰,便开口说道:“耐克鲁斯主人没见过你身上这个缀饰,人类。我们地精总是会捡一些小玩意!”

这肯定不是原因所在。“他太忙了,没时间留意那个东西吧?”

“聪明,人类,太聪明了!就算你告诉他,他也不会相信!可怜的耐克鲁斯主人,他脑子里的事情太多了!你知道的,转移巨龙和龙蛋可是个不小的工程!”

傀儡对克瑞尔的出现并没有作出反应,罗宁对此并不吃惊。除非地精想救走他,否则傀儡不会对克瑞尔怎么样。

“那么你是死亡之翼的人……”

地精突然皱了一下眉,说:“我服从他的差遣……没错,已经很长一段时间了……”

“你为什么来这儿?我不是已经完成死亡之翼的任务了吗?我不是被他玩弄于股掌之间了吗?”

不知为何,克瑞尔听了之后十分开心,笑得合不拢嘴。“没有比你再傻的人了,因为你不仅仅是被黑龙戏弄了。我也把你耍弄了,人类!”

罗宁几乎无法相信他的话。“这怎么可能?地精,我怎么会为你做过事?”

“跟你对黑龙做的事差不多,基本一样——黑龙觉得地精地位卑贱,没有思想,随随便便就会为别人做事!”克瑞尔的声音里充满了怨恨的口吻。“我为他做了太多事情,我已经受够了!”

罗宁不由眉头紧蹙。难道这个疯狂的地精要做的事情与罗宁想的一样?“你是打算背叛黑龙吧?你想怎么做呢?”

地精快活地跳了起来。“可怜的耐克鲁斯主人竟会落了个如此下场!有飞龙要迁移,有龙蛋要搬走,还要指挥满身臭味的兽人在四周巡逻!他从不考虑这样做别人会怎么想!他可能也考虑了很多,但现在联盟铁定要从西面杀将过来,所以他没时间再去操心其他事情!必须尽快行动!你知道,要像个兽人那样!”

“你在胡说八道……”

“傻瓜!”地精又是一阵大笑,“你给我带来了这个!”他举起手中的缀饰,故意地皱了一下眉头。“掉到地上摔坏了——死亡之翼大人肯定会这样想!”

罗宁看到克瑞尔拼命地抠着缀饰中央的宝石。没多久,宝石一下子落到地精的手里。他拿着宝石给罗宁看。“有了这个东西——死亡之翼就不复存在了……”

罗宁几乎不敢相信自己的耳朵。“死亡之翼就不复存在了?你想用宝石干掉他?”

“或者让他为克瑞尔做事!是的,也许他能为我服务。”说着眼睛射出仇恨的光芒。“……不用再拍马溜须！不用再被他差来遣去，低人一等地活着！这件事我已经酝酿了很久，经过了精心策划，一直在等待他最不堪一击的时刻！”

他说得起劲，自己都陶醉其中，这时法师突然问道：“怎么实现呢？”

克瑞尔退到入口处。“耐克鲁斯会给我提供机会，而他自己却浑然不知……至于这个东西呢，”他说着将宝石扔到空中，再用手接住。“这是黑龙大人身体的一部分，人类！他用魔法将一片鳞片变成了宝石！要使缀饰发挥作用，他只能这样做！你知道拥有龙的鳞片意味着什么？”

罗宁脑子飞快地思索。“拥有巨龙身体一部分就等于是拥有他们的力量。不过，这种事情可从未发生过！要想成功，你自己先要有巨大的魔力！哪里——”

傀儡对他的激动情绪作出了反应。它张开了可怕的大嘴，都是骨头的手伸向罗宁。法师随即僵在那里，大气不敢喘一口。

冒火的傀儡突然停住，但伸出去的手并没收回去。罗宁继续屏住呼吸，心里暗暗祈祷凶残的傀儡不要再找他的麻烦。

克瑞尔望着窘迫的罗宁不由吃吃地笑道：“你现在忙得不亦乐乎啊，人类！既然如此，就不再打搅了！我不过是想找你分享我的荣耀——你这个行将就木的家伙！”地精跳着离开山洞，“该走了！耐克鲁斯还需要我指路，是的，他肯定需要！”

罗宁憋了很久，终于坚持不住。他长呼一口气，希望犹豫不决的傀儡能最终放过他。

他只是一厢情愿而已。

傀儡把手伸向他——火焰又一次在罗宁体内燃烧起来，所有关于奸诈的克瑞尔的想法顷刻间消失不见。

暮色已经降临，有些姗姗来迟，但对温蕾萨来说则有些太快了。她听从了克拉苏斯的命令，没有跟别人谈起她身上的缀饰的用途。在罗姆的提醒下，她将缀饰小心翼翼地藏在衣服里面。她身上的旅行披风虽已是破烂不堪，但还是能挡住缀饰的大部分，不过如果仔细看的话，还是能看到她脖子上的链子。

两人回去不久之后，罗姆将吉姆叫到一边，小声地说起话来。精灵注意到他俩都朝她看了一眼。罗姆显然是想将克拉苏斯的新的决定转告他的副官，根据吉姆的阴郁的表情判断，吉姆和他的首领一样并不喜欢这个决定。

穿过小洞的光线一消失，矮人们就开始有条不紊地搬运起石头。温蕾萨不明白为什么搬走每一块岩石都要严格按照顺序进行，但矮人们却坚决这样做。她最后退到了后面，试着不想被浪费的时间。

就在最后一块石头被移走的时候，克拉苏斯法师的声音突然在她脑海中响起，声音听起来有些憔悴。

出口……打开了吗，温蕾萨·风行者？

她赶紧转身背向其他人，假装咳嗽，小声嘀咕道：“刚刚打开。”

你可以继续前进了。出去之后，把缀饰从你藏的地方拿出来。这样我就可以看清你身前的情况。等你和那个艾瑞峰矮人出了隧道，我再跟你联系。

等她再转回身的时候，福斯泰德已经走到她面前。“你准备好了吗，精灵女士？我感觉，这些山地矮人希望能尽快摆脱我们。”

罗姆这时已经站在出口处，他不耐烦地挥手让两人爬到外面。

温蕾萨和福斯泰德急忙从他身边走过，奋力向宽大的洞口爬去。游侠向上爬的时候，一只脚没有踩准滑了一下，险些掉下去，但她最终还是紧紧抓住了墙壁。在她头顶，洞外的风似乎向她发出了召唤。她一点儿都不喜欢地下的世界，希望永远别再回到那里。

福斯泰德先爬到了上面，接着伸下强壮的手臂帮她。没费多少力气，他就把她拉到了他的身边。

两人刚一爬出洞口，地下的矮人们就忙不迭地用石头添堵洞口。温蕾萨刚刚搞清楚自己的位置，洞口就已经小得几乎看不见了。

"我们现在怎么办?"福斯泰德问，"沿着那座山爬上去?"

他用手指了一下山脚，虽然已经是夜晚，他们还是能看到大山最初几百英尺高的地方的石头表面。精灵认真地打量着四周，还是看不到有什么洞口，这让她为了难。罗姆可是向她保证他们出洞不久就会看到洞口。

温蕾萨转身低头呼唤罗姆的名字，却发现地上的洞口已经不见。她跪在地上，将耳朵凑近地上狭小的缝隙，却什么声音也听不见。

"忘了他们吧，精灵女士。他们肯定已经藏起来了。"福斯泰德的话里充满了对山地矮人的蔑视。

精灵点了点头，突然想到了克拉苏斯的指示。她把披风脱下放到一边，然后掏出缀饰，将其放在胸口的位置。温蕾萨猜想法师应该能看清黑暗中的事物，不然他根本帮不上什么忙。

"那是什么?"

"帮助……希望如此。"克拉苏斯警告过她不要告诉任何人，但他肯定不希望她使福斯泰德疑神疑鬼。如果她现在自言自语的话，矮人肯定会认为她疯了。

我能看清一切，法师突然说道，吓了她一跳。*谢谢你。*

“怎么了？你刚才怎么跳起来了？”

“福斯泰德，你知道肯瑞托派罗宁执行任务对吧？”

“是的。那又怎么了？”

“这枚缀饰就是来自选派他执行任务的那个法师，罗宁的一个任务就是要进入这座山峰。”

“为什么？”他的声音显得十分平静。

“我也不是很清楚。说到这个缀饰，一个叫克拉苏斯的法师可以通过它跟我说话。”

“但我什么也没听到。”

“没办法，缀饰就是这样。”

“典型的法师的伎俩，”矮人说，声音里透着与他评价山地矮人的缺陷时一样的嘲讽。

你最好继续走，克拉苏斯突然说道，*正如常言道的那样，时间最重要。*

“是不是又发生了什么事情？你怎么又跳了一次！”

“就像我刚才说的，你听不到他的声音，但我可以。他要我们继续前进。他说他能给我们指路！”

“他能看见这里？”

“通过这块水晶。”

福斯泰德走到缀饰跟前，用手指戳了一下水晶。“我以艾瑞峰的名义发誓，你要是敢耍我们，我变成厉鬼也要缠着你，法师！我可是说到做到！”

告诉矮人我们有着共同的目标。

温蕾萨对福斯泰德重复了一遍这句话，矮人老大不情愿地表示接受。精灵也有自己的想法，只是没说出来而已。克拉苏斯刚才说他们有着“共同的”目标。这并不意味着，他们是同路中人。

心里虽这样想，但她还是听从了克拉苏斯的命令，因为她想至少他能帮他们进入洞中。起初，他的指示似乎有些怪异，因为他们一直在绕着山峰转圈，为此花掉了很长的时间。后来，法师把他们引向了一条好走一些的路，沿着这条路他们很快来到一个高大而又狭窄的洞口前。温蕾萨猜想面前这个洞口应该是进山的入口了。如果不是，她肯定要和这个可疑的法师理论一番。

这是矮人曾经用过的矿道，克拉苏斯说，*兽人以为这里走不通。*

温蕾萨在黑暗中费力地盯着洞口看。“如果这个洞口能够通向山中，那么罗姆和他的人民为何不利用呢？”

因为他们一直都在耐心地等待。

她刚想问他们在等什么，这时福斯泰德猛一把抓住她的胳膊。

“快听！”矮人对她低声道，“有人来了！”

他们随即躲到一块岩石后面，险些暴露了自己。一个可怕的黑影大步向洞口走来，不时发出嗞嗞声。温蕾萨看到一个龙的脑袋在四处打量，红色的眼睛在黑暗中泛着微光。

“终于知道那些矮人为何不走这条路了，”福斯泰德咕哝道，“他们知道世界上没这样的好事！”

龙的脑袋突然绷紧，猛地转向两个人站的位置。

你们不能说话。龙的听觉十分灵敏。

精灵用不着再将法师的话说给矮人听。她紧握佩剑，看到庞然大物向两人藏身的地方走了几步。这条龙虽然不如死亡之翼那么硕大,但足以轻松将她和福斯泰德吞进肚里。

龙的翅膀突然在脑后伸展——凭借夜视能力,游侠看到龙长着一对畸形的羽翼。难怪这条龙会为兽人做看门狗。

兽人骑士在哪儿呢?兽人从不会撇下巨龙不管的,就算它身体有缺陷,永远也飞不上天。

说曹操曹操就到,突然传来了兽人尖利的叫声。从后面很远的地方出现了一个火把,渐渐地精灵发现火把是被一个体形魁梧的兽人拿在手里。他另一只手握着一把剑,剑身几乎和温蕾萨一样长。兽人对龙大喊了几句,而龙则愤怒地不停发出咝咝声。兽人又重复一遍同样的指令。

就在这时,缀饰中央的宝石突然放出强光,一下子将岩石周围照得通亮。

"快挡住光!"福斯泰德急忙低声道。

游侠连忙用手遮住光,但为时已晚。不仅那条龙转向了他们,而且兽人也作出了反应。火把和宝剑举在身前,兽人开始向他们藏匿的地方冲去。红色巨龙则悄悄地潜伏在后面,随时准备行动。

取下脖子上的缀饰,克拉苏斯命令道,*准备把它向那条龙扔去。*

"可是——"

照我说的做。

温蕾萨飞速摘下缀饰,拿在手里,准备就绪。福斯泰德瞥了一眼同伴,什么话也没说。

兽人已经离他们越来越近。对付他一个人就已经很难,再加上那条龙的话,游侠和同伴根本没有成功的希望。

让矮人出去,暴露自己。

“他想让你到外面去，福斯泰德，”她低声说，也不知道自己怎么愿意让矮人做这种蠢事。

“他是不是想让我走进龙的嘴里，或是躺在龙的前面，让他不费力气把我吃掉？”

没时间了。

她又一次重复了法师的话。福斯泰德眨了眨眼睛，深吸了口气，点了一下头。暴风锤拿在手里，他绕过温蕾萨，从掩护他们的岩石边走了出去。

巨龙一声咆哮。兽人哼了一声，长着獠牙的大嘴会心地一笑。

“矮人！”他吼道，“终于出来了！你是活腻了吧！扎拉斯兹这下有吃的了！他一直都饿着肚子！”

“是你们找死，混蛋！我在这儿感到有点凉了！砸烂你的脑袋可以让我的身体暖和暖和！”

兽人和巨龙快步向他冲去。

现在把缀饰扔向那条龙。一定要扔到他嘴巴附近。

这个命令听起来十分荒唐，温蕾萨起初都不敢相信自己的耳朵。这时她突然想也许克拉苏斯会通过缀饰施展法术，至少能搞定这头野蛮的巨龙。

现在就扔，不然你的朋友就没命了。

福斯泰德！游侠跳将出来，把兽人和巨龙都吓了一跳。她飞快地瞥了一眼兽人，然后瞄准龙的嘴巴扔了过去。

巨龙向前伸着脖子，准确无误地一口咬住了缀饰。

温蕾萨见此情景不由骂了几句。克拉苏斯肯定没有料到结果会是这样。

可是，奇怪的事情发生了，三个人都停下了脚步。巨龙没有吞下缀饰也没有把缀饰扔到一边，而是站在那里一动不动，脑袋扬了起来。他的嘴里突然冒出一片红光，但红光似乎没有对龙造成任何伤害。

令三人不解的是，巨龙竟然*坐了下来*。

兽人对此十分不满，朝巨龙发出了命令。巨龙似乎没有听到他的话，而像是在聆听发自远方的另一个声音。

“你的猎狗找到了好玩的玩具，兽人！”福斯泰德嗤笑道，“看起来这次你要靠自己了！”

说时迟那时快，兽人猛地将火把向前一捅，差点把矮人的胡须点着。福斯泰德立刻破口大骂起来，抡起暴风锤，狠命砸了过去，差一点砸到兽人伸出来的手臂。兽人也趁机一剑刺去。

温蕾萨站在那里有些为难。她想帮福斯泰德，却害怕巨龙什么时候摆脱这种怪异的糊涂状态，赶来帮他的主人。如果发生这一幕的话，必须要有人准备好面对巨龙。

矮人和兽人打得是难解难分，火把、宝剑与暴风锤纠缠在一起。兽人拼命想把福斯泰德往后面逼，显然是希望矮人在不平的地上绊倒。

精灵又看了一眼巨龙。他的脑袋仍然撇向一边，他张着眼睛，似乎是在看别的地方。

鼓起勇气，温蕾萨转身背对巨龙，赶去营救福斯泰德。就算巨龙偷袭他们的话，她也顾不上那么多了。她不能让同伴冒着被杀的危险。

兽人感到旁边有人扑了过来，在她挥剑向他刺去的时候，他突然将火把抡了过去。火把擦着温蕾萨的脸撇了过去，把她吓了个半死。

在她赶来之后，兽人就不得不同时对付两个人，他试图用火把烧精灵的时候，自己也露出了破绽。福斯泰德绝不会放过这个机会，铁锤猛砸了过去。

兽人随之一声惨叫，声音几乎盖过了他的骨头断裂的声音。宝剑从兽人颤抖的手中滑落。铁锤击中了肘部，整个胳膊也因此报废。

又痛又恼之下，残废的兽人用火把击中了福斯泰德的胸部。矮人向后几个踉跄，奋力扑打胡须和胸上燃着的火焰。残忍的兽人想要继续进攻，却被精灵挡住了。

“精灵！”他咆哮说，“我也烧死你！”

兽人手臂长度远远超过精灵手臂的长度。兽人向她挥了两次火把，温蕾萨都躲了过去。她必须尽快结束战斗，不然兽人早晚会击中她。

当他又一次将火把向她抡去的时候，她把目标改为夺下火把。为了获得成功，她必须使自己离火焰很近，这会使她身处险境。看到这一幕，兽人露出了得意的笑容。

说时迟那时快，她一剑刺中了火把，将其从惊讶不已的兽人手里打掉。这个结果远远超出了她预期的效果，温蕾萨跟着向前倒。

火把正好击中兽人的脸部。他痛得发出一声惨叫，将火把扔到一边。他的眼睛、鼻子，以及上半边脸都被烧伤。他的双眼已经失明。

温蕾萨心中有些愧疚，但她知道绝不能让他大叫出声音，她迅速一剑刺穿了瞎眼的兽人的身体，惨叫声也随之戛然而止。

“以艾瑞峰的名义！”福斯泰德突然说道，“还以为自己就这么完了！”

精灵惊魂未定，结结巴巴地说："你——你——没事吧？"

"蓄了多年的胡子就这么没了，真是无比痛心，但胡子还会再长出来的！那条龙现在怎么样？"

巨龙现在已经趴在了地上，好像准备睡觉。缀饰还在他的嘴里，但他们扭头看他的时候，他轻轻地将缀饰吐到他的面前，望着他们，似乎希望他们有人将它拿走。

"他是不是想让我们拿走，精灵女士？"

"应该是这样…… 我知道这是谁的主意。"她说着向那个满脸期待的巨龙走去。

"你真要捡那个东西啊？"

"我别无选择。"

在游侠走近的时候，巨龙低头望着她。据说龙在黑夜里看得很清楚，对味道也非常敏感。与龙距离这么近，温蕾萨想逃也逃不了。

她抓着风衣的边际，小心翼翼地捡起了缀饰。缀饰在龙的嘴里含的时间很长，上面满是龙的口水。精灵感到一阵恶心，捂着鼻子，将缀饰上的口水擦掉。

正在这时，缀饰上面的水晶突然冒出了幽幽红光。

前路的障碍已经排除，传来克拉苏斯单调的声音，*继续快速赶路，不要等别人来。*

"你都对这个怪兽做了什么？"她咕哝说。

我跟他说了几句话。他现在明白了一切。快走。还会有其他人来的。

巨龙明白了他说的话？温蕾萨还有问题想问法师，但她知道对方现在无法给她一个满意的答复。不过，他已经完成了一项不可能完成的任务,她还是要谢谢他。

她重新将链子套在脖子上,让缀饰悬在胸前。游侠对福斯泰德说道:“我们继续前进。”

矮人看着巨龙不解地摇了摇脑袋,跟了上去。

克拉苏斯最终还是实现了他的诺言。他引导他们穿过被遗弃的矿道,最后领着他们走过一个通道,温蕾萨绝不会想到这个通道会通向山中的堡垒。两人必须要爬上一端狭小而危险的侧道,最终来到一个宽大的地下山洞的高处。

山洞里到处都是忙碌的兽人。

从他们潜伏的岩石上望去,兽人正在打理包裹,将货物装进箱中。洞里一侧有一个兽人骑士领着一条小龙练习走路,还有一个兽人似乎准备马上离开。

“看起来他们是要离开这儿了!”

她也是这样想的。她身体前倾,想看得更清楚些。

成功了……

克拉苏斯说话了,但温蕾萨立刻从他的口气里听出他只是在自言自语。很可能他都不知道自己说了些什么。难道他就打算让兽人离开格瑞姆巴托?她虽然惊讶于克拉苏斯驯服巨龙的本事,但她不相信他还有这么大的能耐。

准备飞走的龙突然向主洞口走去。他的主人做好准备,准备起飞。与战争的飞龙不同,这条龙身上装满了物资。

她又把身体靠到后面,思忖了起来。兽人遗弃格瑞姆巴托向联盟传递了很多信息,也留下了太多的疑问。如果他们离开这儿,罗宁对兽人还有什么利用价值呢?他们肯定不会将敌军的法师带在身边。

他们是否真地想将所有龙都转移呢？

她在等待克拉苏斯给他们下达新的指令，奇怪的是法师却沉默不语。温蕾萨四下张望，想知道哪条路可以使他们最快地找到囚禁罗宁的地方……前提是他还活着。

福斯泰德拍了一下她的肩膀。“快瞧那儿！看到他了吗？”

她随着他的目光望去，看到一个地精。地精正沿着另一个山洞岩石壁架，疾步向他们左边远处一个洞口跑去。

“是克瑞尔！就是他！”

温蕾萨也认出了他。“看起来，他对这里的地形十分了解！”

“是的！这就是他为何能领我们去他们的盟友巨怪那里！”

但为什么克瑞尔不让兽人抓住他们呢？为何将他们交给阴险的巨怪呢？兽人们肯定有很多问题想问他们。

一切都是猜测。她的脑子里突然冒出了个主意。“克拉苏斯！你能告诉我们怎样才能到地精去的那个地方吗？”

她脑子里没有任何声音。

“克拉苏斯？”

“怎么了？”

“法师没有回应。”

福斯泰德哼道；“就是说，我们现在只能靠自己了？”

“似乎是这样。”她站直了身子。“瞧那边的岩石架。我们从那儿走可以去我们想去的地方。隧道之间肯定是连通的。”

“那么我们就自己去，不管法师。这样更好。”

温蕾萨神情严峻地点头说：“好的，我们自己去，不管法师了，但有克瑞尔陪我们。”

18

太慢了。他们动作太慢了。

耐克鲁斯气不打一处来,猛推了一把一个苦工,催促这个没用的低级兽人赶紧工作。苦工吓得身体一缩,扛着货物匆匆离开了。

低级的兽人除了能做些杂活之外,其他一无是处,而耐克鲁斯现在发现他们连最简单的工作都做不好。为了能在天亮前准备就绪,他不得不战士们与苦工一起加班工作。耐克鲁斯实际上考虑过在夜深人静的时候离开,他可不想拖到第二天,但这已经无法实现。随着日子的一天天过去,入侵者的威胁就越来越大。他的侦察兵对事实还是熟视无睹,坚称他们至今没有发现先头部队的迹象,更不用说一只浩浩荡荡的军队了。事实上,已经有人发现联盟的狮鹫骑士,一位法师进入了山中的隧道,最可怕的飞龙正在为敌军做事。侦察兵没有看到他们,并不意味着人类及其盟友还没有接近格瑞姆巴托。

耐克鲁斯急着想让兽人仆役明白情况的紧急,没有发现他的爱将已经来到他身边。听到有人清了清嗓子,耐克鲁斯才意识到身边有人,他随即转过身。

“有话快说,布洛格斯!你为何鬼鬼祟祟地跟那些混蛋一样?”

身体粗壮的年轻兽人扮了个鬼脸。他的獠牙是顺着嘴角向下长的，因此一皱眉头就显得冷酷许多。“那条雄龙……耐克鲁斯，我感觉他快不行了！”

又是一条坏消息，而且是最可怕的消息。“快去看看！”

他们疾步赶去，布洛格斯小心翼翼地跟在耐克鲁斯后面，尽量不让首领意识到他身体的残疾。不过，还有其他事情令耐克鲁斯感到烦恼不已。为了继续获得飞龙，他需要一条雄龙和一条雌龙，哪一个都少不了。缺一个，他就什么也没有了……祖赫德知道了准不会高兴的。

他们最后来到一个山洞，里面住着阿莱克斯塔萨的年纪最大、也是唯一健在的配偶。若与其他龙在一起，泰兰纳斯特里萨给人印象一定最为深刻。在耐克鲁斯看来，这个年迈的红龙曾经十分强大，在体格和能力上甚至超过了死亡之翼，不过这也只是传说而已。不管怎样，这条龙的身体还是塞满了硕大的密室，看到这一幕兽人指挥官怎么也不相信这头巨龙也会生病。

在听到红龙急促的呼吸声之后，他才明白布洛格斯所言不虚。泰兰(人们都这么称呼他)在过去的一年里中风发作了几次。耐克鲁斯曾以为龙永远也不会死，只可能死在战场上；但随着时间的流逝，他发现龙族也有其他的局限，比如说疾病。受人尊敬的泰兰体内的某种物质令他患上了致命的慢性病。

“巨龙这个样子有多久了？”

布洛格斯紧张地咽下口水，说：“从昨晚开始，病情不定期发作……但几个小时之前，他的状态比现在好！”

耐克鲁斯在他身前转来转去。“蠢蛋！应该早点告诉我！”

他几乎想将对方暴打一顿，不过话又说回来，知道这些又有什么用呢。他一直有一种感觉，自己早晚会失去这条老态龙钟的雄龙，他只不过不想承认而已。

“现在怎么办，耐克鲁斯？祖赫德知道了会暴跳如雷的！他会用尖尖的棍子刺穿我们的脑袋！”

耐克鲁斯皱了一下眉头，脑子里也浮现出那个场景……他当然不希望自己落到那个下场。“我们别无选择！准备好把他运走！不管死活都要弄走！随便祖赫德怎么处置！”

“可是，耐克鲁斯——”

兽人这时上前猛地给了布洛格斯一拳。“虚伪的傻瓜！照我说的做！”

布洛格斯立刻变得沉默不语，点了点头，接着匆匆离开了，一定是去找级别低的兽人解气，不过他还是会按照耐克鲁斯的命令行事。不管是死是活，泰兰都要跟其他龙一起上路。他至少可以成为诱饵，引诱别人上钩……

耐克鲁斯走近一步，仔细地打量起雄龙。斑驳的鳞片、急促的呼吸声、缺乏运动……阿莱克斯塔萨的配偶在这个世界剩下的时日已经不多——

“耐克鲁斯……”突然响起龙族皇后的声音，“耐克鲁斯……我闻到了你的气味，你就在附近……”

耐克鲁斯早就想离开了，不去想泰兰的死会对他有何影响，便马上向阿莱克斯塔萨的房间走去。以防万一，他像往常那样将手伸进腰上的口袋里，一只手抓着*恶魔之魂*。

阿莱克斯塔萨眯着眼睛看着他走进屋里。她最近似乎也生病了，但耐克鲁斯不相信会失去她。她也许知道她最后一个配偶已经病入膏肓。耐克鲁斯真希望另外两个配偶能活下来；他们比泰兰更年轻,生命力更旺盛。

“又有什么事,女皇?”

“耐克鲁斯,你为何还执迷不悔,还在做如此疯狂的事情?”

他哼了一声,说:“雌龙,你找我就为了说这个?我可没时间回答你这些愚蠢的问题,我还有更重要的事情要做!”

红龙十分轻蔑地说道:“你所做的一切终将使你走向灭亡。你本有机会拯救你自己和你的士兵,而你却执迷不悔,白白浪费了机会!”

“我们不是奥格瑞姆·毁灭之锤那样卑鄙的败类!龙喉氏族一定会战斗到最后一刻,就算牺牲也在所不惜!”

“逃到北部?难道这是你们的战斗方式?”

耐克鲁斯·碎颅者掏出了*恶魔之魂*。“有些事情你并不明白,老不死的!有时,逃避是为了更好的战斗!”

阿莱克斯塔萨叹了口气。“你和我总是无法沟通,耐克鲁斯。”

“你终于学乖了。”

“告诉我,你刚才在泰兰的房间里都做了什么?他现在怎么样?”红龙的眼睛和声音里都充满了对配偶的担心。

“没什么事情要你担心的,女皇!多为你自己考虑考虑吧。我们马上就会把你移到别处。听话的话,痛苦就少很多……”

说完这话,他就把*恶魔之魂*放进口袋,转身离开。龙族女皇又喊了一声他的名字,央求他说说她的配偶的情况,但耐克鲁斯可没时间操心龙的事情——至少是红龙。

尽管兽人队伍很可能在联盟大军到来之前离开格瑞姆巴托,但耐克鲁斯十分清楚还会有个家伙赶来搞破坏。那就是死亡之翼。天亮的时候这条黑色巨龙肯定会到——只有一个目的。

阿莱克斯塔萨……黑龙要找他的死敌算帐。

“想来就来吧！”兽人咆哮道，“有种的都来！我只要黑龙先到……”他拍了拍装着*恶魔之魂*的口袋。“……等到那时*死亡之翼*会干掉其他人！”

罗宁慢慢清醒了过来。虽然身体十分虚弱，可是一想起刚才发生的事情，他便立刻保持身体不动。他不希望自己再被傀儡击昏，最可怕的是他很可能从此再也醒不过来了。

法师的体力慢慢恢复过来，他小心翼翼地张开了眼睛。

一身火焰的傀儡已经不见了。

罗宁感到十分惊讶，他随即抬起头，眼睛睁得很大。

就在这时，空中突然闪着亮光，涌现出数以千计的小火球。火球在空中飞旋着，很快汇成一个模糊的人的形状，火焰也突然亮了起来。

巨大的傀儡又一次出现在他眼前。

罗宁心想这下完了，便垂下了头，闭上双眼，等着魔法怪物的恐怖的接触……等了良久，却没有任何事情发生。在好奇心的驱使下，法师小心翼翼地睁开一只眼睛。

傀儡又一次不见了踪影。

原来如此。罗宁现在看不到它，但他仍然受到它的监视。耐克鲁斯显然是想玩弄他，但这个诡计也许是克瑞尔想出来的。法师的希望越来越渺茫。

也许死了更好。他一直认为也许他离开人世，因他丧命的人才能真正瞑目。也只有这样做，他心里的负罪感才会最终得到解脱。

罗宁悬吊在墙上，什么事情也做不了，不去想时间的流逝，也不管兽人们忙着离开的喧闹声。耐克鲁斯也许会回来将法师一起带走，或者再对罗宁进行一次审问，接着就地处死。

不管怎样，罗宁什么也做不了。

当他再次闭上眼睛，疲倦的感觉又一次袭上心头，他静静地睡着了。罗宁梦到了很多东西，有飞龙、食尸鬼、矮人……还有温蕾萨。梦到她，他不安的心顿时平静了许多。他虽然认识她的时间不长，却发现她的面容愈加频繁地出现在他的脑海里。在其他一个时间其他一个地方，也许他能对她了解得更多一些。

罗宁多次在梦里遇到温蕾萨，甚至都能听到她的声音。她不停地唤着他的名字，开始时充满了渴望，在没有听到他的回应后，声音显得十分迫切——

*“罗宁！”*她的声音越来越远，声音低得如耳语一般，却似乎有几分真实。

“罗宁！”

这一次呼喊把罗宁从梦里唤醒了。罗宁很想继续留在梦中，根本不想回到现实世界，回到他的牢房，面对即将到来的死亡。

*“他没有回应……”*另一个声音低声道，不像温蕾萨那样轻柔悦耳。法师隐约听出了说话人是谁，他开始渐渐清醒过来。

*“也许这就是他们为什么可以只用锁链，而不用栅栏就能把他囚禁起来的原因，”*精灵答道，*“看起来你说的是对的……”*

“我不会对你撒谎的，善良的女士！我绝不会撒谎的！”

话音刚落，传来一声尖利的叫声，这一声彻底把驱散了罗宁最后一丝困意……他吓得差一点叫出声来。

*“我们把此事了结了吧，”*福斯泰德低声说道。随后的脚步声

让法师明白过来，矮人和精灵正向他走来。

他睁开了双眼。

温蕾萨和福斯泰德已经走进牢房，精灵的迷人的脸庞充满了忧虑。她手里拿着剑，脖子上挂着一枚缀饰，样子与死亡之翼给罗宁的那枚缀饰很像，唯一不同的地方在于：那枚缀饰上镶着红色的宝石，而罗宁那枚宝石则像邪恶的黑龙的灵魂一样黑。

站在她身边的是福斯泰德，他的铁锤悬在背上。他手里拿着一柄长匕首作为武器，匕首架在*克瑞尔*的脖子上。

看到精灵和矮人，尤其是看到温蕾萨，罗宁心中顿时燃起希望之火——

在精灵和矮人身后，火傀儡悄无声息地显出了原形。

“小心！”罗宁吓得失声惊叫，声音十分刺耳。

在面目丑陋的傀儡伸手向两人抓去的时候，温蕾萨和福斯泰德急忙向两边躲闪。矮人随手用力一抛，克瑞尔向拴住罗宁的墙壁飞去。地精狠狠地撞在岩石上，不由破口大骂起来。

福斯泰德先站了起来，手持匕首向傀儡猛刺过去，匕首“当啷”一声与坚硬的铠甲撞在一起，而傀儡却毫无反应。矮人又拿出暴风锤。他抡起铁锤，狠命砸向傀儡，而温蕾萨也跳将起来一齐攻击傀儡。

罗宁的身体仍然十分虚弱，除了在一旁作壁上观，什么忙也帮不上。游侠和矮人联手夹击傀儡，想找到恶魔的破绽，攻其要害。

可是，罗宁怀疑他们是否能用普通的方法杀死傀儡。

福斯泰德第一次把锤头抡过去的时候，傀儡向后退了一步。等他故技重施的时候，傀儡一下子抓住铁锤的把手，用力想把他拽过去，矮人因此与对方陷入了一场可怕的拉锯战。

“*那双手*！”法师惊呼，“小心那双手！”

在福斯泰德被拉近的时候，傀儡猛地伸出燃着火焰的大手向他抓去。矮人不顾一切地撇开了他心爱的战斧，踉踉跄跄地躲开了傀儡的手。

温蕾萨向前一冲，猛地就是一刺。她的佩剑对傀儡的铠甲没起任何作用，一下子就滑向一旁。傀儡的身体转向她，将矮人的暴风锤向她掷去。

游侠灵活地闪到一旁，发现现在只有自己能够抵挡可怕的哨兵的进攻。温蕾萨又连刺两剑，刺过去的时候险些失去手中的宝剑。傀儡显然是刀枪不入，精灵每次来袭的时候，它总想抓住她的剑刃。

他的精灵朋友快撑不住了……罗宁却有力使不出来。

事情只会越来越糟。福斯泰德站稳脚跟，急忙赶去夺他的铁锤。

恐怖的傀儡张开了它的大嘴——

一团骇人的黑色火焰几乎将福斯泰德吞噬。只是在最后一刻，他才滚到一边，但他身上的衣服还是被烧焦了。

现在只剩下温蕾萨一人，挡住傀儡的去路。

罗宁心里痛苦不已。如果他不帮忙，她就会死在这里，他们谁也跑不了。

他要挣脱锁链获得自由。法师集中全力，开始施念咒语。傀儡现在没时间理他，罗宁因此可以全神贯注施法。只要再给他多一些时间……

成功了！禁锢他的四肢的锁链“嘭”的一声断开了，砸在石墙上。罗宁不停地喘着粗气，伸出手臂，对准了傀儡——

突然，一个重物猛地落在他的背上。一股巨大的力量扼住了罗宁的喉咙，令他难以呼吸。

“淘气的法师！你难道不知道自己是快要*死*的人吗？”

克瑞尔一只胳膊扼住罗宁的喉咙，打了他一个措手不及。他知道地精虽然身长体瘦，力气却大得惊人，但他没想到克瑞尔竟然有如此不可思议的力量。

“好了，人类……投降吧……给我跪下来……”

罗宁几乎就想放弃，跪在地上。不能呼吸令他感到天旋地转，再加上之前傀儡对他的折磨，他几乎快挺不住了。可是如果他倒下的话，温蕾萨和福斯泰德也完了……

他集中意念，一只手伸向背后的残忍的地精。

克瑞尔一声惨叫，松开了手臂，摔在地上。罗宁身体抵住墙壁，大口地吸了几口气，希望克瑞尔不会乘虚而入，再次向他发起攻击。

他的担心都是多余的。克瑞尔一只胳膊燃起了火，跳到一旁，破口大骂道：“可恶的法师！该死的魔法！你就留下来跟我的朋友在一起吧，感受一下它温柔的触摸！”

克瑞尔向洞口跳去，脸上露出邪恶的笑容，对三个入侵者将死的下场幸灾乐祸。

傀儡突然停止与温蕾萨和矮人打斗，黑洞洞的眼睛转向逃走的克瑞尔。他张开了嘴巴——

一团乌黑的火焰猛地射了出去，一下子吞噬了毫无戒备之心的地精。

伴着一声短促的尖叫，克瑞尔一命呜呼，命丧火球中，魔法的火焰瞬时间将他烧得干干净净，只剩灰烬飘落地上……伴着灰烬落下的还有腰带里已经毁坏的缀饰。

“他杀死了那个混蛋!”福斯泰德惊呼。

“下面就轮到我们了!”精灵提醒,“我没有感到多少热度,但我的剑一半已经被他身上的火焰烧成了废渣,我怀疑自己可能撑不了多久!”

“是的,要是能拿到我的铁锤,我兴许还能坚持一会儿,可是——当心!”

这时,傀儡又吐出一团火焰,但这一次是吐向了洞顶。在烈火的冲击之下,洞顶一下子被冲垮了,巨大的石块如雨点般向三人砸去。

一个石块重重地砸到温蕾萨的胳膊,她接着一头栽倒在地。不停有石块落下,福斯泰德只好躲到一旁,罗宁也帮不上忙。

一身火焰的傀儡目光聚集在摔倒在地的精灵身上,嘴巴又一次张开——

“*不!*”在坚强的意志的支撑下,罗宁进行了反击,前所未有地施念出强大的防护咒语。

黑色的火苗猛烈地冲击着一道肉眼看不到的障碍……接着又朝傀儡弹了回去。

罗宁没想过傀儡吐出的火焰会伤到傀儡自己,但这股火焰不仅弹到了傀儡的身上,而且吞噬了他的全身。傀儡发出一声震天巨吼,一声邪恶而又恐怖的怒吼。

傀儡全身一阵颤抖——接着全身爆裂,在小小的山洞里释放出飓风般的魔力。

在这股巨大的力量的冲击下,洞顶仅存的部分也轰然坍塌,砸向罗宁三人身上。

*　*　*

茫茫夜色中,死亡之翼飞穿越海洋飞向东方。他飞快地赶往卡兹莫丹,更确切的说是格瑞姆巴托。黑龙露出了微笑,有人看到的话肯定吓得把头扭到一边。一切都按照计划顺利地进行。他对人类实施的计划进展十分顺利。几个小时之前,他收到一封泰若纳斯写给他的信,国王在信里大致描绘了在"普瑞斯托领主"加冕仪式一个星期之后,他如何宣布这位奥特兰克新国王在洛丹伦国王的女儿长到适婚年龄的时候迎娶她。这不过是短短几年——在龙的一生里不过是一眨眼的时间——到那时他肯定已经准备好剿灭人类。消灭人类之后,矮人和精灵这两个古老的种族会像枯树上的叶子一样坠落地面。

他要细细品味那些日子,等待未来的来临。但现在,死亡之翼要处理一件更紧急的事情。兽人们准备遗弃他们的堡垒。等天一亮,他们就会驾着马车,赶往部落在丹奥加斯的最后一个据点。

随他们一同离开的还有龙。

兽人以为联盟会从西面进犯。他们认为至少会有狮鹫骑士和法师……还有一条巨大的黑龙。死亡之翼不想让耐克鲁斯·碎颅者失望。他从克瑞尔的嘴里得知,耐克鲁斯已经有了计划。黑龙很想看看这个体形矮小的家伙会做出什么事情。他怀疑自己已经猜到了,但他还是要亲自查看兽人为了改变会有什么奇思妙想,这将是非常有趣的事情。

天际间隐约浮现出卡兹莫丹海岸线的轮廓。黑夜中视线更好的死亡之翼微斜了一下身子,向正北的方向飞去。离旭日东升还剩下几个小时。他扔有很多时间供他赶到他已选好的落脚点。在那儿,黑龙可以观望等待,选择最佳时机。

改变未来的历史。

又有一条龙飞了起来，他已经多年没有展翅飞翔了。在天空任意翱翔的感觉让他激动不已，但这也说明了他飞行的技巧有多么的生疏。对这条龙来说，飞行应该是他的本性，是自然而然的事情，而现在他却似乎有些不适应。

克莱奥斯特拉兹变成法师克拉苏斯的时间已经太长。

如果现在是青天白日的话，人们会看到一条体形巨大的龙，比大多数龙都大一些，却不属于五条守护巨龙。他体色血红，皮毛光滑，克莱奥斯特拉兹年轻的时候被认为非常英俊，自然引起了红龙女皇的注意。克莱奥斯特拉兹在战斗中思维敏捷，能快速置敌人于死地。他是红龙女皇最伟大的守护者之一。在对付新的族类的时候，他就变成她最重要的仆人，保护红龙族的荣耀。

在他心爱的阿莱克斯塔萨被俘之前的大部分时间里，他化身为克拉苏斯，只有在偷偷地拜见她的时候才会恢复本来的面目。作为她的年轻的配偶，他并不像泰兰纳斯特里萨那样拥有权威，但克莱奥斯特拉兹知道自己在女皇的心里占有一个特殊的位置。这也就是为什么他主动要做最有前途、最多样化的种族之一——人类的顾问，随时随地引导人类走向成熟。

阿莱克斯塔萨肯定以为他已经死了。在她被俘以及其他红龙受到镇压之后，克莱奥斯特拉兹知道化身为人是他继续战斗的唯一方式。他随后化身成克拉苏斯，为联盟对抗兽人的战争提供援助。看到同族的飞龙在眼前死去，他心情十分低落，但部落培养的年轻红龙对红龙族光荣的历史缺乏了解，他们的寿命一般都不长，无法摆脱杀戮的欲望，也不能学会龙族传下来的生存的智慧。幸运的是，在帮助精灵和矮人进入格瑞姆巴托的时候，他将自己的心里话说给到那头年轻的雄龙听，不停安抚他，向他解释他应该做什么事情。那条公龙听从了他的话，这让他感到十分振奋。至少还有一条龙有希望。

但要做的事情还有很多，克莱奥斯特拉兹又一次不得背弃凡人，任由他们自生自灭。他通过缀饰看到马车的时候，马上意识到他努力想达到的目标就快实现了。兽人中了他的圈套，即将离开格瑞姆巴托。他们会将他心爱的阿莱克斯塔萨移到户外，他终于有机会营救她了。

不过，救她也不会那么简单。这需要诡计、时机，还有运气。

死亡之翼还活着，还打算推翻洛丹伦联盟，他因此又一次感到忧心忡忡，这很可能会打乱克莱奥斯特拉兹的计划。然而克拉苏斯发现，死亡之翼似乎过于沉溺于操纵联盟的政治局势，以至于无暇顾及远方的兽人和剩下的飞龙。死亡之翼就像在下一盘国际象棋，每个王国都是他的棋子。在他的操控下，他肯定会在他们之间挑起战争，制造灾难。不过幸运的是，玩这个游戏需要几年的时间，因此克莱奥斯特拉兹对洛丹伦以及其他国家的人民并不担心。人类王国遇到的难题可以等他救出心爱的女皇之后再解决。

然而，就算克莱奥斯特拉兹可以先不管那些国家面对的威胁，另一个事情却无时无刻不咬噬着他的心思。罗宁，以及两个寻找他的人，十分信任克拉苏斯法师，但他们不知道对克莱奥斯特拉兹巨龙来说，营救他的女皇的意义已远远超出生命本身。与龙族女皇相比，这三个凡人的生命似乎无足轻重，但最近他的想法发生了改变。

克莱奥斯特拉兹心里充满了愧疚感，不仅仅是因为他对罗宁的背叛，还有在允诺带领那个精灵和矮人进山之后，他对他们漠视不管。

罗宁很可能已经遇害，但也许还有时间救出另外两人。红色巨龙知道自己只有救出他们，才能全身心地投入到营救女皇的任务中。

在卡兹莫丹最西南端，离铁炉堡不过几个小时的路程，克莱奥斯特拉兹选择落在山脉中较为隐蔽的一座山峰里。他选定了方向，随即闭上双眼，将意念集中于游侠身上的缀饰。

尽管温蕾萨以为缀饰中央只是个宝石，但其实那是红龙身体的一部分。宝石本来是他身上一块鳞片，在魔法的力量下变成现在这个样子。附有魔法的鳞片具有的特点会让任何一位法师都大吃一惊，前提是他们知道如何施展龙族魔法。不过让克莱奥斯特拉兹感到幸运的是，没有几个法师知道其中的奥秘，不然他就不会冒险造出这块缀饰。罗姆和精灵显然相信那块宝石只是起到交流的作用，而红龙也不想纠正他们的这种错误的想法。

狂风怒号，大片的雪花纷纷落在巨龙的身上，克莱奥斯特拉兹将翅膀收到脑袋旁边，这样在他集中意念的时候他就能保护自己。他脑海里浮现出通过缀饰看到的精灵的样子。她长得十分甜美，显然对罗宁甚为关心。她也是个勇猛的战士。是的，也许她还活着，还有那个来自艾瑞峰的矮人。

“温蕾萨·风行者……”他静静地唤道，“温蕾萨·风行者！”克莱奥斯特拉兹闭上双眼，开始集中自己的意念。奇怪的是，他什么都看不到。他应该能够看到精灵用缀饰对准的任何东西。难道她把它藏起来了？

“温蕾萨·风行者……不管怎样弄点声音出来，表示你听到我了。”

还是没有反应。

“精灵!”红龙第一次变得烦躁不安。“精灵!”

还是没人回答,也没有任何图像。克莱奥斯特拉兹全神贯注地盯着缀饰,努力想听到什么,能听到兽人的咆哮声也好。

什么也没有。

一切都太迟了……他良心发现得太晚,结果没能救出营救罗宁的人,而现在他们也因为红龙欠缺考虑而死去。

在他是克拉苏斯的时候,他利用了罗宁的负罪感,利用了法师对上一次任务中失去的那些同伴的痛苦记忆。罗宁因而变得具有很强的可塑性。但现在,他开始理解罗宁当时的心情。阿莱克斯塔萨谈到年轻种族的时候声音中总是充满了关切和爱护,就好像他们是她的孩子一样。她的配偶也受到她的爱心的感染,在他化身成克拉苏斯的时候,他努力确保人类成熟起来。然而,他的女皇的被俘改变了他的思想,克莱奥斯特拉兹也因此忘记了她的这些教诲……直到现在。

对这三人来说,他的觉醒来得还是太迟了。

“但对你来说一切还来得及,我的女皇,”红龙低声说道。救出女皇之后他要是还活着,他愿意用自己的余生来弥补他对罗宁和其他两人的罪过。可是现在,最重要的事情是救出他的配偶。她会明白他的苦心……希望如此。

克莱奥斯特拉兹展开翅膀,飞到空中,向北方飞去。

飞向格瑞姆巴托。

19

耐克鲁斯·碎颅者转身背对着坍塌的山洞，神情肃穆，但决心不因此事而更改原来的计划。

“法师就这样死了……”他喃喃说道，竭力不去想罗宁到底施展了什么咒语，与不可战胜的傀儡同归于尽。这个咒语威力无比，不仅法师为此把命丢掉，而且一排隧道上的山体也随之坍塌。

“需要挖出尸体吗？”一个兽人战士问。

“不用了。太费时间。”耐克鲁斯紧紧攥着口袋中的*恶魔之魂*，思忖着完成他的疯狂的计划。“我们*现在*出发，离开格瑞姆巴托。”

其他兽人跟在他的后面，大多数人仍然对突然离开城堡的决定感到惴惴不安，但他们也不想留在这里，因为法师的咒语使剩下的隧道变得不再牢固。

一股不可思议的巨大力量压迫着罗宁的头部，他感到自己的脑袋随时都有爆裂的可能。他努力睁开双眼，想知道究竟是何物压着自己，好尽快想出对策。

他睁着模糊双眼，抬头望去，心里不由猛地一惊。

一大堆石头——足足有一吨多重——浮在距离头顶一英尺左

右的位置。他身体四周泛着微光，这是他之前变出的魔法护盾的光。要是没有这道魔法的保护，他早就被砸成肉酱。

他一下子明白过来，头顶的压力是因为他保留了咒语，魔法因此救了他一命。然而，不断加剧的痛苦让法师明白，随着每一秒的过去，魔法护盾正在不停地减弱。

他挪了一下身体，想减轻身上的压力，使自己舒服一些。突然，他感到地上有东西顶着他的下巴。罗宁小心翼翼地把手伸到下面想将它移开，他以为是个小石块，不曾想，手伸过去的时候，却感到那个东西竟然散发着魔法的力量。

好奇心使他暂时忘记头顶的危险，他将那个东西拿到眼前，想看个究竟。

原来是块黑色宝石。就是镶在死亡之翼的缀饰中央的那块石头。

罗宁皱了皱眉。他最后一次看到这枚缀饰是在克瑞尔丧命之后。当时，他并没有对它在意多少，他脑子里想的都是傀儡，担心它对温蕾萨和——

*温蕾萨！*精灵的面容顿时浮现在他脑海里。她和矮人当时离他很远，他施展的咒语保护了他们，但——

他转了一下身子，想找到他们。可他稍稍一动身子，头上的压力就成倍地增加，头顶的石头又落下了几寸。

这时，他突然听到有人在骂，声音十分低沉。

“福—福斯泰德？”罗宁气喘吁吁地喊道。

“是的……”远处的声音应道，“法师，我们还没被砸成肉饼，我知道你还活着，但我刚才还以为你永远不会醒来了！醒来的正是时候！”

“你是否——温蕾萨还活着吗?”

“很难说。借着你的魔法的光芒,我只看到她的身体一小部分,但她离我太远,我不知道她现在到底怎样!我醒来之后还没有听到她发出任何声音!”

罗宁紧紧地咬着牙齿。她必须要活下来。“福斯泰德!头上的石头离你有多远?”

矮人讥笑道:“都快压到我的鼻尖了,人类,要不然我就能爬过去看看她了!我从没想过我还会活着出现在自己的葬礼上!”

罗宁没有理会矮人最后一句话,而是想着石头离他有多近那句话。显然,距离罗宁越远,魔法保护的范围就越小。温蕾萨和福斯泰德都受到魔法保护,没有被石头砸死,但游侠的脑部可能被石头狠狠砸了一下,也许已经一命呜呼。

也许她还活着,罗宁绝不能放过任何一丝希望。

“人类——我问你一件事——你能不能救我们出去?”

他还*能*救他们吗?他身上还有力气和法力吗?他将黑宝石放进口袋,开始努力思考如何脱离现在的困境。“给我一点时间……”

“我能做些什么?”

法师头上的压力以惊人的速度不断增加。罗宁怀疑魔法护盾不会坚持更久的时间,但在施展下一个更复杂的咒语的时候,他还要使保护盾继续发挥作用。

他不仅要把他们三人从这里转移走,而且要转移到一个安全的地方。而此时此刻,他疲惫不堪的身躯急需休息一下。

应该如何施念这个咒语呢?他一思考就感到一阵疼痛,但罗宁最终还是开始施念咒语。不过,施念这个咒语会使他分散他对魔法护盾的注意力。如果拖得太久……

我还有什么选择?

“福斯泰德,我现在试一下咒语……”

“很高兴听你这么说,人类!我感到石头已经压到我的胸口了!”

是的,罗宁也注意到这个变化。他必须要加快速度。

他嘴里念念有词,开始集聚力量……

头顶的石头十分不祥地发生了一些改变。

罗宁用他还能动的手画了一个符号。

魔法护盾*消失*了。数吨重的石头砸向三人——

——突然,他发现自己躺在了地上,正望着满是云团的天空。

“我的天!”罗宁身边的福斯泰德吼道,“你怎么会掐算得这么准!”

忍着剧痛,罗宁挣扎着坐了起来。凉风习习,他顿时感到神清气爽。他向矮人看去。

福斯泰德也坐起身来。他的眼睛里带着某种疯狂的神情,不过与战争无关。他面色惨白,罗宁没想过如此强壮的勇士还会出现这种神情。

“我永远,永远,永远都不会再进入隧道了!从现在开始,我只活在天空下!”

法师刚要回应,但远处传来的呻吟声引起了他的注意。他挣扎着站起,踉踉跄跄地向趴在地上的温蕾萨走去。罗宁起初还以为呻吟声是他想像出来的,因为游侠看起来似乎已经没命了,但温蕾萨随之又发出一声呻吟。

“她——她还活着,福斯泰德!”

“是的，我肯定你是听到了她的呻吟声！她当然还活着！快去看看！她怎么样了？”

“坚持住……”罗宁小心翼翼地帮精灵转过身，上下打量她的脸、头部以及整个身体。她身上一些地方有瘀伤，还有一条胳膊沾满了血迹，但整体上看上去似乎与他俩一样没什么事。

他轻轻抬起她的脑袋，查看头顶一处瘀伤，这时温蕾萨眼睛慢慢张开了。“罗—罗宁——”

“是的，是我。放松一些。我想你的头部受到了重创。”

“还记得……记得——”游侠闭了一下眼睛，突然坐起身来，眼睛猛地张大，一脸惊恐地张大嘴巴，失声叫道：*“洞顶！洞顶！洞顶落到我们身上！”*

“不！”他抓住她，安慰道，“不，温蕾萨！我们安全了！我们安全了……”

“但那个山洞的顶端……”精灵的表情放松了一些，“对，我们已经离开那个山洞了……但我们现在在哪儿，罗宁？我们怎么到这儿了？我们怎么会死里逃生？”

“你还记得帮我们躲过傀儡攻击的魔法护盾吗？在那个怪物毁掉自己之后，洞顶坍塌了，但魔法护盾还依然存在。它保护的范围缩小了一些，但足以使我们不被砸死。”

“福斯泰德！他——”

矮人走到她的另一侧，说：“我们都获救了，精灵女士。我们没有遇难，却流落到了荒郊野外！”

罗宁眨了眨眼睛。荒郊野外？他打量了一下四周。白雪皑皑的山脊，凉意十足的大风，以及布满天空的云团……虽然四周笼罩在黑夜中，但法师已经知道了他们的确切位置。“这不是什么荒郊野外，福斯泰德。我想我是把大家转移到了山顶。所有人，包括兽人，都在我们下面很远的地方。”

“山顶？”温蕾萨问道。

“是的，应该是这样。”

“你们两人的脸看起来越来越清楚，恐怕天快亮了。”罗宁神情又变得严峻起来。“也就是说，如果耐克鲁斯·碎颅者说到做到的话，他们随时都会离开城堡，带走一切家当。”

温蕾萨和矮人同时向他望去。“他们怎么会做出这种蠢事？”福斯泰德问，“这里固若金汤，为何要弃之而去呢？”

“因为他认为法师和矮人骑着狡猾的狮鹫从西面入侵。有数以百计，甚至上千的矮人和法师。甚至还有一些精灵。要对付这么多人，还要提防魔法，耐克鲁斯及其手下在山里守候无异于等死……”法师摇着头说。如果兽人指挥官知道他的圆盘的真正潜在的力量，局势很可能就大不一样了，但显然耐克鲁斯没有意识到这一点，而且他也没有完全听从丹奥加斯的主人的话。耐克鲁斯决定向卡兹莫丹北部出发。

福斯泰德仍然半信半疑地问：“入侵？兽人怎么会有如此疯狂的想法？”

“是从我们这里知道的。我们在这儿，特别是因为我的存在。死亡之翼让我来这儿，就是要告诉兽人他们即将受到攻击！耐克鲁斯疯了！他显然已经相信他们将会受到攻击。当我出现在他们的腹地，他对此更加确信无疑了。”罗宁说完盯着折断的手指，手指已经麻木没有感觉。他很想对手指进行治疗，但现在还有很多人危在旦夕。

“但为什么黑龙想让兽人离开这儿？”游侠问，“他能得到什么好处?”

“我想我已经知道了……”罗宁说着站起身,走到山峰边,低头望了下去。他还是看不清山下的景色,但感觉自己听到了一些声音……也许是一只军队带着马车离开这里的声音?“他想让我相信他要解救红龙女皇,但在我看来,恰恰相反,他想杀死她!要想在山洞里杀她,他要冒很大的风险,可是如果把红龙皇后弄到户外,他就可以冲下去一下子置她于死地了!”

“你敢肯定?”精灵走到他身边,问道。

“应该是这样,”他望了望天空。虽然天上笼罩着浓密的云团,但他还是能看出天快亮了。“耐克鲁斯想在天亮前离开……”

“他脑子胡涂了吗?”福斯泰德低声说,“那个该死的兽人在夜间离开才说得过去!”

罗宁朝福斯泰德摇了摇头,说:“死亡之翼在夜里视力很好,这方面我们谁也比不上他!耐克鲁斯审问我的时候提到过他已经准备好应付一切,甚至是死亡之翼!事实上,他似乎迫不及待地希望黑龙出现!”

“但这根本没有道理啊!”游侠回答,“一个小小的兽人怎么可能打败他?”

“你难道忘了他怎么控制龙族皇后的吗,还有他如何将傀儡这个家伙招来的?”这个问题让他自己都心烦不已。耐克鲁斯拥有的那个东西具有神奇的力量,但它有*那么*强大吗?

福斯泰德突然挥手让他打住,接着指向西北方,山峰外很远的地方。

一个巨大的黑影猛地穿过天上的云团,随即向下落去,随即从他们的视野中消失不见。

“是死亡之翼……”狮鹫骑士小声说道。

罗宁点点头。用不着再做什么猜测。如果死亡之翼真的来了，那结果只有一个。“不管未来发生什么，恶梦已经开始。”

当第一道曙光投向格瑞姆巴托的时候，一排长长的兽人车队开始出发。车队头尾两侧都有兽人护驾，手持战斧、刀剑和长矛等各式武器。他们骑马行进在驾驶马车的苦工身边，对载着珍贵的龙蛋的马车更是严加守护。每一个兽人都小心地行进着，如临大敌，因为敌人西面来犯的消息已经不胫而走，连最低级别的兽人都知道了此事。

耐克鲁斯·碎颅者骑在马上，不耐烦地看着离去的队伍。他已经派兽人驾龙飞往丹奥加斯，这样的话，就算他和队伍没能离开这里，起码还有几条龙可以供部落差遣。可惜的是，他没敢让飞龙将龙蛋运走。他曾经试过一次，结果失败了，指挥官为那次愚蠢的行动付出了惨重的代价。

建造一辆运龙的马车比登天还难，所以控制两条红色巨龙的重任就落在了耐克鲁斯的身上。阿莱克斯塔萨和泰兰跟在队伍的后面，知道自己随时都可能受到*恶魔之魂*的惩罚。对生病的泰兰来说，这是一个非常艰难的阶段；耐克鲁斯怀疑这条雄龙是否能走完全程，但兽人已经没有其他选择，只能如此。

两条巨龙仍然给人宏伟大气的感觉。阿莱克斯塔萨身体状况一直不错，所以她给人的感觉要比泰兰气派很多。耐克鲁斯有一次看到她恶狠狠地瞪着他，眼睛里射出仇恨的光芒。耐克鲁斯对此毫不在乎。只要圆盘在他手里，她就要对他百依百顺，有了它他就可以控制任何一条龙。

一想到飞龙，他抬眼望向天空。阴霾的天空有足够大的空间供飞龙躲藏，但肯定会有事情发生的。联盟的军队离他们还很远，但死亡之翼是铁定会来的。耐克鲁斯心里很清楚。

人类将胜利的希望寄托在黑龙身上，真是够蠢的，他们必将为此付出代价。神器能控制红龙女皇，对其他龙也肯定管用。有了*恶魔之魂*，兽人指挥官将会控制龙族中最残忍的巨龙。他，耐克鲁斯，将成为死亡之翼的主人……但前提是这条该死的龙必须出现。

“你在哪儿，该死的家伙？”他咕哝说，“快给我出来？”

最后一排兽人勇士走出了洞口。耐克鲁斯望着他们迈着大步走过。他们雄纠纠气昂昂，似乎又回到了过去，当时部落不知道失败的滋味，不知道还有什么敌人不能战胜。如果能将死亡之翼控制在手，他将为他的同胞们重塑往日的荣耀。部落将再次崛起，投降的兽人也会卷土重来。兽人将横扫联盟的土地，将人类和其他族类斩落马下。

也许部落会出现一个新的领袖。耐克鲁斯第一次想到自己坐上第一把交椅，连祖赫德也向他俯首称臣。他能给他的人民带来胜利，人民也肯定会拥立他为国王。

总司令耐克鲁斯·碎颅者……

他催着他的坐骑向前，重新加入到队伍中。如果不与队伍一起走的话，他会显得有些格格不入。他呆在队伍任何一个位置都可以，因为有了*恶魔之魂*他可以从远处控制红龙。没有龙可以逃过*恶魔之魂*的惩罚，除非他发慈悲放它们一马，但耐克鲁斯根本不想这样做。

那条该死的黑龙到底*在哪里*？

突然传来一声震天动地的嚎叫。但嚎叫声却不是传自天上，而是来自兽人周围的地面，这是耐克鲁斯万万没有想到的。兽人战士一阵惊慌，连忙转过身，想看清敌人是谁。

一眨眼功夫，地下一下子蹦出了一大片矮人。

矮人似乎遍地都是，耐克鲁斯没想到卡兹莫丹竟然还有这么多矮人。一片一片的矮人从地下冒了出来，挥舞着战斧刀剑，从四面八方向兽人队伍冲了过来。

兽人一时吓得愣在那里，但很快就回过神来。他们高声发出战斗的嚎叫，转身迎向来袭的矮人。马车周围仍有兽人守护，但他们已经随时准备面对挑战。连可鄙的苦工也拿出大棒。兽人不用训练，生来就能用木头将东西砸碎。

耐克鲁斯一脚将一个要把他拉下马的矮人踹开。指挥官的助手及时赶到，与那个矮人肉搏起来。耐克鲁斯驱马来到马车附近的地方，他现在需要对整个局势作出正确判断。联盟尚未大举入侵，却有一些暴徒赶来偷袭，因为这些矮人看起来就像衣衫褴褛的暴民，他知道他们生活在山峰周围的隧道里。从现在冒出来的矮人的数量来看，巨怪显然没有完成他们的任务。

死亡之翼在哪儿呢？他已经计划要营救红龙皇后。应该还有龙出现！

就在这时，一声惊天动地的巨吼吓得众人无不魂飞魄散。一个硕大的身体一半露在浓云的外面，接着噌地蹿了出来，向兽人俯冲而去。

“终于让我等到了！终于来了，你这条黑色——”耐克鲁斯·碎颅者突然全身僵住，大为迷惑不解。他手里紧紧握着*恶魔之魂*，但那一刻，却没有想要使用。

向他俯冲而去的那龙一身火红的鳞片，而不是黑色。

* * *

“我们要到下面那个地方，”罗宁咕哝说，“我要看看究竟发生了什么事情！”

“你能不能就像在山洞里那样把我们转移到下面？”福斯泰德问。

“要是使用魔法的话，等我们落地我就没有力气了……还有，我不知道应该把我们转移到哪个地方。难道你想出现在一个正挥舞着战斧的兽人面前吗？”

温蕾萨探头向山下望去。“我们也不大可能从这里爬下去。”

“不管怎样，我们总不能永远呆在这里！”矮人走来走去，接着好像突然踩到了可怕的东西。“赫斯特拉的翅膀！我真够笨的！也许他还在附近！”

罗宁望着矮人，眼神好似在说他失去了理智。“你在说什么？你说的是谁？”

福斯泰德没有回答，而是把手伸进口袋里。“该死的巨怪将它偷走，但吉姆把它还给我了……啊哈！找到了！”

他掏出一个哨子一样的东西。罗宁和温蕾萨望着矮人把哨子放到嘴里，用力地吹了起来。

“我什么也没听到，”法师说。

“你要是听到声音，那就怪了。再等一下。他可是训练有素，是我拥有的最好的坐骑。相信我，我们被巨怪抓住之后并没有走多久。他应该还没走……”福斯泰德这时显得有些不确定。“我们从未分开这么久过……”

“你是想把你的狮鹫招来？”游侠满腹狐疑地问道。

“这可比跳下去好多了。”

他们静静地等待着。对罗宁来说,他们似乎已经等了好长时间。虽然天气有些寒意,但他感到自己的体力正在慢慢恢复,但他还是担心自己会把他们三人转移到十分危险的地方。

不过看来必须要他出手了。法师站直了身体。“我会尽力而为的。我记得有个地方离这座山峰不远。死亡之翼在我的大脑里展示给我看过。我也许能把大家转移到那里。”

温蕾萨抓着他的手臂,问:“你确定吗？看起来你还没有准备好。”她的眼神充满了焦虑。“罗宁,我知道这一定会耗费你很多体力。你在密室里施展的可不是简单的咒语,还能把福斯泰德和我带到这里……”

他对她的话十分感激,但他们已经别无选择。“如果我不——”

忽然,一个巨大的带翼的身影从云团中飞了出来。罗宁和精灵立刻做好迎战的准备,以为死亡之翼要来攻击他们了。

只有福斯泰德还在仔细地望着天空,没有惊惶失措。他大笑几声,朝飞来的黑影举起了双手。

“就知道他能听到！你们瞧！就知道他能听到！”

狮鹫发出一阵尖叫,法师听出叫声中充满了喜悦之情。身形巨大的狮鹫飞快地飞向他们,或准确的说,是飞向他的主人。狮鹫飞到福斯泰德的头顶,不断拍打着翅膀,停在空中。

“嘿！棒小伙！棒小伙！落下来吧！”

狮鹫落在了福斯泰德的身前,尾巴像小狗一样左右摇摆。

“准备好了吗?”矮人问两个同伴,“现在可以走了吗?”

他们以最快的速度爬上了狮鹫。罗宁的身体仍然十分虚弱,他坐在矮人和精灵之间。他怀疑狮鹫是否能带得动他们三人,却发现狮鹫没费多少力气就飞了起来。在狮鹫飞到空中的时候，福斯泰德告诉他们，如果长途跋涉的话，狮鹫会有些吃力，但若只是短途的话，狮鹫就没什么问题。

没过多久，他们穿过了层层云团——眼前的景象让他们大吃一惊。

罗宁以为战场上传来的各种响声是山地矮人想要利用兽人笨重的车队造成的，但没想到自己竟会看到一条龙盘旋在战场上，他不是死亡之翼。

"一条红龙！"游侠大叫，"是条年纪不小的雄龙！但不是在山洞里养大的那种！"

罗宁也意识到这一点。兽人囚禁龙族女皇的时间不长，尚不足以培养出如此成熟的巨龙。而且，飞龙若是年纪太大，或桀骜不逊的话，兽人一定会将其杀死。只有年轻的红龙才会服服帖帖地听从兽人的控制。

这条红色巨龙到底什么来头，他为何会出现在这里？

"你想落到哪个地方啊？"福斯泰德叫道，提醒他还有更为紧迫的事情要做。

罗宁快速地扫视了一下周围的环境。兽人队伍四周一片混战。他看到了骑马的耐克鲁斯·碎颅者，一只手里拿着一个亮闪闪的东西。法师想竭力看清那是什么东西，全然忘记了福斯泰德的问题。耐克鲁斯将它对准刚刚出现的那条龙……

"想好了吗？"矮人问。

罗宁强迫自己把视线从耐克鲁斯身上移开，想了一想。"那儿！"他指向一道山脊，距离兽人队伍尾部并不太远。"我想那儿是最佳选择！"

“看起来没什么嘛!”

在福斯泰德骑士娴熟的驾驭下,狮鹫很快就将他们带到目的地。罗宁迅速从狮鹫身上滑下,匆忙赶到山脊边,想知道整个局势。

眼前的一幕毫无道理。

红龙似乎已经准备好攻击耐克鲁斯,现在却竭力留在空中,发出阵阵狂吼,似乎在与一个隐身的敌人进行殊死搏斗。法师又把目光转向兽人指挥官,发现耐克鲁斯手里发光的东西变得越来越亮。

那是一件神器,它力量大得惊人,罗宁都能感到它放出的巨大力量。罗宁又把目光从神器转到红龙身上。

*兽人是怎样使龙族皇后处在他们的掌控下呢?*这个问题罗宁曾不止一次问过自己——而现在他看到这一幕,终于明白过来。

红龙死命地挣扎,动作之猛烈远超出罗宁的想像。三人能听到他发出痛苦的惨叫,知道他遭受了常人难以忍受的痛苦。

这时,伴着最后一声令人心悸的惨叫,巨龙一下子变得松软无力。他在空中盘旋了片刻,随即猛地一头栽向战场外的地方。

“他死了吗?”温蕾萨问。

“不知道。”即使神器没有杀死红龙,从高空坠下也很可能会摔死。他脸转到一旁,不忍心看到坚毅无比的飞龙死去,却突然发现又有一个巨大的身影从云间俯冲而下,这条龙通体*乌黑*,如梦魇一般。

“死亡之翼!”罗宁高声大叫,让大家小心。

黑龙向队伍冲去,不是冲向耐克鲁斯,也不是冲向两条被囚的巨龙。出人意料的是,他竟然径直冲向一个谁也想不到的目标——装满龙蛋的马车。

兽人指挥官终于看到了他。转过身,耐克鲁斯将圆盘对准死亡之翼的方向,嘴里大喊着什么。

罗宁和同伴还以为会看到黑龙被力量巨大的神器打下,但奇怪的是死亡之翼好像没有受到任何影响。他继续袭击那些马车,目标就是马车上的龙蛋。

法师无法相信自己的眼睛。"不管阿莱克斯塔萨是死是活,他都不在乎!他只想要她的蛋!"

死亡之翼轻而易举就抓起了两辆马车,车上的兽人连忙从车上跳下。拖车的马匹嘶声尖叫,无助地悬在半空,黑龙转身立刻飞走了。

死亡之翼想要完好无损的龙蛋,这是为什么呢?那些龙蛋对他又有什么用处呢?

就在这时,罗宁发现自己已经找到了答案。死亡之翼想将龙蛋据为己有。尽管龙蛋孵出来的都是红龙,但在黑龙的调教下,他们也会变成和他一样邪恶的势力。

也许耐克鲁斯已经认识到这一点,或者也许只是对黑龙的盗窃行为的正常反应,他忽然转身朝队伍后面大叫起来。他仍然一手高举圆盘,另一只手却指向即将消失的巨龙。

两条红龙中那条雄龙笨重地展开翅膀,飞着追了上去。罗宁从未见过病得这么厉害的龙。他吃惊地看到,红龙竟然还能飞到空中。难道耐克鲁斯就没想过这条病龙根本不是精力充沛的死亡之翼的对手吗?

与此同时,兽人和矮人仍然打得难解难分,但矮人显得有些绝望和失望。他们似乎把希望都寄托在最初出现的红龙身上。若真是这样的话,罗宁可以理解他们现在为何会丧失信心。

“我不明白,”温蕾萨在他身后说,“克拉苏斯怎么不帮忙?他现在应该就在这里!都是因为他,山地矮人才会发出总攻。”

“克拉苏斯!”由于兴奋过度,罗宁已经忘记了他的担保人。事实上,他还有问题想问那位不露脸的法师。“这件事跟他又有什么关系?”

接着,她把事情的来龙去脉讲给他听。罗宁认真地听着,起初还有些怀疑,后来变得愈加气愤。是的,就像他最初怀疑的那样,他被这个肯瑞托的议员利用了。不仅仅只有他被骗了,还有温蕾萨、福斯泰德,以及山下陷入被动的矮人们。

“在与黑龙打过交道之后,他引导我们进了大山,”她最后说道,“打那之后,他再也没有跟我联系过。”说着,精灵将缀饰取下,拿给他看。

这枚缀饰样子与最初死亡之翼送给罗宁的那枚十分相似,甚至连设计也是大同小异。郁闷的法师突然想到,在精灵和福斯泰德将他从兽人那里救出来的时候他见过一次这枚缀饰。难道克拉苏斯是从龙那里学会制造缀饰的吗?

缀饰上的宝石已经偏离了原来的位置。罗宁伸出一根手指,将其移回原位,接着狠狠地瞪着宝石,心想他的担保人也许会听到他的声音。“克拉苏斯?你还在吗?你还想让我们为你做什么吗?还想让我们为你牺牲吗?”

没有任何反应。不管这枚缀饰藏着多大的力量,现在显然已经全部消失了。就算可以回答,克拉苏斯也不愿那么做。罗宁将缀饰举到头顶,准备将其扔下山去。

忽然一个微弱的声音出现在他的脑中,*是罗宁吗?*

愤怒的法师停住了,惊讶于自己竟然听到有人回答。

罗宁……谢……谢天谢地……也许……也许还有……希望……

两个同伴望着他,不知道他在做什么。罗宁什么也没说,陷入了沉思。克拉苏斯的声音听起来像是生病了,几乎快要死了。

“克拉苏斯！你没——”

听我说！我必须保存……体力！我想……我想你……你也许能抢救个东西——

虽然是满腹狐疑,罗宁还是问道:“你想让我做什么?”

首先……首先我必须把你带到我这里。

缀饰突然发出一阵强光,一片红色的光芒笼罩在法师的身上。

温蕾萨惊叫着伸手抓他:“罗宁!”

她的手穿过了他的胳膊。他惊恐地望着她和福斯泰德,以及整个山脊,突然消失了。

几乎是同一刻,一个布满岩石的地方出现在他的眼前,这里荒凉贫瘠,毫无生气,曾经发生过多次战争,而此时又见证了一场战争。克拉苏斯将他转移到山脉的西边,距离兽人与矮人的战场不远。他不知道克拉苏斯竟然会离自己这么近。

一想到背叛他的担保人,罗宁转身喝道:“克拉苏斯！该死,快快现身——”

他发现眼前有一条伏在地上的巨龙,就是几分钟之前从天上坠下的那条红色巨龙。红龙身体侧卧,一只翅膀探向天空,脑袋横地趴在地上。

“请接受……接受我最深切的歉意,罗宁,”红色巨龙费力地说道,“对……对不起让你和其他人承受了那么多痛苦……”

20

太简单了,真是得来全不费功夫。

在死亡之翼原路折回取第二批龙蛋的时候,他心里暗想自己是否对计划的困难性估计过高了。之前他一直以为进入山洞会冒很大的风险,特别是如果阿莱克斯塔萨发现他的话会更危险。虽然他不大可能会受伤,但他觊觎已久的龙蛋可能就会毁于一旦。他非常担心这一幕的发生,特别是如果其中一枚蛋能孵出雌龙的话更是如此。早已料定阿莱克斯塔萨永远不会听他摆布,死亡之翼必须想方设法得到所有龙蛋,提高自己成功的机会。其实,这件事情让他比以往任何时候都犹豫不决。而现在,他之前的等待似乎是在浪费时间,过去没有任何人能挡住他的去路,现在更是如此。

不过,现在却有一条龙挡住了他的去路。一条年老体衰的病龙,他现在飞来就是找死。

“泰兰……”死亡之翼叫道,没有叫他的全名是为了表示轻蔑。“你怎么还没死?”

“把蛋交回来!”红色巨龙厉声喝道。

“这样他们就可以像狗一样被兽人养活?我至少能使他们成

为这个世界的真正的主人！龙族终将再一次统治整个世界！”

红龙哼了一声，回敬道：“那你的龙族到哪儿去了呢，死亡之翼？哦，我这老糊涂终于想起来了！他们都为了你的荣耀牺牲了！”

黑色巨龙展开双翼，声音咝咝道：“放马过来吧，泰兰！我愿意送你上西天！”

“不管是不是兽人的命令，我都会与你战斗到底，死亦无憾！”泰兰吼道。他猛地向黑龙的脖颈咬去，差一点就咬了上去。

“我要把你撕成碎片，老顽固！”

两条巨龙互相朝对方发出阵阵巨吼，与死亡之翼的吼声相比，泰兰的吼声显得有些苍白无力。

他们随即开始近身肉搏。

罗宁张大双眼，失声叫道：“*克拉苏斯？*”

红龙费力地点了一下头。“这个名字就……是我在……化身为人时……”

“克拉苏斯……”震惊一下子变成了愤恨。“你背叛了我和我的朋友！一切都是因为你！我不过是你的傀儡！”

“我对此十分……抱歉……”

“你和死亡之翼是一类货色！”

话音刚落，巨龙身体猛地一缩，但他还是点了一下头。“你骂的对。也许我很早以前就……就是这样做的。很容易视而不见……如何对待别人……”

远处战斗的声音在空中回荡，甚至都传到这里，罗宁顿时想到还有一些比他的自尊心更重要的事情。“温蕾萨和福斯泰德还在那里——还有那些矮人！他们可能都会因你而死！你为何要将我转移到这里，克拉苏斯？”

“因—因为局势虽然一片混乱，但我们仍有获胜的可能……这场混乱的局势的出现是因我而起…………”红龙想站起来，但最后只能勉强坐在地上。“你和我，罗宁……我们还有机会……”

法师皱了一下眉头，却没有作声。他现在唯一关心的是，要确保温蕾萨、福斯泰德，以及山地矮人能够逃过这一劫。

“你……你没有立即拒绝我的请求……这太好了。我对此表示感谢。”

“你想要我做什么就直说好了。”

“兽人指挥官手里有件武器……就是*恶魔之魂*。它的力量远在所有龙之上……惟独除了死亡之翼。”

罗宁这时想起耐克鲁斯对黑龙用过圆盘，却没有明显的作用。“为什么对死亡之翼不起作用呢？”

“因为圆盘是他造的，”一个文静的女性声音应道。

罗宁急忙转过身。他听到红色巨龙猛地吸了口气。

一位美若天仙的女子出现在法师的身后，她身穿一件飘逸的绿色长衫，苍白的唇间微微掠过一丝微笑。罗宁这才发现她的眼睛是闭着的，但她似乎毫不费力就知道他和红龙的位置。

“耶瑟拉……”红色巨龙充满敬意地轻声说道。

她没有对红龙作出任何回应，而是继续回答罗宁的问题。“*恶魔之魂*出自死亡之翼之手，我们当时相信，它会被用于正义的事业。”她说着大步向法师走去。“我们非常信任他，所以他让我们将法力传进圆盘里的时候，我们就照做了。”

“但他没有将他的法力传进去，他没有！”一个男人的声音突然厉声叫道，声音尖锐刺耳，透着几分疯狂。“告诉他，耶瑟拉！告诉他，在恶魔大军被打败之后，他是怎样背叛我们的！利用我们自己的力量来对付我们！”

一块巨石之上，站着一个瘦骨嶙峋、不大像人的家伙，他一头凌乱的蓝色头发，皮肤却呈银白色。他身披银蓝两色相间的高领长袍，看起来活像一个疯狂的小丑。他双眼闪着光芒。匕首一般的手指不停刮擦着他蹲坐的岩石，挖出道道深沟。

“我会把该说的都告诉他的，玛利苟斯。我的话不多也不少。”她说着脸上又掠过一丝微笑。罗宁望着她，越看越觉得她像温蕾萨——就像他梦里见到的那个温蕾萨。“是的，死亡之翼没有把事情真相告诉我们，还假装跟我们一样也献出了自己一部分力量。只是在他宣布他代表龙族的未来的时候，我们才发现这个可怕的事实。”

罗宁突然想到，耶瑟拉和玛利苟斯都把黑色巨龙说成是他们中的一员。他转过脸看着红色巨龙，用眼神问他自己的怀疑是否正确。

“没错……”负伤的红龙答道，“你想的完全正确。他们两个属于五条伟大的守护巨龙，即传说中世界的守护巨龙。”红龙似乎从他们的到来中汲取了力量。“耶瑟拉……梦想之王。玛利苟斯……魔法之王……”

“我们在这里是浪费时间，”又有一个声音低声说道，是一个男人的声音。“宝贵的时间……”

“还有诺兹多姆……时间之王！”红龙惊叫道，“你们都来了！”

一个似乎由沙子堆成的人出现在耶瑟拉的旁边。兜帽下面露出一张干枯的面孔，看起来脸上没长什么肉。宝石一样的眼睛不耐烦地盯视着红龙和法师。“是的，我们都来了！如果我们还在这里浪费时间的话，我会马上走人！我有很多东西要收集，编录成册——”

“总是啾啾不休，说个不停！”玛利苟斯从上面嘲讽道。

诺兹多姆将一只干瘪而又强壮的手举向那个小丑一样的人，而对方也把匕首般的指甲向他挥舞了一下。两人似乎都摆好架势，要大战一场，就在这剑拔弩张之际，幽灵般的女子站到两人之间。

“这就是死亡之翼为何几乎大获全胜的原因，”她低声道。

两人都极不情愿地退到后面。耶瑟拉转而面向所有人，眼睛仍然紧紧闭着。

“死亡之翼曾差点把我们打败，但我们联起手来，最终获得了胜利，迫使他永远不能使用*恶魔之魂*。我们把它从他手里夺过来，然后深藏在世界的中心——”

“不过，有人又为他找到了这个神器，”红龙突然打断，强使自己振作起精神，又一次重燃起了希望之火。“我相信很可能是他引导兽人找到它，因为他知道兽人有了它会做出什么事情。就算他不能使用圆盘，但他可以通过操纵别人使用圆盘来达到他的目的——就算他们还没有认识到这点。我—我相信阿莱克斯塔萨被俘获正合他的心意，因为她不仅是他害怕的唯一力量，部落也因此可以对世界造成更多的伤害，而黑龙不用耗费半点力气。既……既然部落已经让他失望，兽人把她运走正中他的下怀。”

“不是她，”耶瑟拉纠正道，“是她的蛋。”

“她的*蛋*？”克莱奥斯特拉兹惊叫，“不是我的女王？”

“是的，是她的蛋。你知道，黑龙的最后一个配偶在战争之初就死了，"她说，"是死于他的鲁莽……所以现在他想把姐姐的幼龙当作自己的孩子来抚养。"

"为了建立一个新的巨龙时代……"诺兹多姆铿锵有力地说，"死亡之翼的龙族时代！"

突然，罗宁发现这四人都齐刷刷地看着他，耶瑟拉虽然闭着眼睛，也还是望着他。

"我们不能接触*恶魔之魂*，人类，我们不相信任何人，因此从未让别人碰过它。我相信可怜的克莱奥斯特拉兹非常需要你的帮助，所以才会把你从你朋友那里拉了过来，尽管似乎只能这样做，但他现在无法使死亡之翼的注意力从神器身上移开。"

"这是我的职责！"红龙大吼，"这是我应受的惩罚！"

"这是没用的。你太容易受到圆盘的伤害。而且，别的地方也需要你。泰兰现在为了他的女王和捕获他的兽人而战，他这次难逃一死。阿莱克斯塔萨还需要你，亲爱的克莱奥。"

"还有别忘了，死亡之翼是我们的*兄弟*，"玛利苟斯阴阳怪气地说，爪子在岩石里陷得更深了。"当然应该由*我们*陪他玩玩！"

"你想让我做什么？"罗宁问，显得十分急切又有些焦虑。他最想做的其实是回到温蕾萨的身边。

耶瑟拉面对他，眼睛突然睁开了。罗宁蓦地感到脑子一阵晕眩。那双梦一般的眼睛令他想起他所认识、仇恨，或者心爱的所有人。"凡人，你必须从兽人指挥官手里夺回*恶魔之魂*。失去圆盘，他就没办法像他对我们的姐姐那样对待我们。夺走圆盘，你就有可能将她从他手里救出来。"

"这对死亡之翼还是没什么作用啊，"克莱奥斯特拉兹说，"就是因为有那个该死的圆盘在，你们的力量加在一起还是抵不上他的——”

“这我们知道，”诺兹多姆咝咝地说，“你找我们的时候你也知道！如你所愿，我们现在来了！你满意了吧！”他说着看着两位同伴。“用不着再废话了！我们赶快了结此事吧！”

耶瑟拉转向红龙，眼睛又随之闭上。“克莱奥斯特拉兹，有件事情必须由你来做，此事要冒很大风险。你不能用魔法把他送回到兽人的队伍中。有*恶魔之魂*在，此事非常危险。当他回到兽人那里的时候，他很可能会遇上挥来的斧头。你要带他一起赶到那里。希望在你接近兽人的短暂时间里，兽人指挥官不会再用那个邪恶的圆盘对付你。”她说着走到受伤的红龙身前，轻轻碰了碰他的鼻子。“你是她的配偶，但你跟我们不一样，克莱奥斯特拉兹，虽然你刚刚挣脱了*恶魔之魂*疯狂的攻击，成功逃脱——”

“我已经尽量使自己不受那个东西的攻击，耶瑟拉。本以为自己成功施展了保护咒语，但最终还是失败了。”

“我们可以为你做这件事。”玛利苟斯和诺兹多姆忽地站到她身旁。这三人一齐伸出左手触碰克莱奥斯特拉兹的鼻子。“*恶魔之魂*已经从我们身上攫取了巨大的力量，再损失一些也没关系……”

三人伸出的手的四周出现了几道光环，光环的颜色令人想起他们的颜色。三个光环汇在一起，很快传到红龙的口鼻处，继续扩展出去。转眼间，克莱奥斯特拉兹的巨大身躯笼罩在一片魔法的光辉下。

最终，耶瑟拉和其他两人退到了后面。红色巨龙眨了眨眼睛，站起身来。“我感到——精神大振！”

“后面还有恶战等着你，”她说。她又转向两位同伴。“我们现在应该去看望一下那位步入歧途的兄弟了。”

“是时候了!”诺兹多姆赶紧说道。

三条龙没有再对罗宁和红龙讲一句话,转身面向远处的死亡之翼。他们一齐展开手臂,手臂忽地变成了翅膀,随之不断膨胀。与此同时,他们的身体也不断变宽,愈来愈大。身上的衣服随之脱落,取而代之的是满身的鳞片。他们的脸部不断拉长,变硬,人类的痕迹消失殆尽,变成一副龙的样子。

三条巨龙接着飞到空中,看起来壮观不已,罗宁看得是目瞪口呆,一句话也说不出来。

“我祈祷他们成功,”克莱奥斯特拉兹嘴里咕哝着,“不过也许一切并不能如我所愿。”他低头看着一旁的矮小的法师。“罗宁,你认为呢? 你会照他们说的做吗?”

单单是为了温蕾萨,他就愿意。“当然。”

泰兰在战斗中完全处于下风,随之而去的还有他的生命。死亡之翼将泰兰无力的身躯高高举起,发出阵阵狂吼庆祝胜利。红龙身上有十几处深深的伤口,多数都在红龙的胸口,鲜血从伤口处不住地往下淌。泰兰的爪子也多处烧伤,这是他碰到黑龙遍身冒火的血管里滴下的酸性毒液的代价。与死亡之翼有过身体接触的人没有不受伤的。

黑龙又是一声大吼,随即将红龙的尸体抛向地面。事实上,他帮了病恹恹的泰兰一个忙;如果他继续这样带病活着,他还要承受更大的痛苦。尽管他很快输了这场战斗,至少死亡之翼让他像个战士那样壮烈死去。

他发出了第三次吼叫,想告诉所有人他是不可战胜的——

——却发现西面传来几声吼叫回应他。

“又是哪个不怕死的傻瓜?”他嘶嘶地说道。

死亡之翼立刻发现来的不是一个傻瓜,而是三个。他们也不是什么无名小辈。

“耶瑟拉……”他冷冷地招呼道,“还有诺兹多姆,我亲爱的朋友玛利苟斯也来了……”

“老兄,现在是时候结束你疯狂的暴行了,”皮肤光滑的绿龙平静地说道。

“我不是你的兄弟,耶瑟拉。张开你的双眼面对事实吧,谁也阻挡不了我为龙族建立一个新的时代!”

“你不过是想建立一个由你统治的时代。”

黑龙微微点了一下头。“在我看来,都一样。你最好还是回去睡你的觉吧。诺兹多姆,你呢?终于敢把头从沙子里伸出来了?难道你不知道这里谁最厉害?就算你们三个一起上也打不过我!”

“你的时代已经结束!”诺兹多姆厉声道。宝石般的眼睛闪烁着怒火。“有种的就来!加入到我收藏的古董里……”

死亡之翼哼着说:“玛利苟斯,你想怎样?你难道没什么话想对老战友说?”

作为回应,浅蓝色巨龙张开他的大嘴。一股寒冰射了出来,撒向死亡之翼的身体。寒冰一碰到黑龙的身体,随即发生了改变,化成数以千计的螃蟹一样的虫子,不停地撕扯黑龙的鳞片。

死亡之翼嘴里咝咝作响,酸液从红色血管里喷涌而出。玛利苟斯变出的这些微小生物大批地死去,只剩下为数不多的几个。

黑龙动作熟练地用两个爪子将其中一个小虫从身上摘下,一口吞进肚里。他盯着三条巨龙,笑了起来,露出一排锋利的牙齿。

“既然这样,那么……”

伴着一声惊天动地的狂吼,他猛地向他们扑了过去。

“他们打不过他的!”克莱奥斯特拉兹在和罗宁接近被围攻的兽人时嘀咕道,“他们不行!”

“那他们为什么还要多此一举呢?”

“因为不管结果怎样,他们现在必须要站出来!宁可离开这个世界,也不能看着世界在死亡之翼的手中痛苦地死去!”

“难道我们就不能帮帮他们?”

红龙的沉默回答了这个问题。

罗宁望着前方的兽人战士,想到了死亡。就算他从耐克鲁斯手中夺下神器,他又能拥有它多久呢?既然这样,他这样做又有什么用呢?他会使用那个圆盘吗?

“克拉苏——克莱奥斯特拉兹,圆盘蕴含了所有的巨龙的力量吗?”

“所有的巨龙,除死亡之翼之外,这也就是他为什么不会受到圆盘的力量牵制的原因!”

“他本人无法使用圆盘,是不是因为其他巨龙设下了咒语?”

“似乎是这样……”说着红龙斜着身体从空中飞过。

“你知不知道圆盘能做些什么?”

“能做很多事,但不论怎么它都不会对黑龙产生任何影响。”

罗宁皱了一下眉头。“怎么会这样?”

“你研习魔法多久了,我的朋友?”

法师扮了个鬼脸。在所有技艺当中,魔法是最矛盾的一个,魔法遵循一套自己的规律,但在最糟糕的情况下这套规律又常会发生改变。“明白了。”

“罗宁,巨龙们已经下定决心!若能夺下*恶魔之魂*,你不仅要解救我的女皇——我相信她会飞到空中帮助他们——你还有机会消灭部落的残余力量!要知道,若能合理利用*恶魔之魂*,它能做到的。”

他并没有想到这一点,但如此神奇的历史遗物肯定能击败兽人。“但学会如何使用圆盘要花很长的时间!”

“兽人中可没有老师教你!我虽不是守护巨龙,但我相信我会给你足够的指导!”

“前提是我们两人能都活下来……”法师喃喃自语。

“是的,说的没错。”龙族具有超凡的听力。“啊哈,我们要找的兽人就在那儿!准备好!”

罗宁已经做好准备。克莱奥斯特拉兹不敢离耐克鲁斯距离太近,生怕受制于*恶魔之魂*,也就是说,虽然兽人持有神器,但罗宁还是要利用魔法接近兽人指挥官。在战斗最初,他已经施念了许多咒语,但没有一个咒语能使罗宁做好准备。红龙也可以尝试施展法术,但因为与神器相距不远,他的魔法效果比法师的魔法效果差很多。

“准备好……”

克莱奥斯特拉兹开始下落。

“走了!”

罗宁猛吸一口气说道,接着立刻从红龙身上纵身跳了下去,飘在一辆马车的正上方。

驾驶马车的兽人抬头望向天空,看到法师的时候他吓得是目瞪口呆。

罗宁恰好落在了他的身上。

冲撞减缓了他下落的速度,但对那个兽人来说却无异于是一场灾难。罗宁挣扎着将不省人事的兽人推到一边,接着开始寻找耐克鲁斯。

兽人指挥官还骑在马背上,眼睛紧紧盯着克莱奥斯特拉兹飞转的身体。他将闪闪发光的*恶魔之魂*举在了空中——

“耐克鲁斯!”罗宁大叫。

兽人向他看去,这也正是法师希望看到的。转眼间,克莱奥斯特拉兹已经溜之大吉,不在耐克鲁斯的攻击范围之内了。

“人类!法师!你死定了!”他的额头上显出几道深深的皱纹,丑陋无比的脸上露出阴险的表情。“哼……等一会儿再对付你!”

他将神器对准罗宁。

法师迅速地变出一道保护盾,希望不管耐克鲁斯对他使出什么魔法,只要不像火傀儡的火焰一样就行了。空中三条守护巨龙现在爱莫能助,不能像对待克莱奥斯特拉兹那样赐予罗宁额外的法力,他们之所以出手救红龙是因为当时克莱奥斯特拉兹的身体濒临崩溃。罗宁现在只能寄希望于自己的微弱的力量。

这个时候,一只燃烧着火焰的巨手向他伸去,想要抓住法师。但罗宁的护盾十分有效,碰到隐约可见的魔法护盾,巨手一下子弹了回去,随后便吞噬了一个正要砍下矮人脑袋的兽人。兽人发出一声短促的惨叫,随即变成了一个火人。

“雕虫小技是救不了你的!”耐克鲁斯咆哮道。

罗宁身处的马车下的地面开始摇晃,一下子坍了下去。罗宁纵身一跳,逃离了将马车和马匹拖到下面的大坑。魔法护盾也随之消失,罗宁这时紧紧抓着地面,没有任何防备。

耐克鲁斯催马走近了几步，说道："人类，不管今天发生了什么，我一定要杀了你！"

罗宁见状嘴里立刻快速念出一个咒语。一块泥巴随之飞了起来，砸在兽人脸上，他试了几次想把泥巴从脸上弄掉，却怎么也弄不掉。耐克鲁斯不禁大骂起来，奋力想看清眼前的景物。

法师挣扎着站了起来，向兽人扑去。

他个子稍稍矮了一些，一把抓住兽人举着*恶魔之魂*的胳膊，却够不到更高的位置。虽然看不清四周的情景，耐克鲁斯还是抓住罗宁的衣领，想要扼住法师的喉咙。

"我要杀了你，你这个贱人！"

兽人的手指慢慢地滑向罗宁的脖子。罗宁既想夺走神器，又想保住自己的性命，因此什么事也做不成。耐克鲁斯紧紧扼住他的脖子，力量之大，法师感到难以承受。罗宁嘴里又开始施念咒语——

就在这时，一个带翼的家伙突然从耐克鲁斯身旁飞驰而过。一样东西落到耐克鲁斯的背上，将他和法师一齐推下马，坠向坚硬的地面。

他们狠狠地摔在了地上。两人向相反的方向弹开，罗宁脖子上巨大的力量也随之消失。

这时，有个人猛地抓住晕头转向的法师的肩膀："站起来，罗宁，要赶在他前面！"

"温—温蕾萨？"他望着她娇美的脸庞，心里又惊又喜。

"我们看到红龙将你从天上抛下，还看到你施展魔法使自己转危为安！福斯泰德和我知道你可能需要帮助，所以以最快的速度赶了过来。"

“福斯泰德?”罗宁望向天空,看到这位狮鹫骑士驾着狮鹫在空中盘旋。福斯泰德手上没拿任何武器,却发出一阵嚎叫,似乎是在向每一个兽人都发出了挑战。

“快一点!”游侠叫道,“我们必须赶快离开这里!”

“不!”他极不情愿地向后退去,“我要——当心!”

他眼疾手快,猛地把她推到一边,要是稍迟一步她就被巨大的战斧砍成两半。一个满脸伤疤的强壮的兽人又抡起战斧,再次挥向摔倒在地的温蕾萨。

罗宁做了个手势……战斧的手柄突然变长,晃个不停,好像一条不停扭动的蟒蛇一样。兽人竭力想控制住战斧,却发现战斧此刻在他四周不停扭动。兽人的心一下子凉了半截,他松开手,挣脱乱扭的斧头的纠缠,落荒而逃。

法师一只手伸向温蕾萨——

——却发现自己一头栽倒在地,原来有人从背后击中了他。

“它在哪儿?”耐克鲁斯·碎颅者咆哮道,“*恶魔之魂*哪儿去了?”

愣了半晌,罗宁不知道兽人在说些什么。神器应该在耐克鲁斯手上才对……

巨大的重量突然出现在他的背上,如泰山压顶一般。他听到耐克鲁斯的声音:“呆在原地别动,精灵!我只要稍稍倾斜一点儿,你的朋友就会像水果一样被压个稀烂!”罗宁忽地感到脸上抵着一块冰冷的金属。“别耍花招,法师!把圆盘还我,我还可以给你一条活命!”

虽然耐克鲁斯压在他身上,但罗宁还是能从眼角瞥见兽人。指挥官用木头假肢顶着法师的脊背,罗宁知道对方只要稍一用力他的脊背就会折断。“它不—不在我手上!”耐克鲁斯庞大的身体使他几乎难以呼吸,更不用说讲话了。“我不知道它在哪—哪儿!”

“我可没耐心听你撒谎,人类!”耐克鲁斯又增加了力量。他原本傲慢的口气中带着几分绝望。“我现在就要!”

“耐克鲁斯……”兽人耳边突然响起一阵隆隆声,声音中充满了仇恨,“你让他们屠杀我的*孩子*!我的*孩子*!”

罗宁感到兽人突然扭动了一下身体,似乎是把身体转了过去。耐克鲁斯倒吸了一口凉气,失声叫道:“不——!”

一个黑影笼罩在罗宁和他的敌人身上。一股热风吹向法师,这股风热得发烫。他听到了耐克鲁斯·碎颅者发出惨叫——

转瞬间,罗宁突然感觉不到兽人的体重。

罗宁随即转过身来,心想杀死兽人的人一定还会杀他。温蕾萨也赶来帮他,拼命将他向她拽去,法师这时一下子明白过来是谁造成这巨大的黑影,为何随之而来的声音听起来如此耳熟。

虽然有些龙鳞松散地悬在身体上,双翼笨拙地弯着,但龙族女皇阿莱克斯塔萨仍然令人叹为观止。她身形庞大,无人可比。她脑袋伸向空中,一声仰天长啸,对敌人表示蔑视。至于耐克鲁斯,罗宁没有看到他的任何踪影;巨龙许是将他整个人吞进肚里,或是将他的身体抛到很远的地方。

阿莱克斯塔萨又是一阵大吼,随后低头伸向法师和精灵。温蕾萨已经准备好保护他们两人,但罗宁示意她放下手中的宝剑。

“人类,精灵,感谢你们终于让我有机会为我的孩子报仇!现在还有很多人需要我的帮助,虽然我只能出一份微薄之力!”

她将目光投向天空,只见空中有四条巨龙在奋力拼杀。罗宁跟随她的目光,看到耶瑟拉、诺兹多姆和玛利苟斯联手大战死亡之翼，似乎没有任何进展。三条龙一次又一次向黑龙俯冲而去，但每一次黑龙总能轻而易举地将他们击退。

“三个打一个，他们还赢不了？”

阿莱克斯塔萨已经开始舞动翅膀，准备飞到空中，却停下来答道：“*恶魔之魂*令我们实力大减！只有死亡之翼的法力丝毫未损！打败他有两个方法：用神器对付他，或者我们重获失去的力量，但这两个方法都不可能实现！我们只能战斗到底，期望有个好结果！”头顶突然传来一声巨吼，大地不由一震。“我现在要走了！请原谅我这样离开你们！再次向你们表示感谢！”

说完，龙族女皇腾地一声飞上了天，她的尾巴随意地将附近的兽人扫倒，却避开了勇敢的矮人战士。

“我们一定能帮上什么忙！”罗宁说着环顾四周，寻找*恶魔之魂*。它一定就在附近某个地方。

“别管它了！”温蕾萨叫道。她挡开一个兽人挥来的斧头，然后一剑穿心，结果了他的性命。“我们还要保护好我们自己！”

虽然四周一片混战，但罗宁还是不停地寻找。突然，他发现了一个发光的物体，半掩在一位战死的矮人的胳膊下面。法师疾步赶了过去，心中抱着最后一丝希望。

它就是那个龙族的神器。罗宁凝望着它，眼神中充满了景仰。它的形状简单而优雅，却蕴含着强大的力量，远在所有法师的法力之上，也许只有臭名昭著的麦迪文可以与其媲美。有了它，耐克鲁斯可以成为部落的总首领。有了它，罗宁可以成为达拉然的主人，成为所有洛丹伦王国的国王……

*我在想什么呀？*罗宁摇了摇头，努力摆脱这些想法。*恶魔之魂*散发着一种蛊惑人的力量，他必须要多加小心。

福斯泰德驾着狮鹫，也冲向地面加入战斗。他不知从哪里搞到一把兽人战斧，已经能运用地挥洒自如。

"法师！你怎么了？罗姆和他的人也许能打败兽人，但你也不能只是站在这儿呆呆地看着一些花哨的小玩意儿啊！"

罗宁没有理他，就像刚才没理会温蕾萨那样。不管怎样，要想战胜死亡之翼，就必须充分利用*恶魔之魂*！还有什么力量可以有此用途？就算四条守护巨龙联起手来也远远不够。

他举起神器，感受着其中的巨大力量，知道这股力量还不能派上用场，至少现在不行。

也就是说，也许*没有*人能阻止死亡之翼实现他的目标……

21

巨龙们使出浑身解数,拼尽全力与他搏斗。他们利用身体和魔法对死亡之翼连续发动猛攻,却都被他一一化解。不管他们多么凶猛地攻击他,但一个事实已无法改变:很久之前他们对*恶魔之魂*贡献了法力,这使得他们战斗力大不如从前,与黑色巨龙相比,其他四个守护巨龙就如同孩童一般不堪一击。

诺兹多姆将时间之沙向他撒去,意欲盗走死亡之翼的青春。死亡之翼发觉自己突然全身软弱无力,骨头僵硬起来,思维也慢了下来。但还未等这一变化成为永久的现实,暴怒的巨龙体内的原始力量突然爆发出来,将沙子烧得一干二净,破解了这个设计巧妙的咒语。

玛利苟斯对他发动了正面攻击,这条疯狂巨龙的狂暴力量使他在短时间里与死亡之翼不相上下。玛利苟斯从四面八方向黑龙射去了各种闪电冰柱,酷热和令人麻木的低温同时向死亡之翼袭去。但黑龙身上嵌着附有魔法的铠甲几乎将所有狂暴的进攻都挡了回去,他没有遭受太多的痛苦。

在三条巨龙中,最狡猾也是最危险的敌人是耶瑟拉。起初她守在后面没有动作,似乎对两位战友在黑龙身上浪费体力十分满意。而死亡之翼发觉自己开始自鸣得意,这种感觉在他脑海里不断膨胀,令他有些心烦意乱。后来他才意识到自己竟然做起了白日梦。拼命摇了几下脑袋,他连忙将耶瑟拉在他大脑里设下的法术破解。

挥动了几下巨大的翅膀,他抽身摆脱了他们的攻击,接着开始反击。他的两只前爪中间出现了一个巨大的能量球,充满了原始的力量,他二话不说猛地将球掷向他们三人。

魔球飞到三条巨龙跟前的时候发生剧烈的爆炸,耶瑟拉和其他两龙都被震开,身体不停向后面翻滚。

死亡之翼不可一世地吼道:“都是饭桶!把你们的招数都使出来吧!结果都一样!我是力量的化身!你们什么也不是,不过是过去的阴影!”

“永远也不要低估过去的教训,黑龙……”

一片红色阴影出现在死亡之翼的眼前,令他不由大吃一惊。“阿莱克斯塔萨……来为你的配偶报仇?”

“我来是为我的配偶和孩子报仇,死亡之翼,这一切都是因为你!”

“因为我?”黑色巨龙咧嘴笑道,“别忘了,我可不能接触*恶魔之魂*;这你们都知道!”

“可是有人将兽人领到一个只有龙族才知道的地方……有人告诉他们圆盘的惊人力量!”

“就算如此,又怎么样?你的时代已经过去,阿莱克斯塔萨,我的时代即将到来!”

红龙展开双翼,亮出了爪子。虽然饱受囚禁的煎熬,但此刻她并不显得多么弱小。“是你的时代结束了,黑龙!”

"我已经与其他三龙过了招,领教了时间的无情、噩梦的诅咒,还接受了魔法的洗礼。你又有什么新花样?"

阿莱克斯塔萨双眼圆睁,坚定地回望着对方邪恶的眼神。"生命……希望……和它们所能带来的一切……"

死亡之翼听到她的话,不禁大笑道:"那么你现在和死没什么差别!"

两条巨龙随即冲到一起。

"她打败他的希望不大,"罗宁低声说,"他们谁也别想打败他,因为这个该死的神器从他们身上夺走了决定性的力量!"

"如果我们也无能为力的话,那就离开吧,罗宁。"

"不行,温蕾萨!我一定要为她做些什么——这其实也是帮我们自己!如果他们不能打败死亡之翼的话,还有谁能与他对抗?"

福斯泰德盯着*恶魔之魂*,说:"有了这个东西,你还帮不上忙吗?"

"是的。它不能对付死亡之翼。"

矮人摸了摸长满胡须的下巴。"不能将这个玩意盗走的魔法还给巨龙,真是太可惜了!如果能还给他们的话,他们至少不会处在下风……"

法师摇了摇头。"这不可——"他突然停了下来,一副若有所思的样子。手指断裂,脑袋隐隐作痛,再加上遍体鳞伤,他想在地上站稳都要费不少力气。福斯泰德的话好像让罗宁想到了什么。"不过,也许这还是有可能的!"

他的两个同伴不解地看着他。罗宁迅速向四周望去,以确保没有兽人袭击他们,接着找到一块坚硬的岩石。

“你要做什么?”温蕾萨问,那口气就像是以为他丧失了理智。

“将他们的力量还给他们!”他将*恶魔之魂*置于另一块石头上,随后高高举起捡到的石头。

“你到底想干什么——”福斯泰德失声叫道。

罗宁奋力将手中的石头向圆盘砸去。

结果,石头碎成了两半。

*恶魔之魂*闪闪发亮,完好无损。

“该死!我早就应该知道!”他抬头向福斯泰德看去。“你能不能用那个东西准确砸到圆盘上?”

矮人的样子就好像受到了侮辱。“这也许是兽人才做的低级工作,但这把战斧还是不错的武器,我使得比谁都好!”

“用它来砸圆盘!现在!”

游侠忧心忡忡地将手搭在法师的肩膀上。“罗宁,你真以为这会起作用?”

“我知道要想使神器里的魔法重回他们身上,就必须要把它打破,只有这样将魔法束缚住的力量才会消失!我可以把巨龙们失去的力量还给他们——但前提是一定要把*恶魔之魂*打破!”

“这就是为什么要我做这件事的原因?”福斯泰德说着抡起了斧头,“退到后面,法师!你是想让我把圆盘砍成两半,还是剁成碎片?”

“不管怎么,只要毁了它就行!”

“这太简单了……”矮人将战斧高举头顶,一个深呼吸,奋力劈了下去,罗宁看到矮人胳膊上肌肉都绷得很紧。

斧头恰好击中——

溅起一阵金属碎片。

“我的天！这斧头！竟然报废了！”

斧刃上一个大大的缺口证明了*恶魔之魂*的表面是多么坚硬。福斯泰德懊恼地将斧子扔在地上，嘴里不停地骂着兽人拙劣的作工。

罗宁心里清楚，这把战斧其实没有问题。“这比我想像的还要可怕！”

“它一定有魔法保护，”温蕾萨低声说道，“难道不能利用魔法将其摧毁？”

“那必须是非常强大的魔法。光靠我这点法力是不够的，最好是有件缀饰——”他蓦地想起克拉苏斯——更确切的说是克莱奥斯特拉兹——给温蕾萨的魔法缀饰，但在罗宁和红龙重回战场之后，那件缀饰就被留在了原来的地方。而且，罗宁怀疑那个东西是否能发挥他想要的作用。要是他有死亡之翼身上的东西，但在山上的时候缀饰就已经丢了——

但缀饰上的宝石还在他身上！宝石是用黑龙身上一块鳞片制成的！

“一定能行！”他一边大叫，一边把手伸进口袋里。

“你有什么宝物？”福斯泰德问。

“就是这个东西！”他掏出那块小巧的宝石，宝石样子十分普通。“死亡之翼用他的身体造就了它，就像他利用魔法制造了*恶魔之魂*一样！其他东西都办不到的事情也许它能做到！”

矮人和精灵望着他将宝石凑近圆盘。罗宁不住地想如何使用宝石，最后决定按照法师行当的教义去做——先从简单的方法试起。

他手中的黑宝石似乎发出微光。法师将宝石最锋利的一面转向圆盘。罗宁知道这个计划可能会失败,但他已经别无选择。

他小心翼翼地将宝石沿着邪恶的圆盘的中心划过。

死亡之翼的鳞片切在*恶魔之魂*坚硬的金色表面的感觉就像拿刀从黄油中划过一样。

“小心!”温蕾萨猛地拉了他一把,时机刚好,只见圆盘被切开的地方射出一束光。

罗宁感到裂开的神器中放出一股强烈的魔法能量,他一下子明白自己要马上行动起来,以免真正拥有这些能量的人永远失去它。

他嘴里开始施念咒语,不时对咒语做出改进。法师已经十分疲倦,但还是努力集中意念,生怕在这个紧要关头功亏一篑。此事*必须*成功。

一道闪着光芒的神奇彩虹慢慢升起,升到天上。罗宁又念了一遍咒语,希望能得到他想要的效果……

空中的彩虹放出耀眼的光芒,在几百英尺高的空中不停旋转,飞向奋力搏杀的巨龙。

“成功了吗?”游侠屏息问道。

罗宁望着远方克莱奥斯特拉兹、死亡之翼等几条巨龙,说:“应该可以——*希望*如此……”

“你们怎么还是冥顽不化？难道还要将这场赢不了的战争继续下去吗?”死亡之翼目空一切地望着他的敌人。他对他们余存的一丝敬意早已荡然无存。这些巨龙虽然知道团结起来他们的力量还是太弱,但他们还是战斗不止,无异于用头撞墙。

“你制造了太多的痛苦,太多的恐怖,死亡之翼,”阿莱克斯塔萨反唇相讥,“不仅我们是受害者,还有世间所有凡物!”

“他们对我有何意义,对你又有什么?我真是难以理解!”

她摇了摇头,显然是在替他表示遗憾。“不……你永远也不会……”

“我已经跟你——跟你们玩够了!四年之前,我就应该把你们都杀掉!”

“那时你还没那个本事!制造*恶魔之魂*也让你很长一段时间大伤元气……”

他哼了一声,说:“但我现在已经完全恢复法力!我对这个世界的计划正在迅速实施……在我杀掉你们之后,我会夺走你的蛋,阿莱克斯塔萨,创造我的完美世界!”

作为回应,红龙又发起了新一轮的攻击。死亡之翼大笑几声,他知道她的咒语还是会像过去一样对他不起作用。他拥有巨大的力量,再加上身上的魔法铠甲,*没人*能伤害他——

“喝!!”她的狂暴力量以一种前所未有的方式撕扯着他的身体。他的合金铠甲没能挡开这股可怕的力量。死亡之翼立刻使出强大的魔法护盾,但他身上还是留下了道道伤口。他全身一阵钻心的疼痛,这种感觉他已经几百年都没感觉到了。

“你——你对我做了什么?”

起初,阿莱克斯塔萨也是一脸的困惑,随后她会心地一笑,有些洋洋得意。“这只是我这么多年想要惩罚你的开始,恶龙!”

她显得更为强大。实际上,四条守护龙都发生了这种改变。黑龙心中涌起一种不祥的感觉,万无一失的计划出现了可怕的错误。

“你能感觉到吗?你能感觉到吗?”玛利苟斯重复说道,“我又重新成为我自己了！真是太好了！”

“来得真是时候！”诺兹多姆应道，宝石般的双眼射出久违的光芒。“是的，太是时候了！”

耶瑟拉张开迷人的双眸，让人神魂颠倒，死亡之翼不由将目光从他们身上转向别处。“噩梦即将结束，”她低声说道，“我们的梦想成真了！”

阿莱克斯塔萨点点头。“失去的力量又回来了。*恶魔之魂*……那个*恶魔之魂*已经*不复存在*。”

“不可能！”黑色巨龙吼道，“一派谎言！都是骗人的！”

“不对，”红龙纠正说，“现在唯一要推翻的谎言是你是无敌的。”

“说的没错，”诺兹多姆厉声说，“我期待着推翻那个可笑的谬论……”

死亡之翼很快发现自己受到四股元素力量的攻击，之前他从未见识过这种力量。他不再只是与他的对手的影子相斗，而是一个四人组合，每一个对手都和他旗鼓相当，四人要是联手起来他根本抵挡不了。

玛利苟斯向黑龙放出几团云，云团紧紧缠住黑龙的嘴巴和鼻孔，令他感到窒息。诺兹多姆使死亡之翼自己的时光向前流转，迫使他连续几个星期、几个月，甚至几年都不得休息，削弱他的体力。在两龙的夹击下，他的防守大不如从前，耶瑟拉趁机进攻他的心灵，使黑龙脑中充满了最可怕的梦魇。

就在那个时候，阿莱克斯塔萨这个可怕的复仇女神飞到他的面前。她瞪着死亡之翼，眼神中仍然带有些许怜悯：“我是生命巨龙，黑龙，与世上所有母亲一样，我也知道做母亲要承担的疼痛和惊喜！在过去的几年中，我眼睁睁地看着我的孩子被培养成战争的机器，若能力稍逊或不听使唤就惨遭杀戮！我看着孩子们一个个死去，而我却无能为力！”

“你的话对我毫无意义，”死亡之翼一边徒劳地奋力摆脱其他对手可怕的攻击，一边咆哮道，“*毫无意义！*”

“不，这不可能没有意义……这也就是为什么我要先让你体会我所遭受的那些痛苦……”

她说到做到。

对付包括耶瑟拉的噩梦的各种攻击，死亡之翼都能想出破解的办法，可是面对阿莱克斯塔萨的来袭他却无计可施。她的武器是痛苦，是她自己的痛苦。这种痛苦的力量黑龙从未感受过，而是一个慈爱的母亲看到每一个孩子与她分离，转变成邪恶的龙时遭受的痛苦。

看到每一个孩子死去所承受的痛苦。

“你会经历我所经历的所有过程，黑龙。我倒要看看你是否就一定比我过得好。”

死亡之翼从未经历过这种痛苦。这种痛苦与凶猛的爪子和锋利的牙齿对他造成的痛苦大不一样，这种痛苦撕扯的是他的内心。

世间最可怕的黑龙发出从未有过的凄惨的叫声。

也许正是他这声惨叫救了他一命。其他巨龙听到叫声都是惊诧莫名，一下子停止施念咒语。死亡之翼瞅准时机，迅速摆脱咒语的纠缠，转身就逃，旋风般地飞走了。他的身体仍然抖个不停，在他飞快逃走的时候仍然不停尖叫。

“我们绝不能让他逃了！”诺兹多姆一下子回过神来。

“追上他，一定要追上他！”玛利苟斯表示同意。

“我同意,”梦想之龙静静地说道。阿莱克斯塔萨此时在空中盘旋,惊讶于自己刚才的举动。耶瑟拉望着她叫道:“姐姐的意思呢?”

“同意,”红龙点头答道,“尽一切办法追上!我随后就到……”

“明白了……”

其他三条守护巨龙改变方向,加速追了上去。

阿莱克斯塔萨看着他们飞走,很想跟着追上去。虽然他们的法力已经失而复得,但她不知道他们是否能永远终结死亡之翼的恐怖力量,但他的力量必须要受到遏制。不过,此时此刻,她还有其他事情要马上解决。

龙族女皇在空中四下打量,眼睛不停扫视着空中和地面,像是在找什么。终于他看到了她要找的人。

“克莱奥斯特拉兹,”她低声说,“你真实存在,不是耶瑟拉的梦想之一……”

如果矮人们孤军奋战的话,他们可能会经历一个截然相反的命运。他们虽然能撑一段时间,但兽人不仅人数上占优势,而且身体条件也要好很多。长年躲在地下一方面使罗姆手下的人坚强起来,但同时也大大消耗了他们的体力。

幸运的是,他们获得了三个人的支援:一个法师、一个训练有素的精灵游侠,还有一个疯狂的同族弟兄,骑着一头有着锋利无比的爪子的狮鹫。毁掉*恶魔之魂*之后,这三人转而来帮助可靠的山地矮人,最终扭转了战局。

兽人战士每每要重整旗鼓的时候,克莱奥斯特拉兹总会突然出现,向兽人发动袭击,这也起到了相当大的作用。

格瑞姆巴托的兽人残军最终缴械投降,他们精疲力竭,最终跪倒在胜利者的面前,以为等待他们的会是死亡。罗姆一个胳膊固定在吊带上,他完全有理由将他们处死,因为许多同胞和盟友都惨死在兽人的手上,其中就包括吉姆。最终,罗姆还是听从了龙的命令——谁又会跟龙争辩呢?

"他们将被押送到西部,那里联盟的战舰会把他们送到已经建好的收容所。今天这里流了很多血,卡兹莫丹北部将会血流成河……"克莱奥斯特拉兹显得疲惫不堪,"今天我已经看到了太多的流血场面,谢谢你……"

听到罗姆答应照他的意思去做,克莱奥斯特拉兹又把目光转向了罗宁。

"我不会告诉任何人你的真实身份,*克拉苏斯*,"年轻的罗宁随即说道,"我已经明白你的一番苦心。"

"但我永远都不会原谅我的过错。我只能祈祷女皇能明白……"巨龙竭力作出了一个人类的耸肩的动作,"至于我在肯瑞托的位置,将会引起法师们的讨论。我不知道自己是否还想留在那儿。过去的一切真相终将大白天下,起码是部分真相。他们会明白我派你执行的不是一项简单的侦察任务。"

"都发生了什么?"

"很多事情……太多事情。部落仍然盘踞在丹奥加斯,不过这将很快成为过去。在那儿之后,这个世界必须进行重建……如果还有机会的话。"他顿了一下,又说,"另外,在今天这场战斗之后,政局也肯定出现变化。"克莱奥斯特拉兹神色不安地望着身前矮小的生灵,"我现在要对你们讲的是,我的同类要为这些变化承担很大的责任。"

罗宁本想追问几个问题，但他很快意识到克莱奥斯特拉兹不会回答他的任何问题。法师知道死亡之翼和克莱奥斯特拉兹都能装扮成人，因此他相信这个古老的种族肯定不仅干涉了人类的历史，还包括精灵和其他种族的历史。

“你的思维很敏捷，罗宁，”巨龙说，“你这个学生总是让我很满意……”

这时，一个巨大的黑影笼罩在众人身上，两人的对话也就此结束。疲倦的法师还以为死亡之翼最终逃脱了巨龙们的追杀，回来对使他失败的人进行报复。

然而，在空中盘旋的飞龙却不是黑色，而是克莱奥斯特拉兹那样的红色。

“黑龙逃走了！他的邪恶就算没有被消灭，也肯定得到有效的遏制！”

克莱奥斯特拉兹抬眼望去，声音中充满了渴望。“我的女皇……”

“我还以为你已经死了，”阿莱克斯塔萨对她的配偶喃喃道，“我还为你悲伤了很长时间……”

雄龙露出愧疚的神情。“我只能暗中行事，女皇，只求有机会使您重获自由。我不仅给你造成巨大的痛苦，还轻率地利用了这些凡人，我对此表示深深的歉意。我知道你会如何对待其他族类……”

她点点头。“如果他们能原谅你，我也会原谅你的。”她的尾巴滑到下面，与他的尾巴缠在了一起。“其他龙还在追赶黑龙，但在我加入他们的行列之前，我们必须将我们红龙族剩下的龙聚集在一起，重建我们的家园。我认为这是现在最紧要的事情。”

“一切都听您吩咐，”他点了一下巨大的脑袋，答道，“现在直至永远，我的爱人。”

龙族女皇又把目光转向法师和他的朋友，说：“你们做出巨大的牺牲，我们愿意送你们回家——前提是你们要先等一会儿。”

虽然福斯泰德的狮鹫多费些体力还是能把他们送回去，但罗宁还是十分感激地答应了下来。虽然克莱奥斯特拉兹要过一些花招，但他发现自己还是挺喜欢这两条龙的。倘若换作是罗宁，他也许会作出同克莱奥斯特拉兹一样的决定。

“山地矮人会给你们提供食物和休息的地方。等我们明天找回所有的蛋，妥善安置之后，我们就来接你们。”说着她的脸上掠过一丝苦涩的笑容。“谢天谢地，我们的蛋都很坚硬，不然就算打败死亡之翼，我还是无法承受这个打击……”

“别再想这件事了，”雄龙催促道，“快走吧！此事结束的越早越好！”

“是的……”阿莱克斯塔萨朝三人点了点头，“人类罗宁，精灵，还有矮人！感谢你们三人对我们的帮助，只要我是女皇，我们龙族就永远不会与你们为敌……”

话音刚落，两条龙就立刻腾空而起，飞了起来，快速地飞向死亡之翼将第一批龙蛋带去的地方。车队剩下的龙蛋皆由山地矮人保护，他们欢欣鼓舞，终于可以收回格瑞姆巴托堡垒以及周围所有地方。

“瞧那两条龙，真是太壮观了！”看着红龙渐渐远去，福斯泰德不由赞叹道。他转向他的两个同伴。“我的精灵女士，你将永远是我的梦中情人！”他抓住一脸困惑的游侠的手，握了几下，然后转向罗宁说：“法师，我虽然没跟你们打过多少交道，但我要说你有一颗勇敢的心！这个故事太精彩了，我给它起了个名字，叫‘勇夺格瑞姆巴托’！如果某天你在某家客栈发现有矮人讲述你的故事，可别大惊小怪啊。”

“你要离开我们？”罗宁不解地问。他们刚刚赢得这场战斗。此时的他惊魂未定，呼吸还不是很顺畅。

“明天再走也不迟，”温蕾萨执意要他留下。

矮人耸了一下肩，仿佛是在说，若不是他自己的决定，他会很乐意留下的。“我对此感到抱歉，可是这个消息必须要尽快传到艾瑞峰！我的速度不比飞龙慢多少，我要在他们到达洛丹伦之前赶回去！这是我的责任，而且我也想让那里的兄弟们知道我没有失踪……”

罗宁充满感激地握住福斯泰德有力的大手。虽已疲惫不堪，狮鹫骑士还是紧紧握住对方的手，听到罗宁对他说：“感谢你做的一切！”

“不，人类，还是要谢谢你！我很高兴看到另一位骑士唱出更为响亮的凯旋之歌！相信我，我会成为所有女士的偶像！”

温蕾萨一直没有说话，只是凑到矮人跟前，轻轻地吻了一下矮人的脸颊。大胡子福斯泰德的脸上顿时一片绯红。罗宁心里也是醋意大生。

“保重身体，”她对矮人说。

“我会的！”他轻轻一跃，就跨到狮鹫的背上。福斯泰德朝两人挥了挥手，接着用脚跟轻拍了一下狮鹫的体侧。“希望战争结束的时候，我们能再见面！”

狮鹫飞上了天，在空中转了一圈，福斯泰德又一次向两人挥手道别。接着，矮人的坐骑转向西方，很快消失在远方。

罗宁一直向不断变小的人影挥手,回忆起他对福斯泰德的第一印象,不由心生惭愧。福斯泰德在很多方面证明自己不是法师想像的那样。

这时一只轻柔的手握住他受伤的手指,轻轻地举到空中。

“你这只手早就应该进行治疗,”温蕾萨嗔怪道,“我发誓要把你保护好。这个伤对我可不好……”

“你的誓言不是在我们到达卡兹莫丹的时候就无效了吗?”他说,脸上掠过一丝微笑。

“也许吧,但似乎每时每刻你都要对自己多加小心!谁知道你下一次还会做出什么事?”精灵说着脸上也是莞尔一笑。

罗宁看着她对自己折断的手指大呼小叫,心想也许在飞龙将他俩带回洛丹伦之后,他还能继续与温蕾萨保持联系。当然对指挥官们而言,他俩如果能一起汇报任务将是最好的事情。他应该把他这个想法告诉温蕾萨,看她是怎么想的。

奇怪的是,他猛地想到自己怎么会从最初只求一死,发展到后来勇敢地活下去,在发生如此大的转变期间,他经历了险些被人烧死,压死,用刀捅死,丢脑袋,被龙吞入肚中等各种劫难。他对之前那次任务还会感到遗憾,但他不会因此再感到苦恼。

“好的,”温蕾萨向他宣布,“保持这个姿势别动,等我找到更好的药物。那样你的手指才能快速复原。”

她从自己衣服上撕下一块布,将破损的战斧上的木头用作夹板将罗宁的手指固定住。罗宁看着她包扎手指,心中涌起一种别样的感觉。

他从来都没告诉她,等他恢复了体力,他会用魔法将手指完全复原。她太想帮他了,他不想打击她的热情。

“谢谢你。”

他希望巨龙们不用急着完成任务。用不着担心兽人的来袭，罗宁感到自己不急着回家。

格瑞姆巴托失陷以及部落最后的希望破灭的消息最终传到联盟，人民喜笑颜开，欢天喜地，举行各种庆祝活动。战争终于结束了。和平已经近在眼前。

每一个大国都想听到罗宁和温蕾萨亲口讲述他们的经历，询问了他们很多问题。另一个消息从艾瑞峰传来，证实了他们两人所言不虚。这个消息出自一个狮鹫骑士之口，即著名的英雄福斯泰德。

罗宁和温蕾萨在各国四处访问，两人的关系也随之愈加紧密。与此同时，扮成法师克拉苏斯的红龙向“天空之厅”汇报了情况。起初，议员们还对他怀有敌意，特别是知道他之前对所有人撒过谎的那些人。不过，没有人对报告的结果持有异议，因为法师都是实用主义者，只看结果不管过程。

德兰登的头部笼罩在阴影之中，他对没有露脸的克拉苏斯摇了摇头。“你能使我们的一切努力都付之东流！”他低沉地说，声音借着刚刚刮过的风暴在房间里回响。“一切努力！”

“我现在明白了。如果你愿意，我可以辞职不干，只要你愿意，我还愿意接受惩罚，面壁思过，甚至被驱逐出境。”

“有人提出的惩罚方法比驱逐出境还厉害，”莫德拉说，“远不止驱逐出境这么简单……”

“我们已经讨论过此事，认为罗宁的成功给达拉然带来了友谊的纽带，即使不知道这次任务而表示抗议的盟国也向我们示好。

精灵族对此尤其感到满意,因为有个精灵也参加了这次任务,"德兰登耸耸肩,继续说,"似乎用不着再谈论这个话题了。克拉苏斯,虽然你受到公开谴责,但我本人要对你表示*祝贺*。"

"德兰登!"莫德拉失声叫道。

"这里没有外人,我可以想什么说什么。"他搭起双手,接着说道,"现在如果没有其他人发表建议,我想谈谈普瑞斯托领主的话题,他即将当选奥特兰克的君主,却*似乎*一下子从这个世界上消失了!"

"他的住所里空空如也,他的仆从也都纷纷逃走……"莫德拉补充道,但仍然对德兰登刚才对克拉苏斯的评价耿耿于怀。

另一个身体魁伟的法师开口道:"那里四周的魔咒也消失了。有迹象表明有地精为这个混蛋法师卖命!"

这时,所有议员齐刷刷地向克莱奥斯特拉兹看去。

他摊开双手,就好像自己和其他人一样摸不着头脑。"普瑞斯托领主"在整个局势里无疑处在上风,占尽了一切优势;而在他将这一切抛弃之后,为什么人们都想知道个究竟呢?"这对我来说也是个不解之谜。也许他最终认识到我们合力定会把他打败。我就是这么想的。确实没有证据能解释他为何会放弃一切。"

这番话十分符合其他法师的胃口。克莱奥斯特拉兹知道,跟大多数生灵一样,法师也需要时常被人捧一捧,满足一下他们的自尊心。

"他的势力已经减弱,"他继续说道,"你们一定都听到吉恩·灰鬃重新对普瑞斯托的登基表示抗议,连海军上将普罗德摩也表示抗议。泰若纳斯国王还宣称接连两次对这个所谓的贵族的背景进行检查,仍然有很多疑点难以解答。普瑞斯托即将迎娶年轻公主的传言也渐渐不了了之……"

"你调查过他的背景,"莫德拉说道。

"也许有些信息不小心传到国王的耳朵里了。"

德兰登点点头,露出满意的表情。"罗宁的这次任务使我们获得泰若纳斯等人的认可,我们一定要利用好这次转机。再过两个星期,'普瑞斯托领主'将会受到整个联盟的唾骂!"

克莱奥斯特拉兹举手表示警告。"还是小心处理此事为好。我们有充足的时间。用不着太久,他们就会忘记世界还存在过他这个人。"

"也许你是对的,"大胡子德兰登说着看向其他人,其他法师纷纷点头表示同意。"也就是说,大家都同意了。太棒了。"他举手做出散会的手势。"好的,如果没有其他——"

"我还有话要说,"龙族法师突然打断道。一片来自即将消逝的风暴的云团从他体内飘过。

"怎么了?"

"虽然你原谅了我可疑的行为,但我必须告诉你我要休假,离开议会一段时间。"

闻听此言,众法师显得十分震惊。大家知道他从未错过一次会议,更不用说退出议会了。

"要多久?"莫德拉问。

"不好说。我和她已经分别太久,要过很长一段时间才能重获我们曾经拥有的爱。"

尽管德兰登笼罩在阴影中,克莱奥斯特拉兹还是看到他眨了一下眼睛。"*你有……老婆*,是吧?"

"是的。如果我从未跟你提过此事,请抱歉。正如我说的那样，我们已经分别太久……”他笑着说，虽然众人看不到他脸上的笑容。“……但现在她又回到我身边。”

法师们相互交换了一下眼色。德兰登说道：“既然这样……不管怎样……我们不会妨碍你。你完全有理由这样做……”

他鞠了一躬。其实，克莱奥斯特拉兹很想回到议会，因为这已经成为他漫长的生命一部分。然而能跟阿莱克斯塔萨在一起，这就不再那么重要。“非常感谢。我希望能知道所有重要的消息，我向你保证……”

他挥手告别，接着就从天空之厅里消失了。克莱奥斯特拉兹告别时说出了他的心里话，其他法师却不太相信这是真的。作为肯瑞托的一员，即使是离开议会，他也会时刻关注政治局势。虽然“普瑞斯托领主”已经消失，但不同王国之间仍有可能出现难以调和的矛盾，奥特兰克还会处在风口浪尖之上。克莱奥斯特拉兹对达拉然的职责要求他必须时刻关心局势的发展。

对他的女皇和古老的龙族而言，他和其他像他一样的龙也都会表示关注的……如有必要还要改变这个世界。阿莱克斯塔萨对这些年轻的种族充满信心，在罗宁和战友们救她出来之后她的信心更加坚定，也正是因为这点，克莱奥斯特拉兹才会想继续守护这个世界来坚定她的信念。他为此要感谢她和其他帮助他完成任务的人。

死亡之翼疯狂逃跑之后，没人再见过他。守护巨龙日夜不停地四处寻找，在未来的一段时间里，他不可能再会造成恐慌。也正是因为他的出现，巨龙们开始对生命和未来重新充满了希望。

巨龙时代虽已过去，但这并不意味着他们不会再在世界上留下印记……就算世人没有想到这点。